中国文学的现代叙事

Modern
Narration
of
Chinese
Literature

牛秋实 著

南京大学出版社

图书在版编目(CIP)数据

中国文学的现代叙事 / 牛秋实著. —南京：
南京大学出版社，2017.9
　　ISBN 978‐7‐305‐18803‐9

　　Ⅰ.①中… Ⅱ.①牛… Ⅲ.①中国文学—现
代文学—文学研究 Ⅳ.①I206.6

　　中国版本图书馆 CIP 数据核字(2017)第 107465 号

出版发行　南京大学出版社
社　　址　南京市汉口路 22 号　　　　邮　编 210093
网　　址　http://www.NjupCo.com
出 版 人　金鑫荣
书　　名 中国文学的现代叙事
著　　者 牛秋实
责任编辑 禹　玲　荣卫红　　　　编辑热线　025‐83685720
照　　排　南京紫藤制版印务中心
印　　刷　常州市武进第三印刷有限公司
开　　本　787×960　1/16　印张 13.25　字数 197 千
版　　次　2017 年 9 月第 1 版　2017 年 9 月第 1 次印刷
ISBN　978‐7‐305‐18803‐9
定　　价　42.00 元

网　　址　http://www.njupco.com
官方微博　http://weibo.com/njupco
官方微信　njupress
销售咨询　(025)83594756

目　录

绪　言

现代性与启蒙运动是一脉相承的,现代性产生于以启蒙运动为核心的资本主义价值观。但是晚期资本主义社会的危机,从根本上颠覆了人性与价值的二元伦理观。现代性是在西方工业革命之后产生的,是对现代社会工具理性主义的理论反映。随着西方工业革命之后各种社会矛盾的发展,启蒙主义逐渐暴露出自身的缺点,于是现代性就成为哲学家们十分关注的理论问题。① 卡夫卡《城堡》就颠覆了现代性中对人性的一贯看法。在对现代主义的批判中,现代小说首次以象征方式发出了人类所面临困境的信号,具体的小说符号表层到底有什么深刻的寓意或者说到底象征着什么,我们读完小说后,很难说清楚。正是在对现代性解释的疑惑中,现代寓言批评开始兴起。

现代批评引申出了寓言的这种多重指涉性和复义性,认为寓言的方式与现代世界的分裂型是一致的。寓言构成了"那种事物与意义、精神和人类的真实存在相割裂的世界的表现方式"②。如果说,"象征"对应着一部理想的整体性的历史,那么"寓言"则对应着颓败与破碎的历史,不再有整体性。③

---

① 李淑梅、马俊峰:《哈贝马斯以兴趣为导向的认识论》,中国社会科学出版社 2007 年版,第 378—379 页。
② 吴晓东:《漫读经典》,三联书店 2008 年版,第 6 页。
③ 吴晓东:《漫读经典》,三联书店 2008 年版,第 10 页。

一

现代文学艺术正是在对生活的解读中找到了自我。可以说,任何一个时代的文学都是自我和世界关系的一个对话。

汉娜·阿伦特认为有三次伟大的事件出现在现代的门槛并塑造了其性格:美洲的发现和对整个地球的探险活动;宗教改革运动,剥夺了上帝的存在和僧侣的财产,这个过程是双重性的,是对个人的放逐和社会对财富的不断积累;显微镜的发明和新科学的诞生,把对地球的本质看法从宇宙中疏离出来。这些如果都算不上现代性事件的话,自从法国大革命以来,尽管不能通过一系列的随意性对之进行阐释,因为没有任何事件能说得清楚,但这些现代性的事件仍然发生在没有打断的连续性中,在这连续性中,先例已经存在,先辈们都对之加以命名。但是没有一位先辈能展示这种爆炸的潜流之下的特殊性格,他们在黑暗中聚集力量,突然喷发了。这些先辈的名字与我们有着密切的联系,他们是伽利略和马丁·路德,此外还有伟大的航海家、探险者和发现时代的冒险者,他们都属于前现代。此外,不可思议的小说的逻辑推理,几乎打破了 17 世纪以来伟大的作家、科学家和哲学家们的内在的一致性,因为他们看到了他们从前没有看到的东西,想到了他们以前从没有想到的思想,这在他们中从来就没有发现过,甚至伽利略本人也没有发现过。这些拓荒者并不是革命者,他们的动机和意图仍然植根于传统。①

但是人造卫星的发明,使得我们与我们这个地球的距离越来越远,从而使得人们与这个星球产生了疏离感。在马克斯·韦伯看来,这种疏离感不仅产生在马丁·路德和卡尔文的时代,而且在当前还越来越严重,其结局是无法预言的。现代人缺乏信仰和安全感,即使我们承认现代是突然产生的,它产生之后必然产生无法言说的未来,是传统继承性的丧失,继而信仰的丧失,毫无先兆地将人抛到了虚无的世界之中。甚至造成现代哲学和现代文学都不再关注人类和自我,疏离了大众以及人的灵魂,和人本身。马克斯·

① Hannah Arendt. *The Human Condition*. University of Chicago Press, 1958, pp. 248 - 249.

韦伯最为杰出的发现就是资本主义只关心财富本身,而根本不关心生活和享乐本身。相反,却造成了世界的陌生化,而不是人的自我异化,成为现代性最为显著的特征。①

卡夫卡的研究者有相当一部分反对把《城堡》看成一个寓言,这是从传统的修辞学立场出发,认为寓言是一种小儿科的文体。而实际上,现代寓言批评就是一种严肃的诗学批评,它拒斥单一模式,本身就属于一种"复调性"。

汉娜·阿伦特认为,以语言为材料的诗也许是最人化的和最世界性的艺术,一种最终产品最接近于激发它的思想的艺术。……在诗中,记忆,Mnēmosynē,缪斯之母,直接转化成了回忆,而诗人赢得这种转化的手段就是节律,通过节律,诗就几乎自己固定在了回忆当中。正是这种同活生生的回忆的联系,让诗歌得以在印刷或书写的书页之外保持它的持存性,而且尽管诗的"品质"要取决于很多不同标准,但它的"可记忆性"不可避免地决定着它的持存性,决定着它没有可能永远保留在人类的记忆当中。……不过诗最终还是被"造"出来的,也就是被写下来的,并转化为众多事物中的一个有形之物,不管它曾经如何长久地作为活的口头言说,留在吟游诗人和听众的记忆中。因为记忆以及回忆的馈赠需要有形之物来唤起它们,否则它们就会自行消亡。② 这也就意味着文学必须以人性为主题,反映人文的东西。文学只有在变成了一个关于人性的话题之后,才能持续地在人类的精神世界中生存,比由死者不断变易的生命和行动更长久。

昆德拉的小说《生命中不能承受之轻》是四重奏式的,可以循环往复地演奏下去,也可以在某一旋律上突然停住,而昆德拉对存在的无穷追问是没有终点的。

昆德拉的小说研究的主题是存在问题。这是西方存在主义兴起之后最为主要的一种文学思潮。虽然昆德拉的小说或许不能完全用存在主义来解

① [美]汉娜·阿伦特:《人的境况》,王寅丽译,上海世纪出版集团2009年版,第170页。
② [美]汉娜·阿伦特:《人的境况》,王寅丽译,上海世纪出版集团2009年版,第170页。

读,但是他对存在主义的思想却可以被纳入存在主义的大传统中去。昆德拉对"存在"有着自己的独家理解,他认为存在并不是已经发生的东西,存在是人可能存在的场所,是一切人可以成为的,一切人所能够的。小说家就是发现人类的这种可能性。所以,昆德拉认为,小说中的人物不是对一个活人的模拟,而是一个想象出来的人物,是一个实验性的自我。既然人们的生命只有一次,没有人能永劫回归,人都是要死的,这恰恰是人的存在获得意义的先决条件。

二

现代性造成人的异化的第一个阶段是以其残酷性为本质特征的,生活和处境的悲惨以及物质资料的缺乏意味着要不断增加劳动力的供应,但是这种对自我的疏离剥夺了家庭财产的双重保护,也即是说家庭在这个世界上的私有份额,直到现代已经封闭了个人的生活过程,劳动活动附属于其必要性。第二个阶段因为社会成为新的生活过程的主题而到来了。社会阶层中的所有成员代替了从前由家庭提供的对其成员的保护,社会孤独感成为一种主宰一切的孤独感,并且越来越成为具有效率的替代物。此外,社会作为一个整体,生活过程本身的集团性主体,一点也融不进整体之中,共产主义小说成为持阶级观点的经济学家的需要,正如家庭单位曾经为私人拥有的部分世界的代表,其财产、社会都与集团不可触摸的那种集团性拥有了相同的属性,民族国家的版图概念在 20 世纪已经严重衰落了,在这个民族国家内所有阶层都成为私有的家庭的代名词,而贫穷的阶层则被剥夺了一切拥有。①

在此,我们没有时间和篇幅,也没有必要去重复列奥·施特劳斯、保罗·李科尔、海登·怀特、米歇尔·德·舍陶,尤其是最近谢尔顿·波拉克与保罗·科恩诸家的众多论述。这些学者指出,历史性是人类存在的基本形式,时间性的经验是以各种不同的叙事或非叙事的方式来记录的,如文

---

① Hannah Arendt. *The Human Condition*. University of Chicago Press, 1958, p.256.

学、神话、谱系、艺术、仪式、语言,等等。因此,在上述两种情况下,历史和文化在文本上都是一样的,都是对过去以及未来进行阐释的阐释学。

现代性的产生是与帝国和霸权相伴而产生的,是以它消灭了一切弱小民族存在的现代的神话,成为一个个帝国主宰下的殖民地。但是伴随着帝国的瓦解,民族独立运动打碎了帝国的梦想。而不断发展的工业革命和科技革命,将人性压缩在卡夫卡小说中形象的"地窖中的穴鸟"。

现代性以数学作为科学的基础,将现代化作为自己的奋斗目标,在这种极端理性的统治下,理性成为它唯一的口号,正是在这种所谓理性的主宰下,"现代的国家"压抑着人的个性和自由。在所谓理性的专制下,非理性成为失语的一方,被永远打入了地狱。西方启蒙现代性的历史,正是以理性对非理性的胜利而载入了启蒙的历史。现代性这种片面追求功利和享乐主义的方式,武断地剥夺了人们对生活的多种理解和实践,归根结底是线性时间观念的左右所造成的结果。

现代性所面临的一系列二元对立的哲学割据必须在对自己的挞伐中才能解放自己,才能重新获得自由。而要获得自由,必须重新研究哲学和文学的人性主题。现代人的时间观念使得自己成为被束缚的动物,但是在佛家哲学的关照下,王维的诗"返景入深林,复照青苔上"就是取消了时间的空间的感受。

现代主义艺术家普遍认识到了人类生存的"困境"问题。"困境意识"不仅是作为艺术家对人类生存内省的一种理论凝练,作为进入人类生活内部的思想指引,而且作为历史的自我主体意识,这是人类生存不屈的自觉表达,人类已经在几千年中忍辱负重地前行,正是通过不断的苦难历练,人类才意识到作为自己的类存在,"苦难意识"是人类生存不断深化的确证,因而也是人类生存不可超越的真实依据。人类心灵的救赎对生存的超越恰恰是人类在"苦难意识"下所达到的永恒境界。

现代艺术家首先意识到了人类整个文明所面临的危机。人类到底从哪里来? 要做什么? 最终要到哪里去? 这是现代文化必须思考的问题。面对这一危机,人类无法救赎并拯救自己,因为人类的苦难由来已久,并且罪孽深重,而现代艺术家更是陷入悲观的境地不能自拔,在这种境遇下,"绝望"成为向希望之乡进发的源泉。

正是对人类悲剧性命运意识的深刻反省,艾略特才展现了《荒原》的精神深度,因为他把基督教衰落看成西方文明的精神荒原,而人类的原罪无疑是造成人类文明衰败的根源。艾略特在《荒原》中揭示了人类的苦难处境,在绝望中寻找人类的出路。而卡夫卡可能是现代艺术家中对人类生存境遇体验最深并且最能以个人化的形式进行存在式表达的小说家。卡夫卡由于个人特殊的经历和孤独感,体现了对人类的苦难意识的理解。卡夫卡使得我们认识到了一种总的世界观,一种在这个世界上生存但又不能融合于其中的方式。他的"存在"就是无,是空虚感,是一种无法扎根于其间的真实的痛苦。作为存在主义的伟大作家,萨特和加缪也意识到了人类存在苦难的根源以及逃避的路径。萨特的"存在先于本质"的这一概念,把人抛入了无休止的生存苦难之中,选择人的自由本质不过是空洞的存在中塞入苦难历史的无偿劳作而已。

现代主义追求超越此在的存在,而"超越性"经常变成对不可知的"彼岸世界"的期待,永恒性的"超越"因获得不可测定的深度性——神秘的伸越进向。"神秘"在现代主义那里成为替代宗教意识的某种观念性意向,这是基督教失落以后,寻找精神归宿的现代艺术最后残留的永远不可企及的希望之乡。

叶芝在《驶向拜占庭》里,把异教思想与人世永恒的苦难混杂在一起,神话经过来世学说的改造变成类似信仰的超越性观念,叶芝在寻找瞬间向永恒转化的神秘的存在意向。瓦雷里的《海滨墓园》是关于时间的永恒性的诗性思考,生与死被推到时间的神秘变化的边界,瓦雷里关于"转化"的思想无疑是一种神秘主义的设想。当然,象征主义、表现主义、超现实主义等流派都染上了神秘主义的病魔,神秘主义在他们那里不过经常充当不可知的精神归宿。梅特林克的"寂静"是全部存在的疆域,是生命潜流的源泉。只有寻找颤抖的手指去叩开"寂静"的深渊之门,才能倾听到上帝的神秘圣歌,灵魂和上帝的不祥沉默,永恒存在于天边的低语。总之,对于梅特林克来说,存在只有在神秘的"寂静"中才能真正敞开。①

要摆脱现代性的危机，必须像英国诗人多恩那样，研究人性的所有方面，对爱情的渴望，对不完美和罪恶的捐弃，必须理解历史和文化的意义，必须诉诸宗教的崇高。多恩的诗歌运用逻辑和智慧的议论，有时在理性的边缘，有时出现在神圣的诗体中。因为他的诗歌表面上是对上帝的倾诉，实际上也是一种痛苦的表白，在他的诗歌中提出了阐释学的疑难问题。在他的《当前是世界的末日吗?》一诗中，说话者反躬自思，剖析自己的心灵，审视基督的画像，试图能画得更为准确一些。诗歌的最后六行，他面向基督虔诚地对话，表达了对上帝即刻说的知心话：

> 在我虔诚的对上帝的礼拜中
> 诉说莫名的烦恼，
> 美貌、智慧、虔诚
> 皆是朝气的表征：我愿意向你诉衷肠，
> 罪恶的魂灵是您派来的恐怖的影像
> 姣好的容颜是虔诚者的魂灵

正是在对自然的关照中，在文学关于人性的关切下，人们才能摆脱自己狭隘的空间和自闭的心灵，获得生活的圆满。现代文学只有恢复人性的主题，才能获得人类自身的解放和自由。

昆德拉在他的小说《生活在别处》的第一部《诗人的诞生》中写道："丈夫的身体，这被裹在套装里或睡衣里的身体，隐蔽而且封闭在自己的世界里的身体已经离她越来越远了，甚至日渐陌生，而儿子的身体时时刻刻依靠着她，当然，她已经不需要给他喂奶了……她带着种奇怪的满足看着儿子徒劳的反抗和最终的投降，看着他违心地一口口吞咽，然后细细的脖子随着吞咽的节奏一

---

① 　陈晓明：《无边的挑战》，时代文艺出版社 1993 年版，第 207 页。

起一伏。……"①显然作者在这里运用了隐喻的写法,写意识与肉体的矛盾,实际上是借喻意识形态对人性的戕害和作弄,虽然表面上政治取得了胜利,但实际上真正的人性还在放出耀眼的光辉。又如,另一处写道:"……而他们在吹口哨,争相发言回击他。轮到雅罗米尔起身,他的眼前一阵发黑,而人群就在他的身后;他说只有革命是现代的,情色令人堕落……"②昆德拉采用反讽的手法,描写了政治和历史的可笑,只有人们的沉默和不言自明的人性才是作者歌颂的对象,诗人歌颂的是伟大而崇高的生活,在崇高的生活面前,一切政治都是可笑而蹩脚的。

在剥离了一切政治、意识形态和社会对人强加的道德评判之后,作者实际上在歌颂着一种真正的人的存在性,那便是对自由、人性和生活的崇高的赞颂,这是一切脱离了压抑和被扭曲的真实的生活。昆德拉的小说通过对所谓的社会结构的颠覆,呼唤着一种真实的人性和崇高的生活。

西方自工业革命以来,不断有诗人反对西方工业革命及科技革命的恶果,诗人和自然的刽子手不能共治,因为西方工业革命污染了诗人的家园:田野、晴朗的天空、怡人的乡村风光。而这样的风光只有在古代希腊和古代中国才有这种优美的自然神灵。在中国,恐怕这样的风光只有在唐代诗人的笔下才会有。如唐代著名的诗人罗邺《秋蝶二首》:"秦楼花发时,秦女笑相随。及到秋风日,飞来欲问谁。似厌栖寒菊,翩翩占晚阳。愁人如见此,应下泪千行。"他的另外一首《秋别》:"别路垂杨柳,秋风凄管弦。青楼君去后,明月为谁圆。"《共友人看花》:"愁将万里身,来伴看花人。何事独惆怅,故园还又春。"《凤州北楼》:"城上层楼北望时,闲云远水自相宜。人人尽道堪图画,枉遣山翁醉习池。"《赠僧》:"繁华举世皆如梦,今古何人肯暂闲。唯有东林学禅客,白头闲坐对青山。"③

只有在中国诗人的笔下,人间、人和大自然构成了和谐整体,宗教,甚至自然也可成为一种超自然的神灵,因为他们信仰宗教,所以自然也是他们的

---

① ［捷克］昆德拉:《生活在别处》,袁筱一译,三联书店1998年版,第15页。
② ［捷克］昆德拉:《生活在别处》,袁筱一译,三联书店1998年版,第231页。
③ 《全唐诗》卷六五四,第7586—7587页。

神灵和心灵的慰藉。

正如陈晓明所说的，"我们时代的人文主义者以及'纯文学'的追寻者，发现自己处在绝路上：背后是'后现代主义'，前面是商业主义，这条中间的道路当然无力挽救文学失败的命运，在这文化溃败的时代，它不过给文化未亡人——'哭丧的人'提供一个观望的或是自我救赎的最后领地。……"①

可以说，后现代的哲学家，德里达、福柯等都从不同的角度将西方所谓的启蒙理性像拆房子一样彻底破解，还原其真相，非理性获得了同理性一样平等的地位。而人类的感情领域内的诗歌创作更是心灵原始的呼唤，所以一旦理性被拆解，必然再次将心灵的呐喊公之于众，人们在获得自身解放的同时，再次拥抱了人性的文学。如艾米丽·迪金森的《奇妙的书》一诗所歌唱的：

> 没有一艘快速的战舰
> 　能像一册图书
> 　把我们载到遥远的国土。
>
> 也没有任何奔驰的骏马
> 　能像一张飞翔的诗页
> 　让我们进入心旷神怡的境地。
>
> 即使你赤贫如洗
> 　也没有任何关卡能阻拦
> 　你在书中遨游的步履。
>
> 多么廉价物美的战车啊！
> 　你却装满了

---

① 陈晓明：《无边的挑战》，时代文艺出版社 1993 年版，第 314 页。

人类灵活的珍贵和美丽。①

真正能治疗现代性的疾病甚至是生态危机的唯有现代的文学和诗歌，因为后者是站在前者的对立面的，就像科技永远不可能取代人文科学的警示牌一样，现代性离不开人们对它的反省。只有树立人性的文学思想，才能拯救现代性的危机。

---

① 黄新渠译：《英美抒情诗选粹》，四川人民出版社 1998 年版，第 158 页。

第一章　晚清知识分子的魏晋想象与书写

　　明清以来,因为科举制度的固化,桐城派文体在中国近世文坛上大行其道。到了晚清时期,一般文人知识分子对桐城文体大为厌烦,由此在沐浴西学之后,开始了对魏晋文体的追思。梁启超在《清代学术概论》里自称:"启超夙不喜桐城派古文;幼年为文,学晚汉、魏、晋,颇尚矜炼。"

　　王国维在《人间词话》中认为"采菊东篱下,悠然见南山"为无我之境也。"无我之境,人唯于静中得之。"近代以来,对于陶诗情有独钟的可算是梁启超了。

一

　　一般说来,诗歌中所表现的情感应该最接近诗人自己的情感。但事实也不尽然。梁启超就指出,由于"模仿的套调"与"矫揉雕饰",古代诗人的作品往往"共"而"不真",往往看不出作者自己的个性来。[1] 开篇"结庐在人境,而无车马喧",是说陶氏在人间的高洁品格和玄学意趣,只有心灵远离尘嚣,才能在喧闹的人境里保持独立的个性,而不为世俗所玷污。梁启超以陶氏曾替自己的外祖父孟嘉作传,说他"行不苟合,言无夸矜,未尝有喜愠之容,好酣饮,逾多不乱。至于任怀得意,融然远寄,旁若无人",认为读此传,觉得孟嘉就是一个渊明的小影。[2] 梁启超论历史上之人物,最喜欢与当今历史做

---

[1]　梁启超:《陶渊明之文艺及其品格》,《饮冰室专集》之九十六,中华书局 1983 年版,第 1—2 页。

[2]　梁启超:《陶渊明之文艺及其品格》,《饮冰室专集》之九十六,中华书局 1983 年版,第 3 页。

比较。如讲到东晋渊明所处之时代,说渊明所处之时,谢安谢玄一辈名将相继凋谢,渊明于二十岁到三十岁之间,都是会稽王司马道子和他的儿子元显柄国,很像清末庆亲王奕劻和他儿子载振一般,招权纳贿,弄得政界浑浊不堪,各地拥兵将师互争雄长,到渊明三十一岁时,桓玄把道子杀了,第二年便篡位。跟着刘裕起兵,讨灭桓玄,像有点中兴气象,中间平南燕平姚秦,把百余年间五胡蹂躏的山河,总算恢复一大半来。所以梁启超对陶诗的理解,不免以自己的主观之见太深,不能如陈寅恪所说的"同情了之解"。

从古到今的陶学研究中,认为陶渊明在晋宋之际体现了"耻复身事异姓"的士人道德情怀,毕竟是主流。这表明,越是重视材料,越是冷静精细地客观了解,就越能尊重陶渊明的人格。这尤其是在近现代以来古直、朱自清、逯钦立、杨勇、龚斌诸家的研究中可以看到。在陶学研究中,当然有少数人是不承认陶渊明晚岁是有政治关怀的,如梁启超说陶渊明的归隐田园,"只是看不过当日仕途的混浊,不屑与那些热官为伍",对整个政治的厌恶而已。

但是,我们看陶渊明《拟古》其八:

少时壮且厉,抚剑独行游。
谁言行游近,张掖至幽州。
饥食首阳薇,渴饮易水流。
不见相知人,惟见古时丘。
路边两高坟,伯牙与庄周。
此士难再得,吾行欲何求。

这首诗与他的另一首《咏荆轲》都表现出诗人的政治抱负绝不是一个区区县令所能施展的。他要建立的是像其曾祖父陶侃那样的伟业。在这首诗中,不仅我们的诗人找不到知音,就连那些感叹知音已亡的人自己也已作古。诗的末尾说"吾行欲何求"?表面上看作者的理想是破灭了,其实正显示出作者的鸿鹄之志至死都没有泯灭。

实际上,陶潜不仅结庐人境,而且,他十分小心地和传统的隐居环境——山——保持着距离。篱笆不仅隔开了人的世界,也隔开了遥望的南山。在精神上,他和归鸟是一致的。在《杂诗》其七中,他把人生比作行旅:"去去欲何之,南山有旧宅。"笺注家一般把旧宅理解为陶家墓地。在某种意义上,南山不仅是飞鸟的家园,也是诗人自己的归宿。虽然没有支道林的买山之举,陶潜终于"获得"了南山,但是他的获得手段是和南山保持距离,对之遥遥瞩目而已。

正如李泽厚所说:"陶渊明把玄学以及佛学所追求的人生解脱放到了门阀世族们不屑一顾的日常最平凡的农村田园生活之中。"罗宗强先生也认为,"……并非玄学名士的陶渊明实践委运任化的人生态度,与达到物我一体、与道冥一的人生境界,依靠的不是玄学的理论力量,而是借助于儒学与佛学。"①陶诗内在精神的强调在某种程度上接近于老庄,亦接近于佛学的境界,这样就使陶诗成为宗炳(375—443)《画山水序》的精神导师。在《画山水序》里,笃信佛教的画家告诉我们,因为年老体弱,他不能再像青年时那样游历山水,因此,他选择用笔墨来再现山水,通过观画,故地重游:

> 余眷恋庐、衡,契阔荆、巫,不知老之将至。愧不能凝气怡身,伤砭石门之流。于是画象布色,构兹云岭。
>
> 夫理绝于中古之上者,可意求于千载之下;旨微于言象之外者,可心取于书策之内。况乎身所盘桓,目所绸缪,以形写形,以色貌色也。

宗炳在这里极力强调"再现"的忠实性。因为,他说,如果我们可以在读书的过程中把握千年以前的道理,那么何况于"以形写形,以色貌色"的图画呢?借助一点想象力,我们可以通过言和象来求取言、象之外的东西,这样的想法,显然源自对于言、意、象三者关系的玄学论述。

梁启超实际上把陶潜作为一种文化形象来追思。他对陶潜身上的儒者

---

① 罗宗强:《玄学与魏晋士人心态》,天津教育出版社 2005 年版,第 272 页。

胸怀念念不忘,实以陶氏寄托自己的用世之志,那就是特立独行,不肯追随时流。借用陶氏之诗便是:

> 行止千万端,谁知非与是。是非苟相形,雷同共誉毁。三季多此事,达士似不尔。咄咄俗中愚,且当从黄绮。(《饮酒》其六)

晚清民国这期间真如魏晋南北朝时期中国的内忧外患之深刻①,再加上西教在中国的传播,与当时的佛教之传播颇有点类似,中国文化的出路使得中国的知识分子非常忧虑。处于此乱世,知识分子对前途感到十分渺茫。

1905 年以后,梁启超的政治生涯频遭失意和挫折。立宪君主制破产了,拥戴袁世凯反对孙中山的结局无非是促进了一场专制帝政的上演,并且污损了他自己在公众心目中的形象,而护国运动使国家的支离破碎愈发不可收拾。梁氏在建立段祺瑞内阁上出了力,但是被排除在一切重要决策之外,终于在 1917 年 11 月被迫辞去财政总长的职务。虽然,梁启超在陶渊明的撰著上颇多主观之以己度古人的倾向,却真正实现了陶渊明的"归园田居",决定从此完全摒弃政治生活,专注于学术活动。

1918 年 12 月,梁启超首途赴欧,到 1920 年春季方才归国。他在出发之前写道,"出游第一目的是自己求一点学问"②。但是,回国后,他不再向西方寻求知识。他从此番游历得出的结论是西方文明正日趋没落,东方才是迸发通向未来新文明火花之所在。此外,欧洲人也突然间摆脱了科学万能的幻觉,转向佛教和儒学以及东方智慧寻求新的知识。在西方价值的失败已经如此彰目、欧洲最富有才智之士都从此对之产生怀疑的情况下,中国如何可以仍在西方价值之中寻求出路呢? 科学主义的乐观主义和民主的乐观主义破产了,人们不能只让马克思主义及其唯物主义哲学去操心填补这一破

---

① 据李欧梵研究,鲁迅对魏晋转型期文人的浓厚兴趣与他自己身处乱世而力求生存意义有密切关系,参见 Lee, Leo Ou-fan. *Voices from the Iron House: A Study of Lu Xun*. Bloomington: Indiana University Press,1987,p.39.

② 丁文江、赵丰田:《梁启超年谱长编》,上海人民出版社 1983 年版,第 874—875 页。

产所遗留下来的空白。

　　鉴于西方精神上的饥荒，他的思想见解发生了新的转变。正如他在1920 年 3 月抵达上海时所说的那样，此次欧游将他行前的"悲观之观念完全扫清"。实际上，他意识到了中国何以效法彼邦而不能相似之故："考欧洲所以致此者，乃因其社会上政治上固有基础，而自然发展以成者。其固有基础与中国不同，故中国不能效法欧洲。"当人们目睹欧洲大陆遭蹂躏，中国没有学成西方，从某种意义上说来，也未必不是一种幸运。梁氏断定："不必学他人……不如就固有之特性而修正与扩大之也。"①总之，今后的目标是明确的："吾人当将固有国民性发挥光大之，即当以消极变为积极是已。……鄙人自作此游，对于中国，甚为乐观，兴会亦浓，且觉由消极变积极之动机，现已发端。诸君当知，中国前途绝对无悲观，中国固有之基础，亦最合世界新潮……"②

　　这实际上正是梁启超终生为之奋斗的任务。这一任务引导他大力从事教育和出版活动，以重新弘扬中国文化遗产，开发其中的永久性和现代性价值为其职志。梁氏本着这一精神改动了先前写过的文章，出版了《孔子》(1920)、《老子》(1920)、《墨子》(1921)和古代思想大家的学案研究。③ 这一时期，还出版了《大乘起信论》。1923 年，他写作的《陶渊明》于上海商务印书馆出版。这就是陶集出版的背景。

　　所以，不管是他的信佛及后来的信儒，都有他一贯的宗旨所在。他的信佛不是用来为他的思维取得一个形而上学的基础，也不是他的道德价值取则的源泉。实际上，孔子界定的人格价值才是梁氏当时转而取资的唯一的道德基础。他投入全部的热忱，把孔子界定的价值转换为现代语言，他使用的现代语言考虑了西方的价值思考，以表明孔子界定的价值具有普世意义。他的最后一部研究孔子的著作刊于1920 年，书中把孔子的人道主义、孔子的

① 丁文江、赵丰田：《梁启超年谱长编》，上海人民出版社 1983 年版，第 901 页。
② 丁文江、赵丰田：《梁启超年谱长编》，上海人民出版社 1983 年版，第 902 页。
③ 《饮冰室专集》之三十五，第 36、39 页。

人格颂扬成道德的最高典范。① 也许经过佛教与基督教两大文明体系洗礼的中国,才是最终中国诗人和知识分子的归宿。中国文化的魅力就在于延绵亘古而其未绝,遭遇厄运而终未中断。不仅梁启超如此,其他近代的知识分子对魏晋文章和陶公的垂青也是如此。

二

钱基博在谈到近代文学的流变时说:"王闿运弘宣今学,章炳麟敦尚古文,苏玄瑛皈心释典,所学不同;而文尚魏、晋,以淡雅为宗,则蹊径略同。顾有敦崇古学,与炳麟契合,而文章不同者,刘师培是矣。"章氏虽谨守古学,以治《左氏春秋》见知于两湖总督张之洞,但之洞曰:"此君信才士。然文字谲怪。余生平论文最恶六朝;盖南北朝乃兵戈分裂,道丧文敝之世,效之何为?凡文章无根柢,词华而号称六朝骈体,以纤仄拗涩、字句强凑成篇者必黜之。……谓此辈诡异险怪,欺世乱俗,习为愁惨之象,举世无宁宇矣!"②可见章氏最喜六朝文,而对玄学老庄家言最精。刘师培在《论文杂记》中便明言:"渊明之诗,淡雅冲泊,近于道家(陶潜虽喜老、庄,然其诗则多出于《楚辞》,若嵇康之诗,颇得道家之意。郭景纯诗亦有道家之意)。"

在《自述学术次第》中,太炎先生自称先慕韩愈为文奥衍不驯,后学汪中、李兆洛,及至诵读魏晋文章并宗师法相,方才领略谈玄论政舒卷自如的文章之美,逐渐超越追踪秦汉文的唐宋八大家以及追踪唐宋文的桐城派,又与汪、李等追摩六朝藻丽俳语的骈文家拉开了距离,形成兼及清远与风骨的自家面貌:

> 三十四岁以后,欲以清和流美自化,读三国、两晋文辞,以为至美,由是体裁初变。然于汪、李两公,犹嫌其能作常文,至议礼论政则蹶焉。仲长统、崔寔之流,诚不可企。吴、魏之文,仪容穆若,气自卷舒,未有辞

---

① 见《孔子》,《饮冰室专集》之三十六,第10—26、58—62页。
② 刘梦溪主编:《中国现代学术经典·钱基博卷》,河北教育出版社1996年版,第83页。

不逮意、窘于步伐之内者也。而汪、李局促相斯,此与宋世欧阳、王、苏诸家务为曼衍者,适成两极,要皆非中道矣。匪独汪、李,秦汉之高文典册,至玄理则不能言。余既宗师法相,亦兼事魏晋玄文。观乎王弼、阮籍、嵇康、裴颜之辞,必非汪、李所能窥也。……由此数事,中岁所作,既异少年之体,而清远本之吴魏,风骨兼存周汉,不欲纯与汪、李同流。①

《太炎先生自定年谱》"光绪二十八年(1902 年)三十五岁"则,有下面一段话,可与上述总结互相呼应:

初为文辞,刻意追蹑秦汉,然正得唐文意度。虽精治《通典》,以所录议礼之文为至,然未能学也。及是,知东京文学不可薄,而崔寔、仲长统尤善。既复综核名理,乃悟三国两晋间文诚有秦汉所未逮者,于是文章渐变。②

这段"文章渐变"的自述,针对的是《訄书》的文体探索。比起其文辞取足便俗,无当于"文苑"的"论事",章太炎更看重自家"博而有约,文不奄质"的"述学"。最能体现其"文实闳雅"的述学风格的,章氏列举的正是《訄书》。③

《訄书》、《国故论衡》等对于三国两晋文辞的借鉴,须与太炎先生此前此后对于六朝文的阐扬相结合,方更能显示其转化传统的意义。④

章太炎处于晚清之乱世,自称"革命"曰"光复",隐然以恢复汉室为意。他在《訄书·分镇》中说:"夫法不外操,而兵不中制,今自九服以内,旬始未出,而瓜分固已亟矣。瓜分而授之外人,孰与瓜分而授之方镇?……"⑤

以邓实、刘师培为首的国粹学派在对周秦学术或学派的认同上与梁启

---

① 章太炎:《自述学术次第》,附录于《太炎先生自定年谱》,龙门书店 1965 年版。
② 《太炎先生自订年谱》,龙门书店 1965 年版,第 9 页。
③ 《与邓实书》,《章太炎全集》(四),上海人民出版社 1985 年版,第 169—170 页。
④ 陈平原:《中国现代学术之建立》,北京大学出版社 1998 年版,第 351 页。此后周作人和鲁迅对陶渊明及魏晋文章的喜爱明显受到章太炎和刘师培的影响。
⑤ 钱锺书主编、朱维铮执行主编:《訄书初刻本、重订本》,三联书店 1998 年版,第 78 页。

超相似。因为梁启超在《论中国学术思想变迁之大势》中把春秋及战国时代称为中国学术的全盛时代。但两者在魏晋南北朝时期的学术上看法则不同。魏晋南北朝,历来被人看作世风浇漓、学术最为暗淡无光的时期。甚至梁启超也难免有此偏见。他在《论中国学术思想变迁之大势》中就认为,魏晋时期是"老学之毒"泛滥的时代,"实中国数千年学术思想最衰落之时也"。① 但章太炎、刘师培的见解却与之截然相反,认为这是秦汉后二千年古代学术史最富有生气,因而必须重视的时期。他们指出,玄学崛起,反映了时人对儒学专制的反动。嵇康、阮籍等竹林七贤,首倡玄学即力排尧舜汤武,弃经典而尚老庄,薄礼法而崇放达。刘师培说,两汉以降,"儒生日趋于智,迷信儒术之心衰",魏晋学时"不滞于拘墟,宅心高远,崇尚自然,独标远致,学贵自得"。② 章太炎也认为:周末诸子纷争,各凭真性情,但经汉兴,"其情屈钝"③。迄魏晋,玄学之士此六国而起,其"厌检括苛碎久矣,势激而迁,终以循天性、简小节相上,因其道也"④;儒、释、道并峙,促进了学术的争鸣。

从中可以看出,尽管梁启超和章太炎、刘师培等人都是从西方文明的发展过程中得到启迪,但是章、刘更强调中国的文艺复兴不仅有似希腊的周秦,还有似罗马的魏晋。但求得"以复古为解放"则是两者共同之处。双方都持国粹与欧化的共存性,因为双方都认识到佛学与儒学的共存促成了宋明理学的诞生,所以,当清季有"悲观者流,见新学小生之吐弃国学,惧国学之从此而消灭"时,梁启超明言"吾不此之惧也。但使外学之输入者果昌,则其间接之影响,必使吾国学别添活气,吾敢断言也。但今日欲使外学之真精神普及于祖国,则当转输之任者,必邃于国学,然后能收其效",严复即可为例。⑤

章太炎一生论文"右魏晋而轻唐宋,于古今人少许多迕。顾盛推魏、晋

---

① 《饮冰室合集·文集之七》,中华书局 1989 年版。
② 《论古今学风变迁与政俗之关系》,《左盦外集》卷九,参见《刘申叔先生遗书》,宁武南氏影印本,第49 册。
③ 《信史》(下),《章太炎全集》(四),上海人民出版社 1985 年版,第 65 页。
④ 《学变》,《訄书》重订本,《章太炎全集》(三),上海人民出版社 1984 年版,第 145 页。
⑤ 梁启超:《论中国学术思想变迁之大势》,《饮冰室合集》,中华书局 1989 年版,第 104 页。

之论,谓汉与唐、宋咸不足学;独魏、晋为足学而最难学;述《论式》"。其大指谓:"雅而不核,近于诵数;汉人之短也。廉而不节,近于强钳;肆而不制,近于流荡;清而不根,近于草野;唐、宋之过也。有其利无其病者,莫若魏、晋。魏、晋之文,大体皆埤于汉,独持论仿佛晚周。气体虽异,要其守己有度,伐人有序,和理在中,孚尹旁达,可以为百世师矣。效唐宋之持论者,利其齿牙;效汉之持论者,多其记诵;斯已给矣。效魏、晋之持论者,上不徒守文,下不可御人以口,必先豫之以学。"①斯其盛推魏、晋也。

　　太炎生平为诗不作近体,五言古最多,颇与陶潜诗接近。早岁亡命日本,咏《东夷诗》,其第一首曰:

> 昔年十四五,迷不知东西;曾闻太平人,仁者在九夷。
> 陇首余糇粮,道路无拾遗。少壮更百忧,负绁来此畿。
> 车骑信精妍,朦幢与天齐。穷兵事北狄,三载燔其师;
> 将率得通侯,材官眄山鸡。帑藏竟涂地,算赋及孤儿。
> 天骄岂能久,愁苦来无圻。偷盗遂转盛,妃匹如随麋;
> 家家怀美疢,骭间生疡微。乃知信虚言,多与情实违。

　　诵者叹为实录。然炳麟为诗,拟古之迹太甚;往往意以词夺,卒不可通晓,盖与文章同病云。②

　　章氏深研佛理,又通老庄、玄学,故论说间颇为怪异。如他发表于1907年《民报》上的《五无论》,部分则散落在残篇长文中。《五无论》主要的目的,在于试图解决人类俱分进化的历史命运。章文提出根本避免与结束俱分进化苦缠死纠的办法,在于人类能否完成"无政府"、"无聚落"、"无人类"、"无众生"、"无世界"诸条件。历史上自人类建立政府以来,强者、恶者、狡者的个人与民族,无不利用政府以攫取武力、抢夺财富,故政府必去。然而,政府

①　刘梦溪主编:《中国现代学术经典·钱基博卷》,河北教育出版社1996年版,第94页。
②　刘梦溪主编:《中国现代学术经典·钱基博卷》,河北教育出版社1996年版,第111页。

去后,由于世上的耕地,面积有大小之别,温度有热寒之差,地利有贫富之悬,个人间、民族间,必为此条件、资源,发生争夺冲突。

章氏此论表面上看十分奇怪,其实他的虚无主义思想也来自陶渊明的《桃花源记》。其内容如下:

> 晋太元中,武陵人捕鱼为业。缘溪行,忘路之远近。忽逢桃花林,夹岸数百步,中无杂树,芳草鲜美,落英缤纷。渔人甚异之。复前行,欲穷其林。
>
> 林尽水源,便得一山,山有小口,仿佛若有光。便舍船,从口入。初极狭,才通人。复行数十步,豁然开朗。土地平旷,屋舍俨然,有良田美池桑竹之属。阡陌交通,鸡犬相闻,其中往来种作,男女衣着,悉如外人。黄发垂髫,并怡然自乐。
>
> 见渔人,乃大惊,问所从来。具答之。便要还家,设酒杀鸡作食。村中闻有此人,咸来闻讯。自云先世避秦时乱,率妻子邑人来此绝境,不复出焉,遂与外人间隔。问今是何世,乃不知有汉,无论魏晋。此人一一为具言所闻,皆叹惋。余人各复延至其家,皆出酒食。停数日,辞去。此中人语云:"不足为外人道也。"
>
> 既出,得其船,便扶向路,处处志之。及郡下,诣太守,说如此。太守即遣人随其往,寻向所志,遂迷,不复得路。
>
> 南阳刘子骥,高尚士也,闻之,欣然规往。未果,寻病终,后遂无问津者。

章氏不仅受到陶公的影响,还受鲍敬言无君论的影响。当人类臻于无政府、无聚落的情景时,个人间、民族间犹不能免于自害害他,何以如此呢?章氏回答说:

> 人之相争,非止饮食牝牡之事;人之争具,宁独火器钢铁之伦。睚眦小怨,则憎怨随之;白刃未获,则拳力先之。纵大地悉无政府聚落,销

兵共产之制得以实行,而相杀毁伤,犹不能绝其愈于有政府者。昔鲍生有言曰:细民之争,不过小小,匹夫校力,亦何所至。势不能以合徒众,威不足以驱异人。孰与王赫斯怒,陈师鞠旅?推无雠之民,攻无罪之国,僵尸则动以万计,流血则漂橹丹野。[……]若是而已,使人类返于犬豕,不使人类进于修罗,其术虽善,而犹非圆满无缺之方。①

对此,章氏以最悲观、最彻底的想法,提出以"无人类"、"无众生"、"无世界"的方法,寻求圆满解决之道:

> 是故一二大士超人者出,诲之以断人道而绝其孳乳,教之以证无我而尽其缘生。被化虽少,行术虽迂,展转相熏,必有度尽之日,终不少留斯蠹以自祸祸他也。……自毛奈伦极微之物。更互相生以至人类。名为进化。其实则一流转真如。……新生之种,渐为原人,久更浸淫,而今之社会、今之国家,又且复见。是故大士不住涅槃,常生三恶道中,教化诸趣,令证无生,而断后有,此则与无人类说同时践行者也。……世界本无,不待消灭而始为无。今之有器世间,为众生依止之所本,由众生眼翳见病所成,都非实有。……是则众生既尽,世界必无毫毛圭撮之存。……是故众生悉证法空,而世界为之消弭,斯为最后圆满之期也。②

章氏提出以上理论,主要目的是说,时代巨变,今非昔比,若要发动革命,必得借非常之手段。对此,章氏说:"今之世,非周、秦、汉、魏之世也,彼时纯朴未分,则虽以孔、老常言,亦足化民成俗。今则不然,六道轮回、地狱变相之说,犹不足以取济。非说无生,则不能去畏死心;非破我所,则不能去拜金心;非谈平等,则不能去奴隶心;非示众生皆佛,则不能去退屈心;非举三轮清净,则不能去德色心。"③章太炎的意思是只有具有像陶公那样的节

---

① 《章太炎全集》(四),上海人民出版社 1985 年版,第 434 页。
② 《章太炎全集》(四),上海人民出版社 1985 年版,第 434—435 页。
③ 《建立宗教论》,《章太炎全集》(四),上海人民出版社 1985 年版,第 418 页。

操,方可言革命。革命者必须具有革命者之道德,本着这种精神,即使处于虚无主义的理想社会,也可言建设。

三

在《文选》的研究史上,《文选》的作者萧统不仅对陶渊明的思想格外注意,而且是历史上第一个对陶作进行了高度评价的人。《陶渊明集序》说:

> 有疑陶渊明诗篇篇篇有酒。吾观其意不在酒,亦寄酒为迹者也。其文章不群,词采精拔,跌宕昭彰,独超众类,抑扬爽朗,莫之与京。横素波而傍流,干青云而直上。语时事则指而可想,论怀抱则旷而且真。加以贞志不休,安道苦节,不以躬耕为耻,不以无财为病,自非大贤笃志,与道污隆,孰能如此乎!

萧统还较深刻地认识到陶诗并非枯槁的,并非质而少文,而是词采精拔,有跌宕起伏,有抑扬顿挫,风格是明快爽朗的,诗歌形象有强烈的可感性。"语时事则指而可想,论怀抱则旷而且真",道出了陶作的真率、自然、怀抱高旷的美好特色,评价也比较中肯。

《文选》与扬州学派有着密切的关系。刘师培的文论继承阮元的"文笔说",又借着小学家的工夫而大加阐扬。在文学上,他对阮元只是补充扩展。刘氏本人则推重齐梁之骈体文。

到清季最后几年,语言文字的重要渐渐成为朝野人士的共识。章太炎认为:"国于天地,必有与立,非独政教饬治而已。所以卫国性、类种族者,惟语言历史为亟。"[1]他从印度人那里了解到,"民族独立,先以研求国粹为主,国粹以历史为主;自余学术皆普通之技,惟国粹则为特别"[2]。

---

[1] 章太炎:《重刊〈古韵标准〉序》,《印度人论国粹》,《章太炎全集》(四),上海人民出版社 1985 年版,第 203 页。

[2] 章太炎:《重刊〈古韵标准〉序》,《印度人论国粹》,《章太炎全集》(四),上海人民出版社 1985 年版,第 366 页。

这一历史为主的国粹即包括语言,他解释说:提倡国粹"只是要人爱惜我们汉种的历史。这个历史,是就广义说的,其中可以分为三项:一是语言文字,二是典章制度,三是人物事迹"。

但文字的实用性不能不随时代的变化而有所因应,刘师培在 1905 年提出一种文字分工、用古文以保存国学的主张,他引斯宾塞之言,认为文字进化与通常的天演之例不同,呈现"由文趋质、由深趋浅"的趋势。中国宋儒语录和元代词曲之盛兴,"皆语言文字合一之渐也。故小说之体,即由是而兴;而《水浒传》《三国演义》诸书,已开俗语入文之渐"。故"就文字之进化之公理言之,则中国自近代以来,必经俗语入文之一级。昔欧洲十六世纪教育家达泰氏以本国语言用于文学,而国民教育以兴。盖文言合一,则识字者日益多。以通俗之文推行书报,凡世之稍识字者,皆可家置一编,以助觉民之用,此诚近今中国之急务也。然古代文词,岂宜骤废。故近日文词,宜区二派:一修俗语,以启瀹齐民;一用古文,以保存国学。庶前贤矩范,赖以仅存。若夫矜夸奇博,取法扶桑,吾未见其为文也"。

这里刘氏当指的是梁启超。梁氏欲借报章之势力,使得"新民体"倾倒一时。刘氏推崇六朝之骈体文,对于梁启超的所谓"东瀛文体"似乎看不上,在《论文杂记》中,论述完"俗语"应与"古文"并存后,捎带说了一句"若夫矜夸奇博,取法扶桑,吾未见其为文也",逐出文坛了事。

刘师培进而分析其盛行之原因则认为,日本文体能盛行于中国也因中国文体先已衰落,他考近世"文学变迁之由,则顺康之文,大抵以纵横文浅陋;制科诸公,博览唐宋以下之书,故为文稍趋于实。及乾嘉之际,通儒辈出,多不复措意于文,由是文章日趋于朴拙,不复发于性情。然文章之征实,莫盛于此时。特文以征实为最难,故楞腹之徒,多托于桐城之派,以便其空疏;其富于才藻者,则又日流于奇诡"。近日"作文者多师龚、魏,则以文不中律,便于放言,然袭其貌而遗其神。其墨守桐城文派者,亦囿于义法,未能神明变化。故文学之衰至近岁而极。文学既衰,故日本文体因之输入于中国"。

刘师培对梁启超的批评不是没有原因的,刘氏作为扬州学派的殿军,隐然要树起骈体文章的大旗,扬州学派中的学者像汪中都是作文的高手。他们不仅有深湛的文论,也是作文的高手。只是汪中后来一心向学,认为文章为小道,不足挂齿。

文章之道往往与学术互为表里。魏晋齐梁间文学之所以发达,与此时期盛行的玄学关系密切。刘师培对魏晋玄学的阶段划分基本袭引《世说新语·文学篇》的说法,把魏晋玄学的代表人物分为"正始名士"、"竹林名士"、"中朝名士"。他对魏晋玄学内部源流的梳理没有什么创见,既没有认识到玄学讨论的主题——"意言之辨"、"自然名教之辨"、"神形之辨"等学术命题,也没有认识到玄学不同阶段对这些命题阐释的不同,更没有认识到对命题诠释的不同与当时社会、政治、经济诸方面的联系。但是刘师培在梳理魏晋玄学源流的过程中,对一些具体问题的阐述不乏创意:首先,他从文学角度解释玄学的阶段性特征。刘师培认为"正始名士"与"竹林名士"就文学形式而言,实分两派,"一为王弼、何晏之文,清峻简约,文质兼备,虽阐发道家之绪,实与名、法家言为近者也……一为嵇康、阮籍之文,文章壮丽,总采骋辞,虽阐发道家之绪,实与纵横家言为近者也"。其次,刘师培认识到魏晋玄学虽然与佛学有着千丝万缕的联系,但是玄学初期的发展与佛学无关,它是传统学术内在演变的必然结果。

刘师培同样对魏晋玄学给予了很高的评价,他说:"两晋六朝之学,不滞于拘墟,宅心高远,崇尚自然,独标远致,学贵自得……故一时学士大夫,其自视既高,超然有出尘之想,不为浮荣所束,不为尘网所撄;由放旷而为高尚,由厌世而为乐天。朝士既倡其风,民间浸成俗尚。虽曰无益于治国,然学风之善,犹有数端,何则?以高隐为贵,则躁进之风衰;以相忘为高,则猜忌之心泯;以清言相尚,则尘俗之念不生;以游览歌咏相矜,则贪贱之风自革。故托身虽鄙,立志则高。被以一言,则魏晋六朝之学不域于卑近者也,魏晋六朝之臣不染于污时者也。故当时之士风,知远害而不知趋利。"[1]

刘师培撰有《中古文学史讲义》。该讲义的主体部分是论述魏晋宋齐梁

---

[1] 刘师培:《国学发微》,《刘申叔遗书》,江苏古籍出版社 1997 年影印本,第 487 页上。

陈的文学变迁,开始于建安文学,结束在"声律说之发明"和"文笔之分辨",意图十分明显,即希望勾勒出骈文如何从建安开始的重视文辞的风气中萌芽,中间经过不断的"迁蜕",最后走向形式上骈偶化的成熟,为"文崇六代"的立论提供历史事实。尽管文风与章太炎不太一样,但是刘师培在《中古文学史讲义》中对陶渊明的文学给予了很高的评价:

> 晋代之诗如张华、张载之属,均与士衡体近。然左思、刘琨、郭璞所作,浑雄壮丽,出于嗣宗。东晋之诗,其清峻之篇,大抵出自叔夜。惟许询、支遁做作,虽多玄言,其体仍近士衡。自渊明继起,乃合嵇、阮之长,此晋诗变迁之大略也。

玄学融合儒、老、道、佛、名等各家思想之长,已经脱离了形而下的"器用"的探索,而热情于形而上的"道体"的思辨,开宋明理学之先河。刘师培指出,"太极、无极之论,非始于濂溪,实基于梁武;克欲断私之意,非始于朱子,实基于萧子良;本来面目之说,非始于阳明,实基于傅翕。"

再次,缘学术争鸣之故,承佛学因明之律,论理学因之日昌,遂开后世讲学之风。"自晋代人士均擅清言,用是言语、文章虽分二途,而出口成章,悉饶词藻。晋、宋之际,宗炳之伦,承其流风,兼以施于讲学……齐承宋绪,华辩益昌……迄于梁代,世主尤崇讲学,国学诸生,惟以辩论儒玄为务,或发题申难,往复循环,具详《南史》各传。用是讲论之词,自成条贯,及笔之于书,则为讲疏、口义、笔对,大抵辨析名理,既极精微,而属词有序,质而有文,为魏、晋以来所未有。"[1]

更值得注意的是鲍敬生,以老庄之学阐发出破除君权神授的无政府主义思想,刘师培对他也给予了表彰,"中国政由君出,既言无君,即系废灭人治,与无政府之说同;至于废道德而弃法制,非军备而贱财货,尤属清源之论。盖彼意欲使众民平等,共享完全之自由,故其立说,较老庄为尤显"。这种与传统君

----

① 刘师培:《汉魏六朝专家文研究》,《中古文学史讲义》,上海古籍出版社 2000 年版,第 143 页。

主专制相抵牾的学说能够出现就表明当时学术自由达到何种程度了，也说明了近代学者已经不囿于学术思想"正统"的观念，对所谓"异端"思想也从民主、自由的角度给予了肯定。

在中国传统中，绘画被称为"无声诗"，绘画与诗属于同一范畴。不少诗人醉心于绘画，或者醉心于美术史的研究。而任何一位画家都应当是诗人，而任何一位诗人都应当通晓绘画。刘师培谈及两汉到魏晋画风的转变时，说："盖两汉之美术，与礼文相辅，以适度为工，故循成法而不迁……儒生高言经训，于雕虫之业，且鄙为小技……魏晋之士则弗然，放弃礼法，不复以礼自拘，及宅心艺术，亦率性而为，视为适性怡情之具。且士矜通脱，以劳身为鄙，不以玩物丧志为讥。加以高门贵阀，雅善清言，兼矜多艺，然襟怀浩阔，宅心事外，超然有出尘之思，由是见闻而外，别有会心。"刘氏对魏晋之际美术的兴盛之原因做了详细的分析。所以，张彦远在《历代名画记》中说："魏、晋以降，名迹在人间者，皆见之矣。其画山水，则群峰之势，若钿饰犀栉，或水不容泛，或人大于山。率皆附以树石，映带其地，列植之状，则若伸臂布指。详古人之意，专在显其所长，而不守于俗变也。"正刘氏所谓"图画则以传神为美"。

叶德辉也有对魏晋绘画的评论："……一艺成名，声施后世，其精神必有独到之处，令人不可学步者。故虽同时伪作，门客代笔，自不能逃明眼人之勘证。况一时有一时之风气，一人有一人之笔墨。唐人不如晋宋，八代两宋又不如唐人，元明人又不如两宋，一经此决，气味之厚薄，意匠之巧拙，时代无不立判，犹之书也。……"①晚清，对魏晋艺术的赞赏绝不是偶然的。凡是喜欢陶诗的，无不爱屋及乌，而连带喜欢上那一时期的玄学、书法和绘画。

而刘师培本人则更是诗性风流，自入端方幕后，在南京"住在大行宫，旁有一小花园"（《柳氏五世小记》），兼任两江师范学堂教习。1909年5月9日拜访缪荃孙于南京。并春游南京城北，作《金陵城北春游》诗云：

① 《郋园全书》卷一《观画百咏》。

旷眺怡素忱，清遨濯尘轨。俊风嘘喧柔，宿莽演繁祉。

嘤嘤止灌郦，啾啾踔林雊。蹊纤疑绝踪，径险凛折屐。

东瞰融湖泓，北瞩睁陵峙。且馨览景娱，退飙登台旨。

完全是一个像陶渊明那样陶醉在一个大自然美景中的诗人，哪里是一个革
命家形象？唯一的一次刺杀广西巡抚王之春事件，刘申叔于后抱腰，而万福
华竟不知射击，反被卫兵捕获而锒铛入狱，后赖林獬向友人挪借巨资聘请律
师而幸得脱身，可见其书呆脾气。原来满足于浪漫之革命之旅的文人，摇身
一变而成为敏感的诗人。这正是后来许多人对刘师培感到迷惑不解的症结
所在。

　　即使如著名的学者、收藏家，刘师培的好友缪荃孙也能写出非常有诗意
的魏晋文章，如他在《崔儒人文集书后》中写道：

　　岁癸酉荃孙自邻水至合州，目行万山中，崌嶙岈崿，奇险俶诡，忽得
一境。平畴数十里，修竹美荫，流泉有声，小桥通人，中有茅舍，野卉著
篱落间，红白点缀，遂留宿焉。是夜月轮初满，皎如明镜，四山沈沈，入
梦倚枕假寐，忽闻鸟鸣乍高乍下，流连往复，其声窈然以深，潜然以感，
令人悲不自胜。洁朝问之士人，曰此杜鹃也。月夜则鸣，鸣则呕血，摘
所栖之枝，示余果血痕，斑斑点滴未已也。伤哉天地萧飒之气，偶有偏
中愁苦哀怨，遂百倍于寻常，屈灵均之离骚，刘更生之封事，李令伯之陈
情表，千秋下读是文，不知是泪，是血，是笔，是墨，但觉凄然有感于中而
不能终日，今读崔儒人之文集，愁苦哀怨，有非他人所能堪者，而血泪笔
墨亦合而为一，其窈然以深，潜然以感十年前之境界，恍惚如目前也，亦
可悲已。①

　　通过以上关于近代文学的解读，我们看到这些知识分子不约而同地转

_____

① 缪荃孙：《艺风堂文集》卷十，天津古籍出版社 1987 年影印本。

向以陶渊明为首的魏晋文风的熏染,不管他们在现实中处境如何,处在转型时代的知识分子,所受儒家德性伦理的核心思想的基本模式的影响尚在,但这模式的内容已经模糊而淡化。此外,在这转型时代,知识分子中间盛行研究佛学,不管是梁启超,还是章太炎、刘师培,都通过研究玄学或是玄学化的佛学,来回应传统政治社会秩序的瓦解。也许佛学的平等思想、玄学的思维正是中国现代意识觉醒的表现。这些知识分子之转向魏晋文学或思想的研究或受之熏陶不是偶然的。陶渊明的诗通过一系列意象所隐约暗示的人生真理还是可以探索的。南山的永恒、山气的美好、飞鸟的自由,不正是体现了自然的伟大、圆满与充实,尤其是自在足不假外求的本质吗?近代知识分子正是从中国关于自然的本体论中冲破了西方进化论的束缚,而别造出一洞天,那就是重新回到传统,重新复古魏晋来思考中国的未来。

第二章 刘师培与中国近代文学思想

近代知识分子有理智上倾向西方而感情上留恋中国的倾向,所以卢梭对西方城市生活的批判对他们有着莫名的吸引力。知识分子的超脱与浪漫成为他们热捧卢梭的一种解不开的情结。其中的刘师培更是成为近代宣传卢梭的积极分子,他的传播卢梭的思想开始于他的《中国民约精义》。此篇文章在当时传诵一时,但我们通过研究会发现,卢梭对人类自然状态的赞美特别符合中国文人对理想社会的追求。这种理想社会是以许行的"并耕"为特色的平均主义的无政府的社会。可见西方思想传播所受到的传统的制约。所以卢梭的学说成为刘师培式无政府主义的重要理论,在刘氏对未来社会的设想中起着关键作用。

第一节 刘师培的卢梭情结
——西方思想传播的传统制约

近代中国,租借地和租界的存在,一方面加重了中国人的隔离感,造成了"国中之国"的感觉;另一方面,因为双重的制度、法律和风俗习惯以及道德规范,反而使流离于正统社会之外的知识分子找到了自己的归属,特别是上海租界,成为近代中国早期知识分子书刊的集散地,也成为荟萃中国报人的中心。上海成为连接东京留学生的一条国内和日本的重要通道,这里成为各国国际信息和革命话语交流的枢纽。

去日本的中国留学生或者由各省出资,或者由清朝政府出资,或者由他们自己承担。他们到日本以后,分别组成了同乡会,出版刊物,如《浙江潮》、《湖北学生界》、《河南》、《江苏》等。学生们同乡观念非常强烈,他们认为这些同乡会组织是建设新中国未来的基础。他们悲叹,中国之所以缺乏团结统一,主要是因为正处于一个国际性的"物竞天择"的环境中。江苏的青年认为,在现代国家中,"主要的不是依靠个人的才智和勇敢,而是靠国家的才智和勇敢……所以中国人没有赢得战争和商战,一直处于贫困,这是毫不奇怪的"。中国的积弱是由于缺乏举国一致的大联合,所以湖北学生杂志在创刊号上写道,全国的合作必须逐步予以实现,必须建立在较小单位的合作上。因此,爱国必须从爱本省开始。

1904 年,林獬和刘师培在上海创办《警钟日报》以抗议俄国的政策,批评清廷无力抵抗。

后来,光复会在上海成立。这是一个想把知识分子和会党联合起来反清,也是力图打破一个省的界限的组织。光复会虽然由蔡元培等组织,但它也招收安徽和江苏的会员。刘师培也加入这个组织,并以搞暗杀而闻名。[1]

一

大约从 1903 年起,近代知识分子和边缘化知识分子的自觉意识已初露端倪。那年 1 月《湖北学生界》杂志的创刊,颇具象征意义。从该杂志的内容看,里面的"学生"显然已不是清代科举人士的谦称,而是一个开始独立的自觉意识的社会群体。

由于科举制的逐渐瓦解,留日学生作为一种独立的力量,居于社会的中间阶层,起着连接上层士大夫和下层民众的作用。他们指出上等社会已经崩溃决裂而不能救国,只能待后继者担负起救国之重任;下等社会只知道苟且生活,不知祖国历史而爱国心尚未养成。"学生介于上等社会、下等社会

---

① 陶成章:《浙案纪略》,载柴德庚等编《辛亥革命》(第 3 册),上海人民出版社 1957 年版,第 3—111 页。

之间,为过渡最不可少之人。"①他们不但要肩负起救国之重任,而且要为"下等社会之指向针"。1903年,杨笃生撰《新湖南》,专对湖南"中等社会"说法,也认为中等社会诸人是"下等社会之所托命而上等社会之替人也",其责任正在"提挈下等社会以矫正上等社会"及"破坏上等社会以卵翼下等社会"。他暗示"中等社会"实指"湖南之青年"。② 物换星移,社会的变革促使了知识界的变化,原来作为王朝依托而靠科举为上等社会之阶梯的知识分子如今被赋予了新的使命,唤起民众的爱国志气。林白水在1904年时指出:"但现在中国的读书人,都是以上流社会自命的,凡不读书的人,如工、农、商、兵、共会党里面的人,都说他是下流社会。"③以是否读书分上下流,本是传统的观念,但必须加以强调,则是社会已在变动的表征。大概都洞察到学生这一支独立的力量所在,是这一时期时人的见解。如留日学生张继也强调:"学生为一国之原动力,为文明进化之母。以举国无人之今日,尤不得不服于学生诸君,而东京之留学生尤为举国学生之表率。"④

　　刘师培作为光复会的成员,代表了知识分子的立场,他为了联合下层会党,急切地用新的思想来武装自己的头脑。他对清政府把学生作为叛逆非常愤怒,他辩驳说:"同种者,吾汉族是也。祖国者何? 吾中国是也。学生者,欲排异种而保同种者也,于此而谓之叛,则希腊之离土亦将以判目之乎? 意人之排奥,亦将以叛目之乎? ……吾观近今学生之所倡者,不过排法排俄二端耳。学生倡之,而政府禁之,是政府即为学生之公敌。抚我则活,虐我则仇。今政府甘为公敌而不辞,于学生乎何尤? 吾今以一语告诸公曰:中国

① 李书城:《学生之竞争》,《湖北学生界》(二),见张枬、王忍之编《辛亥革命前十年间时论选集》,三联书店1977年版,卷一上,第452—459页。
② 杨笃生:《新湖南》1903年,见张枬、王忍之编《辛亥革命前十年间时论选集》,三联书店1977年版,卷一下,第615页。
③ 林獬:《论合群》,《中国白话报》1904年,见张枬、王忍之编《辛亥革命前十年间时论选集》,三联书店1977年版,卷一下,第909页。
④ 自然生(张继):《读"严拿留学生密谕"有愤》,《苏报》1903年,见选《辛亥革命前十年间时论选集》,卷一下,第685页。

者,汉族之中国也。叛汉族之人即为叛中国之人,保汉族之人即为存中国之人。"①

一个有趣的现象是,在《苏报》上发表的文章中,蔡元培、张继、刘申叔三人在对"排满"问题上的看法上各具特点。张继 1903 年 6 月 10 日在《苏报》上发表的笔名为自然生的《读"严拿留学生密谕"有愤》一文中,强调"中国者,中国人之中国"时,把满族排斥在中国人之外,把满洲视为"贼满人之古宅",不应去保它,同时他批评了依赖清朝拒俄的幻想,激烈地提出了抵御外来的大敌必须推翻清朝的统治。而刘氏的文章与张文相比则冷静得多,简洁地表明了自己的观点。从中可以看出张继热血男儿的性格和刘师培的典型学者的风格。这是他们"仇满"革命的特色。与此相反,蔡元培在《释"仇满"》一文中认为,"排满"口号的出现与中国特定的社会环境有关。如此,蔡氏跟别人不一样,他不太喜欢种族主义的"仇满"倾向②。欲排满革命,必须有先进的思想作为指导,否则,排满革命则无驱动力。而刘氏对卢梭思想的吸取则大大有助益于革命之功。

二

卢梭思想在近代中国传播的过程最早可以追溯到日本,1882 年日本人中江笃介翻译卢梭的《民约论》,名为《民约译解》(卷一)。因为中江是用汉语翻译,此书受到当时中国留日学生的重视,不久译本就被他们介绍到了中国。1898 年春,上海同文译书局翻印了中江的译本,此书的《叙》写有"戊戌春东莞咽血咙胡子志";其后此一译文于辛亥革命之前,在中国出版了至少三次。③ 除此之外,清末民国之时卢梭《民约论》还有其他几个汉文译本。④

① 刘师培:《论学生之非叛逆》,《苏报》1903 年 6 月 12 日。
② 蔡元培:《释"仇满"》,《苏报》1903 年 4 月 11 日、12 日。
③ 中江笃介的译本《民约译解》,收入《中江兆民全集》(第一册),东京岩波书店 1983 年版,第 65—129 页。
④ 有关民约论在近代中国的传播可参见熊月之《中国近代民主思想史》(修订本),上海社会科学院出版社 2002 年版,第 329—342 页。

当时,卢梭的民约论思想流传极广,署名旒其的《兴国精神之史曜》中说:"有卢梭,立论尤卓绝,辉感情之真值,阐纯朴自然之大美。著《群约论》以写神思所存之社会,以为人类本各各独立,社会者特人类随意互契而成之者耳;不苟同孟氏(指孟德斯鸠)分权之说,以为立法者权即国家之主权,而行政权隶之,不得与之并立也;吾人之所求于法者,自由与平等而已,人惟遵自作之法而行之者,斯为自由真诠。著《爱弥勒》以写教育之神思,以为人各有特性,当任其自然之启发,教育者特不害其启发,与夫有足为启发之障者则拔除之尔;张儿童之权利;教育界自然主义之先导也。伟力所被,天下皆春,学术文章为之大振。卢梭之影徂矣,而卢梭之心千载不朽。所谓共和政体者,所谓共产主义者,皆萌芽于是。即至无政府主义,亦有谓受其感引者。其在哲学,则感情价值赖以晶莹。其在诗辞,则罗曼之宗、玄情之派,实渊源焉。佛国自路易十四以还,君王幽、厉,宫阙奢华,贵族豪僧,骄逸日甚,民乏土地财产,而担荷独重,无以为活。乃有上哲挺生,福音普布。民之得此者,如饮甘露,如醉芳醪。灵府感通,现在自觉。人权既认,奋斗乃兴。夫当时社会不平之众者莫佛国若,而新思潮之澎湃狂流者亦莫佛国若。有如斯之不平,而有如斯之思潮,此惊天动地之革命事业之所由来也,岂偶然哉!"①可见,当时卢梭的思想已经深入人心,革命者自觉地把卢梭的思想与中国的革命联系起来。

不仅如此,这些书籍还流传到当时旧式的书院里。革命元老黄兴(1874—1916)于光绪二十五年(1899年)在两湖书院读书,课余购买中江所译的《民约译解》等书,"朝夕盟诵。久之,革命思想遂萌芽脑蒂中矣,然卒未敢向同学者道及一字",后来留学日本,乃公开宣传革命。张继也曾受《民约论》的影响②。

清末时不但革命党人宣传卢梭,当时属维新派的梁启超,在引介卢梭思

---

① 旒其:《兴国之精神史曜》(录一章),《河南》第4期,1908年5月,见张枬、王忍之编《辛亥革命前十年间时论选集》,三联书店1977年版,卷三,第300页。

② 参见黄克武《自由的所以然——严复对约翰弥尔自由主义思想的认识与批判》,上海书店出版社2000年版,第256页。

想上，也扮演着十分重要的角色。1899 年梁氏在《清议报》上刊登的《破坏主义》一文，说：

> 欧洲近世医国之国手，不下数十家，吾视其方最适于中国者，其惟卢梭先生之《民约论》乎！……呜呼，《民约论》，尚其来东。东方大陆，文明之母，神灵之宫。惟今世纪，地球万国，国国自主，人人独立，尚余此一土以殿诸邦。此土一通，时乃大同。呜呼，《民约论》兮，尚其来东！大同大同兮，时汝之功！①

后来梁启超撰有《卢梭学案》一文，刊载于 1901 年的《清议报》，又重录于 1902 年的《新民丛报》，详细介绍卢梭"契约立国"、"主权在民"与"直接民主"等观念。一直到 1903 年初，梁启超在《答某君问法国禁止民权自由之说》中还说卢梭民约思想在当时的西方未必适合，但中国则不然，"医今日之中国，必先使人人知有权，人人知有自由，然后可，《民约论》正今日中国独一无二之良药也"②，对卢梭的赞美可谓直截了当。

刘师培在 1904 年所撰的《中国民约精义序》中说："吾国学子，知有'民约'二字者三年耳，大率据杨氏廷栋所译和本卢梭《民约论》以为言。"但是，《民约论》受到顽固者的攻击。为了驳斥守旧势力的攻击，传播"民约"思想，刘师培 1904 年与林獬合编《中国民约精义》一书，由上海镜今书局刊行，将中国古代圣贤所倡导民约的文集集结成篇，以呼应卢梭的主张。

《中国民约精义》是辑录中国先哲的书籍中言民约者，起自《易》、《书》、《诗》，迄于龚自珍、魏源、戴望的著述，凡三卷五万多字。所及范围非常广泛，但主要是儒家各派的著述。刘氏在每段后加了按语，以卢梭《民约论》中的观点相印证，加以阐释，评论其得失，既指出中国的圣哲与卢梭思想之间的相通和相歧异之处，也指出中国古人之间思想的先后继承和变化。如

---

① 梁启超：《自由书》，台北中华书局 1979 年版，第 25—26 页。

② 梁启超：《新民丛报》第 25 期，1903 年 2 月。

《易》"革卦"说"汤武革命,顺乎天而应乎人",与《民约论》所说的"君主背民约之旨,则君民之义已绝"、"人君之阻力,人民当合群以去之"契合,"所谓革命者,非汤武一人之私谋,乃全国人民之合意"①,这就把一般的反对暴君暴政诠释为人民反对君权专制,鼓吹推翻清王朝的革命。

刘氏在此书中,一般都是摘取一个作者或一本书的某些观点,如王阳明的心学,他选择的是其"良知"说,认为他的观点具有思想解放的作用,与卢梭的"天赋人权"说相同,"天赋人权"是说人的自由平等权利"秉"于天,而"良知亦秉于天",所以可以说"良知即自由权",并认为"阳明著书虽未发明民权之理,然即良知之说推之,可得自由平等之精理"。刘师培明确指出王阳明并未"发明民权之理",排除"古已有之"的时行思想,是正确的。刘氏的推导在于反对封建等级制度和传播资产阶级自由平等的思想,在此刘氏试图会通儒学和西学。

卢梭是西方知识分子中的一个,他的反复无常,他的感情容易冲动,这一切都表明,他受不了任何束缚。他受到的压迫比其他一切人都重,当有人侵犯他的自由时,他便愤然出走,故而他的生活总是漂泊不定。他希望充分保持自己的个性。这种性格在刘师培身上同样明显。刘氏关于教育方面的见解源于卢梭对儿童的培养,卢梭对人类自然状态的看法也非常适合刘师培对理想的无政府社会的向往与追求,这是像中国这样不仅遭受西方侵略同时遭受日本侵略的国家最适合的避难所。

卢梭关于自由的观念在其思想中占有主导地位,但他对自由赋予的意义与新生资产阶级的其他思想家所赋予的意义完全不同,因为只有卢梭清楚,在一切有富人和穷人存在的社会里,自由只是一个圈套。这一点对刘师培影响非常大,他也认为独立、民主、自由中间,前二者是最重要的,而自由不太重要,要维护前二者,可以限制个人自由,在这一点上,刘氏又坠入了传统中去。刘氏在对未来社会的设想中,追求的是绝对的平等,这一点与传统文人的看法并无二致。

---

① 刘师培:《中国民约精义》,载《刘申叔先生遗书》,江苏古籍出版社 1997 年影印本,第 564 页。

值得注意的是刘氏是受鸦片战争以后洋务运动之后的刺激,不仅中国没有强大,而且新政导致传统的小农失去自由谋生的职业,如上海的小刀会起义完全是因为这些水手失去了工作机会被迫起来对抗政府。所以刘氏对西方工业化的攻击在《论新政为病民之根》中得到极端的体现。

三

卢梭的学说对现代教育制度的影响是巨大的。他的《爱弥尔》一书的推广,在一定程度上开创了对自然的崇拜,对野外生活的兴趣,对清新、自然、富有生机和天然而生的事物的探索。他开始了对腐败的城市生活的批判。而这一点,刘氏在其著作中心领神会,加以运用,他在《废兵废财论》中认为,"害天下人民者,其唯功利二字乎? 图功之目的,在于自强;图利之目的,在于自富。强者恃兵,富者恃财。有兵然后有强弱之分,有财然后有贫富之分。强弱悬殊,贫富迥隔,遂与平等之公理,大相背驰。是则富强二字,非惟为人之大敌也,且为公理之大敌。"①他公开批判严复追求富强的梦想。他持此论的原因很简单,"观老子言佳兵不祥,孟子言善战者服上刑,推之宋砼言罢兵,许行倡并耕,董仲舒限田,一以利民为主。而杂罢之谈,商贾之行,则为学士所羞称。故以德为本,以兵为末,以农为本,以商为末,其制迥胜于今。……"此种倒退到古代的言行,在优胜劣汰的近代近于痴人说梦。但其倡导以农民革命为革命始则颇为超前。他的无政府主义社会建立的基础根源于远古之平等社会,"原人之初,人人肆意为生,无所谓邦国,无所谓法律,人人均独立,人人均不为人所制,故人人俱平等,此即原人平等之说也。当西历一千五六百年,欧西学者,有哥路志哈比布番,多谓人生之法,全溯源于天性,人之权利,全出于造化之赋与。卢梭天赋人权之说,即由是而生。卢氏作《民约论》,谓人之初生,皆趣舍由己,不仰人处分,是之谓自由之民;又谓古无阶级,亦无压制,故民无失德。近世持进化学者,虽

---

① 刘师培:《废兵废财论》,收入李妙根编《国粹与西化》,上海远东出版社 1996 年版,第 205—212 页。

痛排卢氏之说,然于原人无邦国、无法律,则固无一语相排。……"①他主张废除政府,以实现人类大同之境。

卢梭的人权说对于当时中国的知识分子影响是巨大的,使当时的民族主义者认为民族主义必须辅之以个人权利的学说。"虽然民族建国主义,不得个人权利主义以辅翼之,其分子之亲和犹未密,其质点之结集犹未坚,其形式之组织犹未完,其势力犹未达于全盛也。"②杨笃生根据卢梭的学说阐发国民与国家的关系:在民族主义未起之前,人们之所以没有国家意识,是因为误以天下为国家;由于没有个人权利意识,总是以政府为国家,认为国家与自己毫无关系。个人天赋人权的学说,使人人明白自由权人与我皆平等,既不能放弃自己的权利,也不能侵犯别人的权利。为保护和增进自由权,人们订契约,成国家。国家以众人幸福为目标,不以个别人幸福为趋向。政府为国家之一部,国民才是国家的全体。这就进到了人民主权的思想。清末民初的大多数思想家采用卢梭式的西方乌托邦式的传统,与儒家传统中的"内圣外王"的理想是分不开的。从这也可以看出儒家文化传统对接受西方思想的制约。

因为严复对西人边沁、弥尔思想的介绍,对卢梭的批判,导致了刘氏对他的批判。刘师培原本对戴震大加赞赏,反过来因为严复功利主义的倡导,而对戴震也大加挞伐。"戴氏自居为圣贤,敢为骇俗之论。然名为骇俗,实则败俗。盖中国人民富于自营之念,特囿于前修学术,故以利己为讳言。及戴氏之说昌,以为理寓欲中,不必讳言自利,而焦、阮诸氏又竟和其说,治汉学者咸便之。今则边沁、弥尔之言,渐由西方输入,均以乐利标其宗,而功利学派之书,复以非利物不能利己,且谓人类只有利己之心,利他则为变相。此说一昌,民竞趋利。蓄于心者为功利,对于外者为强权。又以戴氏之书,亦以营利为美德,足破前儒义利之辨,而民德之肆,乃可胜言矣!虽戴氏之说主于以己度人,使人己交利,然今之营利者,亦假俱利之名以自饰,托兼爱

---

① 刘师培:《废兵废财论》,收入李妙根编《国粹与西化》,上海远东出版社 1996 年版,第 180 页。
② 杨笃生:《新湖南》1903 年,见张枬、王忍之编《辛亥革命前十年间时论选集》,三联书店 1977 年版,卷一下,第 632 页。

之名,行利己之实。杨、墨之学,集于一身,而竞利之方亦愈巧。其下也者,则又攘夺公行,丧耻鲜廉,相习不以为非,以退让为恶德,以机巧为豪贤。此虽侯官严复之罪,然亦戴氏之说有以坚其信也。"[1]章太炎曾指出刘氏致命的弱点,就是贪图多掌握各种思想和书籍,但不求仔细揣摩其意,所以他多次劝刘氏不妨多看少著书。刘氏这种"拿来主义"的方法,使得他的文章前后矛盾、左右矛盾,极端西化又反过来极端复古。例如以刘氏为首的国粹学派力辨"君学"与"国学",即在梳理出"真国学"的同时可以反对摒弃现存之学中并非"真国学"的"君学"。他们很可能受到康有为的启发,在其解释传统中的"君学"部分时,有意无意建立出一种"阴谋"说,即君主是有意识地运用"愚民之术"以巩固其政治专制。刘师培指责古代"一二雄鸷之君,利用人民之迷信,遂日以神鬼愚其民,使君权几与神权并重"[2]。

既然相对清纯的道统方面之经典都可能是为了政治目的而造作,通常被认为更污浊的政统方面出现一些以政治为目的之"欺骗"似乎也顺理成章。其实国粹学派诸人多饱读经史,他们当然知道历代君主很少有正式的"愚民"表述,反多致力于"兴学",但若先存人君不德的预设,后者同样可视为君主的"阴谋"。具有讽刺意味的是,这一反专制、反迷信思路的背后仍隐伏着君主之"雄才"远高于人臣的见解,其实不过是换一种方式表述"君王圣明"的传统观念。

刘师培在《人类均力说》一文里,赞扬许行为中国倡"并耕说"的第一人,同时批评孟子的"劳心者治人,劳立者治于人"是违背人类平等之趣旨。他介绍许行的学说:"战国之时,有许行倡并耕之说,其言曰:贤者与民并耕而食,饔飧而治,又以滕有仓廪府库,为厉民自养。其说甚精……即孟轲复生,又安能以遁辞相抵耶。若轲言而天下之人,因劳力劳心之分,生治人治于人之差别,则与人类平等之旨,大相背驰,其说更出许行下矣。盖许行之说,虽未圆满,然其倡并耕之说,则固中国第一人也。"在这里,我们通过刘师培对

---

① 申叔:《非六子论》,收入李妙根编《国粹与西化》,上海远东出版社 1996 年版,第 224 页。

② 罗志田:《中国传统的负面整体化:清季民初反传统倾向的演化》,载《中华文史论丛》第 72 辑,上海人民出版社 2003 年版,第 233 页。

许行的评价,可以看出刘氏个人思想的变化。例如,排满革命论时期,刘师培批评许行"贤者与民并耕而食,饔飧而治"的这一观点,那时,刘师培指斥许行之言"不独背于孟子,亦且大背于卢梭者也",而列举其"不知分工之义"、"欲去君主之有司"、"举国人民皆平等"的谬误。他说:"许行之自由,无限之自由;孟子之自由,有限之自由也。许行之说,可行于野蛮之时,不可行于文明进化之日。"这种观点与无政府主义者时期对许行的解释表现出完全相反的态度。更有趣味的是,后来刘师培投降端方后再次改变对许行的评价,攻击许行并耕说的非现实性。刘氏免不了"断章取义,牵强附会"的谬误。阅读其著作,感觉他有强使学术服从自己解释的现象,这可能因为他太年轻气盛,因为青年意气,而见解多变、反复无常。

不仅如此,他年轻时期之所以会产生破除家庭的激烈主张,也与卢梭的倡导分不开。卢梭的观念在其身上有很深的烙印。卢梭对社会的产生和分析,社会从自然原始状态演化到复杂的城市,这时人类腐化了:他天生的自私转变成一种伤害性要大得多的本能,他称之为虚荣,其中包含自负和自尊,每个人都用别人对自己的看法评价自己,因而企图让别人对他的金钱、力量、智慧和优秀的品德留下深刻的印象。他天生的自私心变得好胜和贪婪,于是疏远别人,把别人视为对手而不是兄弟,从而使别人与自己疏远。疏远导致了人们的心灵病态,其特征是外表和真相之间悲剧性的分离。正如卢梭所看到的:竞争的罪恶摧毁了人类与生俱来的公有观念,并激发了人类所有最邪恶的品质,包括剥削他人的欲望。这使卢梭不信任私有财产,把私有财产作为社会犯罪的根源。卢梭的思想以及浪漫主义的文学色彩也影响了俄国民粹派的托尔斯泰,刘师培同样受到很大的影响。他们共同的特点,就是不管现实情况,只要符合他们超越的文人理想。这种思想特别适合刘氏处在列强环伺的不那么愉快的现状之下,卢梭的思想对刘氏有莫名的吸引力。

这可以刘师培的《利害平等论》为例。他强烈地批判西人的利己心。他说:"近世英人边沁以为兴利,当衡其轻重厚薄。一人之私利,与众人之公利,不能背驰。惟人己互利,大利乃成。推其意旨,盖以非利物不能利己,则仍以利己为本位。既以利己为本位,由是倡利己之说者谓人类只有利己心,爱他心者特利己心之变相也。此说一昌,民兢趋利,由是蓄于心者为功利,行于世者为强权……"他在文中批判了严复的"正谊""明道"的计功利的解释,"是则今之所谓善恶不过古代一二人之苦乐而已,且一二人之苦乐必与群众之苦乐相背而驰。即使与民间苦乐不相背驰,然苦乐由心而分则善恶亦由心而定,心以为善则加以善,心以为恶则加以恶名,不过以意见为善恶而已,奚足以定利害之准哉?要而论之,利害者造于人心者也。夫人心有造境之能,如文人学士遐想所寄,见闻而外别有会心,由是默运神思,独标远致。诗歌则流连景光,图画则白描山水,是皆新能构境之征。人心所构之境非宇宙固有之境,则目前之利害又安知其非吾心所构之相哉?若谓利害有境可凭则死于沙场,世人以为至苦而忠臣义士或甘之。如赇斗粟赢金,俗之视为至宝而通人远观则或避之如浼,则利害岂有定哉!"他最后说:"是种族革命政治革命经济革命其理久具于民心,所以蓄而不发者,则以利害之心胶固于中,而一二倡邪说者复以利害相煽,利心日炽,遂至自丧其真心,使人人晓然于利害为幻象,舍趋利避害之妄念而用其固有之真心,成则为万国之导师,不成则墟中原为赤地,夫复何事不可行哉!"[1]其论说惊心动魄,但细察其内容则为文人浪漫主义式的呼喊,缺乏实际的操作程序,因为革命是一种系统工程,不可能一夜之间通过暗杀或联络会党推翻清王朝的专制统治。一旦革命遇到挫折,刘氏便会走向浪漫的无政府主义的乌托邦,而刘氏从上海期间到日本初期的激烈排满、信奉卢梭的民权学说到走向无政府主义的泥潭正是走了一条永不归去的道路。

1907 年,《天义报》着重介绍了托尔斯泰的《致中国人书》,此文先后两次在该报翻译发表,并加了按语。按语指出:"此书之意,在于使中国人民不复仿行西法,其言最为沉切。至其要归,则在中国实行无政府。彼以中国无政府,则外患自息,人人不为政府尽职,则政府不复存,此即所谓以消极政策而

---

① 刘师培:《利害平等论》,《刘申叔先生遗书》,江苏古籍出版社 1997 年影印本,第 1682—1683 页。

至无政府也。"①刘师培等人高度肯定了托尔斯泰对西方资本主义制度的指责,尤其欣赏他对中国传统农业社会的赞美。另外,天义派为了批判白种崇拜、全盘西化思潮和欧洲工商业立国,接受了托尔斯泰对儒佛道高度评价而批判资本主义诸国道德为伪道德等的观点。在重视小农的地位以及批判资本主义价值观上,刘师培与光复会的成员没有什么区别,甚至在无政府主义的提倡上,光复会的章太炎、陶成章等都曾经提倡过,但章氏后来又放弃了这种不切实际的幻想,张继也丢弃了这种幻想,惟有刘氏在日本期间坚持这种乌托邦的幻想。但由此可以看出,对托尔斯泰的赞美,又使得刘氏坠入了对传统农业和谐社会的礼赞,这与他对老庄思想的赞美是分不开的,文人式的田园生活的幻想使他在乱世中想找一片净土,这不能不说是刘师培致命的弱点。而这一切与他接受卢梭自然状态的社会理想又是分不开的。

第二节 刘师培关于中国文学史的学术史考察

作为国粹学派的主将之一,刘师培的国学思想已经得到了人们的充分研究,但是关于刘师培的文学思想则较少研究。本书试在这一方面进行一次充分的总结。②

刘师培在 20 世纪初叶发表的一系列关于中国文学的论文中指出,在上古文化系统中,"夫声律之始,本乎声音:发喉引声,和言中宫,危言中商,疾言中角,微言中微、羽;商、角响高,宫、羽声下。高下既区,清浊旋别。善乎!《吕览》之溯声音也,谓涂山歌于候人,始为南音,有娀谣乎飞燕,始为北声。则南声之始,起于淮、汉之间;北声之始,起于河、渭之间。故神州语言,虽随

---

① 转引自[韩国]曹世铉《清末民初无政府派的文化思想》,社会科学文献出版社 2003 年版,第93 页。
② 刘师培:《南北文学不同论》,收入劳舒编、雪克校《刘师培学术论著》,浙江人民出版社 1998 年版,第 161 页。

境而区,而考厥指归,则析分南北为二种"①。他指出中国古代南方之文与北方之文的区别:"声音既殊,故南方之文亦与北方之文迥别。大抵北方之地,土厚水深,民生其间,多尚实际。南方之地,水势浩洋,民生其间,多尚虚无。民崇实际,故所著之文,不外记事、析理二端。民尚虚无,故所作之文,或为言志、抒情之体。"②

按照刘师培的说法,"西汉之时,文人辈出。贾谊之文,刚健笃实,出于韩非;晁错之文,辨析疏通,出于《吕览》;而董仲舒、刘向之文,咸平敞通洞,章约句制,出于荀卿。盖西汉北方之文,实分三体:或镕式经诰,褒德显容,其源出于《雅》、《颂》,颂赞之体本之;或探事献说,重言申明,其源出于《尚书》,书疏之体本之;或文朴语饰,不断而节,其源出于《礼经》,古赋之体本之。"③

刘氏指出周代之"《诗》篇三百,则区判北南。《雅》、《颂》之诗,起于岐、丰;而《国风》十五,太师所采,亦得之河、济之间。故讽咏遗篇,大抵治世之诗,从容揄扬;衰世之诗,悲哀刚劲;记事之什,雅近《典》、《谟》"。刘师培谈到周代美术的特点是"礼与文合,而美术以生,非礼文之外,别有所谓美术也"。

其论东周文学,云:"春秋以降,诸子并兴,然荀卿、吕不韦之书,最为平实,刚志决理,辁断以为纪,其原出于古《礼经》,则秦、赵之文也。故河北、关西,无复纵横之士。韩、魏、陈、宋,地界南北之间,故苏、张之横放,韩非之宕跌,起于其间",而"荆楚之地,僻处南方。故老子之书,其说杳冥而深远。及庄、列之徒承之,其旨远,其义隐,其为文也,纵而后反,寓实于虚,肆以荒唐谲怪之词,渊乎其所思,茫乎其不可测矣"。他说屈平之文,"音涉哀思,矢耿介,慕灵修,芳草美人,托词喻物,志洁行芳,符于二《南》之比兴,而叙事纪

---

① 刘师培:《南北文学不同论》,收入劳舒编、雪克校《刘师培学术论著》,浙江人民出版社 1998 年版,第 161—162 页。
② 刘师培:《南北文学不同论》,收入劳舒编、雪克校《刘师培学术论著》,浙江人民出版社 1998 年版,第 162 页。
③ 刘师培:《南北文学不同论》,收入劳舒编、雪克校《刘师培学术论著》,浙江人民出版社 1998 年版,第 164 页。

游,遗世超物,荒唐谲怪,复与庄、列相同"。

刘氏评论魏晋代之际文体的变迁,"而北方之士,侈效南文。曹植词赋,涂泽律切,忧远思深,其旨开于宋玉,及其弊也,则采择艳辞,纤冶伤雅。嵇、阮诗歌,飘忽峻佚,言无端涯,其旨开于庄周,及其弊也,则宅心虚阔,失所旨归。左思诗赋,广博沉雄,慨慷卓越,其旨开于苏、张,及其弊也,则浮嚣粗犷,昧厥修辞。"刘氏之评论南北文体在清代的变化时说,"清代中叶,北方之士,咸朴僿蹇冗,质略无文;南方文人,则区骈、散为二体:治散文者,工于离合激射之法,以神韵为主,则便于空疏,以子居、皋闻为差胜;治骈文者,一以摘句寻章为主,以蔓衍炫俗,或流为诙谐,以稚威、容甫为最精。"①

第三节　文学与妇女解放运动

晚清成效最为显著的是倡导妇女解放。传统社会的女子被禁锢于闺阁绣房之中,很少与社会政治结缘。而这时一批又一批的女子通过学校走向社会,参与各种政治活动。在 1910 年的天津失城十周年纪念会上,以女学生为主的女界与会者竟达数万之众,高等、普育等校女生争相登台演说。她们不仅单独会议,还常常与男子共同集会,决心"洗去我二万万女同胞四千年来奴颜之辱、分利之羞"。在清末的各种政治性社会性集会以及博览会、演说会、运动会中,都可以看到女学生的身影。

1905 年《字林西报》记者参加了务本女校一次集会后评论道:"二百多名妇女参加了有男子参加的公共集会,仅仅这一点就表明:中国确已觉醒。""当一个国家的妇女也开始对涉及公共福利的事情产生兴趣的时候,这个国家便处于向一个更高目标进军的顺利的阶段。"女学生们闪现于清末爱国民主和除旧布新活动中的飒爽英姿,成为中华民族觉醒与新生的重要标志。如果考虑到这是一个连姑娘们天足上街、乘有轨电车和在饭馆就餐也可视

① 刘师培:《南北文学不同论》,收入劳舒编、雪克校《刘师培学术论著》,浙江人民出版社 1998 年版,第 167 页。

为十年间翻天覆地变化象征的国度,那么上述活动的确有石破天惊的意义。随着视野和活动范围的扩展,女学生们产生了强烈的自尊自豪感,对女性的权利声誉倍加珍惜爱护。1906 年,《杭州白话报》刊出一篇题为《人道与妇女》的译文,污蔑女子只比猫狗略高一筹,不配讲人道。女学生深以为侮,再三去函辩驳。[1]

妇女在晚清开始觉醒了。到了清末,大家都革命,男子革命,女子也革命。秋瑾的词《满江红》:"小住京华,早又是,中秋佳节。为篱下,黄花开遍,秋容如拭。四面歌残终破楚,八年风味徒思浙。苦将侬,强派作蛾眉,殊未屑!"她说你把我做蛾眉,我不屑于,不愿意做一个女子。据吕碧城的记载,秋瑾有一天来拜访她,吕碧城门前的佣人通报外面有一个梳头的爷们要见她,秋瑾穿着男装像是爷们,可是她还梳着女子的头,后来她们谈得很投机。秋瑾就留下来跟吕碧城同住。第二天早晨吕碧城朦胧地一睁眼,忽然间看到一个人穿着靴子,她大吃一惊,原来秋瑾还穿着男子的靴子。秋瑾这个时候就是女性的觉醒,她就把女性的觉醒写到词里边去了。"身不得,男儿列;心却比,男儿烈!算平生肝胆,不因人热。俗子胸襟谁识我?英雄末路当磨折。莽红尘,何处觅知音,青衫湿!"我是女子,不得与男子并排并列,可是我的内心比男儿还要激烈。[2] 辛亥革命前在日本东京创办的《天义》从中期以后论调中女子复仇的态度渐渐起了变化,作者们就男女问题与社会、经济方面等问题具体结合起来谈论妇女解放。其变化原因可能是感觉到复仇论的非现实性,或是通过幸德秋水等人的帮助更理解了无政府女性解放论,其代表性文章是《女性解放问题》。在该文中,何震改变了初期主张的结婚和离婚自由、一夫一妻制、男女共同教育及共同社交场出入等的种种态度。她认为这些主张不过"肉体上之解放",而为了实现真正自由和平等,惟无政府革命能解决男女之间的根本问题。

柳亚子撰《黎里不缠足会缘起》,开篇即引用"西哲"之言:"十九世纪民

---

① 桑兵:《晚清学堂学生与社会变迁》,广西师范大学出版社 2007 年版,第 412—413 页。
② 叶嘉莹:《从李清照到沈祖棻》,《文学遗产》2004 年第 5 期。

权时代,二十世纪其女权时代乎!"这一新的时代体认,也使立身潮头的晚清激进的妇女论者,自觉以推进"女界革命"为己任,要求女子完整地拥有受教育直至参政等各项基本权利。

实际上,柳亚子等人也明白,现实社会中,女子的地位还在受专制政权奴役的男子之下。而依据其所崇信的"天赋人权"理论,社会革命应以实现人人享有同等的权利为目标。因此,诸人所热心鼓吹的"女权革命",也理所当然地成为"民权革命"的基础,列为当务之急。不必说,妇女从社会最底层的奴隶,到拥有十足的女权,期间存在着巨大的鸿沟。这也是"女界革命"在20世纪初,还只是少数先觉者的呼唤的原因。意识到其间的艰难,为使女性尽快从"男尊女卑"的禁条中解放出来,使"女界革命"真正变为女性群体的自觉行动,利用历史资源,以增进女子的自尊心与自信心,也被晚清先进之士当作启蒙良方。[①] 在广东大多数地区,革命到来伴随着士绅和商人掌管了领导权。这一点与其他乡村的普遍模式有很大的不同,在乡村地区,商人的作用比几个广东的城市更为有力。但是该省的首府广州,在乡村地区的叛乱的压力帮助下爆发了共和革命。民军是由三合会秘密社会团体、匪帮、农民和革命者等联合而组成的,主要集中在黄河东部地带的城镇。他们攻占了惠州和同盟会领导的广东地区。其成员增加到超过了十万人。如果社会平等的远景曾经成为革命前所宣传的次要特点,既然清朝统治垮台,那么社会平等将会成为重要的目标,对于激烈的变革来说,社会平等应该成为其权力的组织基础。但事实不是这样,广东的领导者利用较早的机会孤立并破坏这种威胁社会的力量,从1912年2月开始,到了3月达到高潮,此后又持续了几个月。

触发同盟会革命的社会背景,主要是因为知识分子的出路被葬送,科举制度的废除则成为直接诱因。一旦它们失败,就会努力从在情感上和智力上有联系的精英中解脱出来。他们的梦想并没有变成既存社会秩序的关键。重点是放在避免产生未来因工业发展而造成的社会混乱,但也有例外。

---

① 夏晓虹:《历史记忆的重构》,《读书》2001年第4期。

种种迹象表明中国现存的社会结构是有利的,即使人们愿意接受改革。尽管所有广东的革命领导人绝不会接受温和的观点,这一点从外观上来看与中国其他地方广泛的改革者没有什么实质上的不同,改革者与革命者是相似的,广东政府大都持这样一种判断。好像保持秩序比放弃新的秩序更可行。广东的士绅和富商也许会被新的广东政府的改革热情所困扰。在其他地方,共和革命掌权的组织成员经历大体上是一样的。

在 1911 年革命中,中国的社会精英,尤其是士绅的主要组成部分,不仅面临着来自上层的控制,还有来自下层民众的威胁。他们对这场新的危机的适应是非常成功的。

在从清朝专制统治解脱之后的新的自由气氛中,在精英中开展的政治活动非常热闹。一项研究认为在革命的潮流中一共形成了三百多个政党,但发现有十五个政党是值得讨论的。即使在非常重要的十五个政党里面,一些政党也并不是为了赢得政治权力,许多其他的政党只是支持个人野心的俱乐部。但是政治组织和宗派活动的利益,在君主专制下是被严格禁止的。

报纸也如雨后春笋般萌芽起来。据不完全统计,1898 年报纸和杂志总共有 60 种,到 1913 年有 487 种。到了 1912 年暮春,四川的首府成都有 7 种日刊报纸。这个省最主要的商业都市重庆,有 6 种日刊(与此相比,革命前只有 2 种)。广东据报道在 1912 年有 24 种,等等。至于大多数的政治活动,代理人由于教育成就而受到限制。报纸有许多,但是只占人口的一部分,阅读者是很少的。当时熟悉这一切的外国人估计汉语报纸在中国的中部进行大量发行的每天只有 2 万份。要点是,即使与最近的过去相比,士绅和商人中间的交流与政治组织的水平在 1912 年、1913 年初显著地上升。当时大多数民众对政治漠不关心,并没有被组织起来,但是在省以及国家通讯和委员会中的精英前所未有地带动了起来。最后导致各个领域的参与各级参议院和新的政府行政主体的政治热情大为提高,甚至到乡下和更小的行政区划内都有参与的热情。

共和初年明显的一个标志就是社会的更加自由以及精英中的旧式传统

更加松散。全国的共和规划都在大刀阔斧地进行，因为清朝专制统治的被推翻，随着王朝的崩溃，男子的满洲式发型被割掉。例如，在山东，周自齐是督军，他是由袁世凯任命的，他剥夺了那些不割辫人的选举权（尽管他后来才得到北京的任命）。在几个城市，警察或者埋伏的共和的狂热者利用理发店的工具将过路人的辫子割掉。还有一些人坚持着。驻扎在天津到浦口铁路沿线的张勋的私人军队仍然留着辫子以表示对共和制的蔑视和不满，尽管张勋接受了整编，但是并不总是听从袁世凯的命令，他是袁世凯小站练兵时代的旧式军队指挥官。总的来说，除了一些城市中心以外，普通的民众并不乏呼吁新的黎明时代来临的热情，他们希望明天过得更好一些。

冯玉祥，后来成为著名的军阀头子，当时在直隶只是一个中级军官，在他的传记中描述到一些士兵听从袁世凯的命令割下辫子后禁不住哭起来，所以他感觉到有必要给每一个士兵一枚大洋以克服对割辫的抵制。在四川，据报道说1912年春发生了前清的起义，他们的目的是要恢复清朝统治，驱逐外国人，杀死没有辫子的汉人。国家为了争取新的发型的战役的结果是喜忧参半。但是对于那些采取这种措施的人来说，不管是自由的还是被迫的，都表明与过去的公开的决裂彻底完成了。这是自由的象征。

同时与男子发型变化的是过去的态度和风俗习惯的彻底衰落。西装成为城市精英的流行服装。旧式官员之间见面的叩头被废除了。北京新上任的总统称自己为先生。大众对政府失去了信任，这些政府的代表都要先与选民见面。湖北革命政体所控制下的长官因为坐在帝国前辈们的轿子里而广受批评。关于教育的国家会议在1912年夏举行，围绕着孔子的诞辰是否应该被学校纪念而产生了分歧。中国的新年定在1913年，在2月6日这一天的旧历年，这一天的度过与元旦相比在北京没有传统的庆祝的迹象，当时北京装扮旗帜以庆祝共和国诞生一周年。北京发生的这些变化尽管相对保守，但是提示着在城市中心所发生的广泛变化。

西式学堂的学生继续并且也许呈现出增加的趋势，这样的学校在革命之前已经开始发展，在学校事务方面代表了他们的声音。中国的报纸抱怨说北京大学的学生，像其他地方的学生一样，想"指示谁将任他们的校长和教师,并且说他们应该如何表现"。袁世凯鼓动说"学校中最为重要的原则是服从",他揭露了学生们对教师的漠视以及忽视纪律的态度。他说:"学校的学生和员工们应该意识到要培养共和的礼仪,自由和平等只有在法律的范围内正常进行,人们的优秀才能才能提高。"对于旧的社会,态度上的分裂不足以威胁到整个秩序,但是尽管如此,还是值得注意的。

当时新的社会发展对于未来有着重要意义的是妇女运动。19世纪80年代,在康有为的领导下一群男子倡导在其家乡地区开办禁止缠足的协会,但是后来由于害怕政府不支持政府以外的政治组织而紧张地解散了。即使这样的苍白无力的对于女性解放的一点光亮在1890年之前也不能幸存下来,而这时康有为希图重新尝试,而这种禁止缠足运动在全国其他地区发展起来。

在19世纪即将结束的时候,一些女子采取她们自己的措施来反抗加在她们身上的枷锁和社会压迫。在新的世纪的最初的几十年内,虽然很少,但越来越多的妇女或者在中国或者在国外,通过西式的教育来追求个人的解放。在1911年革命中,长江下游地区、广东和福建的妇女组成了穿着军服的军队。浙江组成的女子公民军成员多达四十五人,1912年1月被黄兴遣散。

共和初年,一些参政权扩大论者提出了妇女投票权的问题。领导革命的同盟会组织主张妇女的平等权利(尽管不是普遍的成年妇女参政)。参与投票的热情以及在省议会中要求平等的席位还是被孙逸仙的南京政府所回绝了。妇女们则以投掷炸弹相威胁。妇女的投票权通过了,但是被宣布无法操作,直到不久以后在北京集会的国家协商议会才得以重新考虑。这一次,几十位妇女进入会场并砸毁了窗户。当时英国军队中的妇女参政论者的影响在这些政策中影响很大。之后关于妇女参政的议案在广东的省议会中被引进,这个省的行政是由同盟会分子所控制。但是省议会否决了这个法案,结果遭到了被任命的十个妇女议员的坚决反对。"无投票权不如死亡"成为广东妇女参政论者的呐喊,她们继续表达愤怒情绪。

尽管还发生了其他深刻骚扰社会的问题,但是革命领导人还是及时解决了当时的矛盾。孙逸仙尽管受到妇女争取平等权利的谈判的压力,但是他还是觉得要推迟解决这个问题。1912年8月,他在北京宣布妇女的平等权利符合原则,国家处于危急之中,坚定的政府一定要建立起来。上海的一家政治上持左翼保守态度的报纸宣布妇女受教育不够不具有投票权。这种看法并不能解释为什么能够通过限制的教育和财产资格不允许妇女具有同男子一样的投票权。

明显的,比社会上一少部分有权利的妇女积极分子更有力量的人群已经聚集起来,要求获得更大的法律上的权利。虽然最初进行了一番较量,但是为以后的重新努力奠定了基础。回国的一些男性学生在上海于1912年春开始了新的一幕:"人们看到女孩子迈着天足在大街上走路,乘坐有轨电车,在餐馆里就餐不禁感到由衷的高兴。对于我来说当知道了十年前那些严酷的规矩,新的生活将全面开始。……"1912年秋季,上海的一个学生社团争论说中国应该实行西方的自由婚姻制度。妇女也参加了讨论。即使很有限,但是这些激烈的震动开始发生了。她们在革命出现自由的结果以后要求逐渐放开旧有的社会结构。

广东在1912年和1913年宣布,同自由主义的命运一样,处于革命民族主义和改革的省治主义的交叉口。在其他几个省面临着特殊的决定和方向,革命后的广东的行政首脑在权威上追求西方的激进主义而不是非革命化的改革。范围非常广泛。如制订了实现普遍基础教育的计划。在政府的学校里禁止教授经典课程或者进行传统的尊孔仪式。新成立的卫生委员会开始对流行病进行治理,使用接种措施,进行卫生教育,控制肉类的销售,开展灭鼠运动。鼓励开办地方工厂,建议人民购买"广东货"。外国在香港开办的水泥公司的广东原料进口被切断,以支持地方政府所属的公司,表达对外国人的抗议。在广东,省警察厅长禁止非法解除富裕家庭所雇佣的女佣。他为女佣、逃难的小妾、童养媳、雏妓提供学校教育和避难所。懂得西方医学的医生在社会上比传统中医得到更多的支持。警察禁止举行传统的宗教节日。嫖娼、赌博、鸦片销售和消费都是非法的,等等。像其他地方一样,政府部门中接受国外教育的人是很明显的。尤其不同的是那些接受外国教育经历(与接受日本教育相比)的比例和中国基督教的地位显著提高。

1912年8月,参议院制定参、众议员选举法,仍剥夺了妇女的选举权和被选举权,并提交大会讨论。当时醉心于议会政治的宋教仁为赢得国会选举胜利,为了满足某些政团的要求,取得其他党派的支持,公然在政纲中删除了男女平权一条。唐群英等同盟会会员异常愤怒。8月25日,国民党召开成立大会,女会员涌入会场,再次提出了抗议,唐群英在愤怒之下甚至打了宋教仁一记耳光。正如《大公报》所言:"女子参政团唐群英君,大闹于南京参政院,警士为之踢翻,再闹于北京参政院,议员为之退避,何其壮也。参政权不可得,而适当同盟会改组国民党之际,又将会纲中男女平权一条,平白的删去。于是,怒不可遏,欲以激烈手段,对付男会员,前则大闹于国民党成立会,今又大闹于国民党之选举会,掌宋教仁之颊,啐张耀曾之面,大哭大骂,拍凳拍台。女权虽不得,而女权亦可从此大伸。"

　　辛亥革命之后,"革命话语"普泛于生活的各个场景。20年代周作人一篇随感录中,就谈及20年代上海报贩以"看女革命的跳戏"来吆喝招徕生意的情景。谢冰莹由衷地说:"革命是其'婚姻问题'和'未来的出路问题'都可得到解决的'唯一出路'。"与旧时代截然不同的景象更鲜明地体现在年轻女性群体中。"在这块居住着"淳朴农民的土地上,为了糊口,父母仍要卖掉女儿,品行端正的妇女深居简出,而现在却出现了一代宣称男女平等的"短发女郎"。革命化的女性更加引人注目,"她们身穿制服,跟在国民革命军后面当宣传员,她们唤醒了乡村,组织起妇女协会"。"在十多个省中,有近一百五十万妇女参加了"国民革命,而判断她们是否为革命女性的外显的一个标志,就是制服和短发。"在中国,短发已成为妇女们为之献身的旗帜。"这些姑娘身着男制服,不知疲倦地走家串户,极力宣传放足、剪发和年轻人有权自主婚姻。"这些事实表明,是强烈的革命感情使她们如此行事。"当然,这个极其生活化的革命象征,也成为她们厄运难逃的标志——"中国时有这样新闻报道,一二十个妇女被当作革命者杀害了,而宣布她们为革命者的唯一证据就是她们梳短发"①。女子运动乃自立于中华之一项全民运动,经过一

---

① 王先明:《从风潮到传统——辛亥革命与"革命话语"的时代性转折》,天津市社会科学界联合会、天津市史学会、南开大学纪念辛亥革命百周年学术研讨会论文。

系列改革者和革命家的激荡,女子争权运动成为 20 世纪一场不可忽视的运动。松江女士莫虎飞的《女中华》陆续在当时刊出。在莫虎飞的论说中得到了更为充分的阐释。莫氏断言:"今日之世界,女子之世界也;今日之中华,女子之中华也。"原因在于:"盖二十世纪之中华,有一轰天裂地之怪物焉。斯物既出,而我中华之二万万同胞姊妹遂跃出苦海,共登灿烂华严之世界。"此即"女子之革命军"。女子革命军既"以女权为目的,以女学为义务",造就众多女国民,"则他日以纤纤之手整顿中华者,舍放足读书之女子其谁与归"!至此,作者关于"二十世纪之中华,其女子雄飞之时代哉"的预言便具有了合理性。①

第四节 南社等革命党人的文人侠客梦与南方革命论

近代史上革命党人的发起最先起始于南方,这与满洲的历史是分不开的。因为清兵入关后,江南成为抗清基地,在长年的革命生涯中,革命党人对于晚明的历史是非常熟悉的。他们借助于对南明历史的凭吊来激起对抗清革命的豪情。如陈去病凭吊当年英勇抗击清军以致断头沥血的先民,写出了脍炙人口的诗作:

北伐当年事大难,伊人曾此下寒滩。者番恰称招魂祀,灯火楼船夜未阑。(《九月初七日新安江上观水嬉,并为有明尚书苍水张公作周忌》)

策马高岗日色斜,昆明南望泪如麻。蛎滩鳌背今何在?只向秋原哭桂花。(《四月二十五日偕刘三谒苍水张公墓,并吊永历帝》)

张苍水,名煌言,曾任南明兵部尚书。他在浙东山地和沿海一带举旗抗

---

① 夏晓虹:《历史记忆的重构》,《读书》2001 年第 4 期。

清。曾与郑成功合兵,入长江,围南京,直进芜湖,共下大江南北四府三州二十四县,东南震动。诗人想象当年张煌言饮血提戈艰苦奋战的情形,回忆永历帝被吴三桂所俘,在昆明被绞死的往事,不禁泪下如麻。这类诗,对于熟悉晚明史事的传统知识分子,自然是有特殊的激励作用。①

一

1903年夏季《苏报》案发生,章太炎和邹容,在爱国青年的眼中,成了为革命受难的英雄象征。陈去病来到上海海滨,登楼瞭望,有诗道:

惨淡风雨入九秋,海天廖廓独登楼。凄迷鸾凤同罹网,浩荡沧瀛阻远游。三十年华空梦幻,几行血泪付泉流。国仇私怨终难了,哭尽苍生白尽头!(《重九歇浦示侯官林獬、仪真刘光汉》)

同治被囚,革命多艰。当时,陈去病虽已进入中年,而所事无成,白发早生,自然感慨系之。"哭尽苍生白尽头",生动地写出了陈去病心系革命,与革命同忧患的感人形象。

章太炎和邹容的行为,怎样使得刘师培倾倒,由他在这一年发表的三部著作可证。《中国民族志》集中阐述"光复汉族"的见解,《中国民约精义》直接呼号民权自由。两部书都署名"光汉子"。而更直白呼吁清廷应作为夷狄攘除的《攘书》,索性更号为名,署姓名为"刘光汉"。总之,从见解到用名,处处表现以阐发《序革命军》、《驳康有为论革命书》的思想为己任。这三部著作也使虚龄二十岁的刘师培名声大噪。尤其是他模拟卢梭,亟论中国需要"天赋权"的《中国民约精义》,更受同代知识青年的欢迎,有人甚至作诗恭维他是"东亚卢梭"。

1903年冬蔡元培、叶瀚等发起"对俄同志会",出版《俄事警闻》。刘师培

① 张夷编:《陈去病全集》(第一册),上海古籍出版社2002年版,序言第12页。

成为它的积极成员,撰文揭露沙俄侵吞中国领土的阴谋,借以抨击清帝国的内外政策。1904 年 1 月日本和沙俄竟在中国东北大打出手,《俄事警闻》改组为《警钟日报》。刘师培又和林獬等共同担任主笔。同年又相继参加蔡元培等主持的军国民教育会、暗杀团,并成为光复会的会员。刘师培和林獬主办的《警钟日报》,鼓吹革命,警惕俄日侵略的危险,他们在报上每日刊登国外新闻以及国内新闻,探讨日本后起的君主立宪国何以能击败俄国的原因,探讨日本的军制和武士道精神。翻阅当时报纸上的言论,对不同的见解都能够兼容并包。如他们在东北战场上所见,"记者昨行于野,见道旁骷髅累累,枯骨纵横相交错。观此情形,悲从中来……然其为有脑筋有知觉之同胞也。无疑,念我祖国自黄帝以来,沿黄河而居,由游牧而经酋长,而成一大帝国,固俨然世界上之一壮士也,历何时而何以今日之现象?……"①

《光汉室诗话》:"近日无量(案:谢无量,《苏报》案发,逃亡日本)、君武自日本西京归,郁仁来自扬州,佩忍亦留沪上,聚饮甚欢,而得诗最多,君武赠佩忍诗云:'论诗昔慕美尔顿,观戏今逢莎士披。怀才抱奇不自得,献身敢作优伶诗。'"

1905 年 2 月 23 日,《国粹学报》在沪创刊。该刊以"保种、爱国、存学"为宗旨,宣传反清思想。邓实为主编、黄节发表《叙》,陈去病、蔡守、高旭、柳亚子、王无生、诸宗元、刘三、黄宾虹、陈蜕、庞树柏、胡朴安等人皆为撰稿人。②

在叙述列强侵略中国之新政策时指出:"夫列强之于中国,欲灭则灭,而必用此阴险之秘术者,何也?灭国新法进化之公例也。昔之灭国也,灭一姓,常以国为一人一家所私有,故亡之者必占其地,虏其居,戮其臣而后已,是野蛮之手段也。今之灭国也,灭全国以国为通国之公物……故一变为暗灭之法,先占其要地,揽其财政,笼络其政府,柔服其人民,侵夺主权,一以柔道行之,使之力尽势疲,一蹶不振,以驯扰而同化于我,即据人之所有者还以

---

① 《警钟日报》甲辰十一月廿一日,《时评》中国脂膏竭矣。1904 年 12 月 27 日,复旦大学民国报刊影印本。

② 《陈去病年谱》1905 年 2 月 23 日条,收入张夷编《陈去病全集》(第六册),上海古籍出版社 2002 年版,第 58 页。

制人。"他还认识到外国侵略之新形势,"故其实行帝国主义于老大中国也。一以殖民政略为主脑,而以租界为政略、铁道政略、银行政略、传教政略、工商政略、税关政略为眉目……以中国制中国,即以中国灭中国,欧人之妙技具于是矣。彼官吏与无赖者,昏愚无识,无国家之思想,无种族之感情,贪鄙嗜利,安受牢笼,以乐为之用,而盗卖土地,挥霍权利,生心外向,同室操戈,以自背其祖国,残其同类而不恤,国安得而不亡,民安得而不敝也。"①

刘氏与林白水(名獬)所创办的《警钟日报》在上海开始发行,两人都鼓吹革命,实行暗杀主义。林署名白话道人发表《论刺客的教育》一文,鼓吹暗杀作为革命过渡的手段。1904 年 11 月,上海发生万福华谋刺广西巡抚王之春的事件,刘申叔参与其中,林设法奔走营救。② 林和刘都热衷于暗杀。他们在《警钟日报》上刊登日本的武士道精神的文章,并和中国古代的荆轲相提并论。而后中国刺客之少主要由于君王的禁止私人拥有武器的政策。

1906 年二三月间,秋瑾识徐自华,同结金兰之好。是年始,浙湖州南浔绅士张允群创浔溪女学,聘徐自华主持校务。时秋瑾二次从日本归国,经嘉兴光复会员褚辅成之荐,自华聘秋瑾执教。两人一见如故,日夕唏嘘,或剪烛谈心,纵论家国,或倚窗唱和,竟成莫逆交。瑾曰:"如何谢道韫,不配鲍参军",戏旨其诣。遂订生死之盟,自华为长姊,秋瑾为盟妹。遂由秋瑾介绍入光复会,自华兴奋之余,作《感怀用岳武穆韵》一阕,有"秋又去,壮心未歇","亡国恨,终当雪"和"愿吾侪炼石效娲皇、补天阙"等语。③

徐锡麟、秋瑾在绍兴发动起义、刺杀巡抚恩铭失败后,徐自华应女友之约避暑西湖,即书约秋瑾,促即晤杭,书发而噩耗踵至,自华恸哭致疾,当即为文祭告,结尾数语,最为沉痛:"子固先逝,我定长存? 何敢不达,涕泪纵横。惟其文字之契,相知之沉,感念平昔,不能忘情。子生明敏,死必英灵。魂兮归来,以慰余心。"全文曾刊于沪报。又作《明月生南浦》词一阕,小序

① 《警钟日报》1904 年 12 月,《征文》《论列强中国残民政策》。
② 章伯锋、顾亚主编:《近代稗海》(第十二辑),四川人民出版社 1988 年版,第 427—428 页。
③ 《陈去病年谱》1906 年条,收入张夷编《陈去病全集》(第六册),上海古籍出版社 2002 年版,第 66—67 页。

云:"中元之夕,独坐望月,家妹既病,又闻侠耗,怅然感怀。回忆前游,恍如梦寐,书寄巢南。"词云:"莲衣初褪秋光早,云破长空,又见蟾光皎。别后益怜相聚好,西湖放棹烟波渺。　黄昏庭院忧心悄,剩得而今,独自伤怀抱。回首前游如梦杳,画屏依看疏星晓。"陈去病作《江上哀》哭之。其序言云:为徐、秋、陈、马作也。初诸子创光复会于江户,以企图革命。徐先率陈、马二子入皖起事,秋于浙中应之。五月二十六日,徐以事泄,立刺杀皖抚恩铭于座,已与陈、马殉焉。又十日,秋亦在越被逮死。诗云:春秋不作小雅废,思夷交侵国凌替。女真遗孽主中华,满族沦亡至堪涕。东南义旅久销沈,川楚林清藐何济。太平天国略恢张,江左偏安终失计。稽山镜水挺人豪,读圣贤书意慷慨。一朝发奋誓亡秦,巾帼须眉并磨砺。越过三千君子多,居然拔戟俄成队。军名光复阵堂堂,越角吴根互投袂。多鱼师漏寺人披,机密翻疏转成害。皖酋虽毙身亦戕,越女含愁竟同系。秋雨秋风愁煞人,沈冤七字何年霁。人亡国瘁待何如,渺渺予怀独凝涕。城头悬布要须登。前仆何妨后来继。[1] 陈去病认为革命的摇篮就在吴越之地。

据《陈去病年谱》记载:徐自华为秋瑾事赴绍兴。秋瑾被难,遗骸由善堂草草收殓,槁葬于卧龙山麓(又名文种山)西北麓张神殿背后,今越城区环城西路九号,市外办东侧。凄凉野祭,鬼雄不天,毅魄难安。其长兄秋誉章初意稍稽时日,即卜穴祖茔之侧,永固佳城。徐自华认为秋瑾生前,尚不附丽人,若附葬祖茔,实违其生平之志,况又有西泠埋骨之约。于是亲赴西湖相地,得其中苏小墓左近一地,与郑节妇墓相连,即苏堤春晓处。美人、节妇、侠女,三坟鼎足,千古西湖,当为之生色,同人均以为可。于是,徐自华与义女濮亚华便于此日"冒着风雪,渡钱塘江,至越中,于昏夜秉烛入文种山,探得其柩",以重金雇夫役将秋柩移厝于常喜门外严家潭丙舍,徐自华与秋誉章商定,决择日遂发。[2]

---

① 张夷编:《陈去病全集》(第一册),上海古籍出版社 2002 年版,第 59 页。

② 《陈去病年谱》1906 年 12 月 31 日条,收入张夷编《陈去病全集》(第六册),上海古籍出版社 2002 年版,第 102 页。

二

1904 年，刘师培首次上书端方，言："光汉幼治《春秋》，即严夷夏之辨。垂髫以右，日读疆斋、亭林书，于中外大防，尤三致意。窃念天下兴亡，匹夫有责；《春秋》大意，九世复仇。"①"值此诸夏无君之时，仿言论自由之例，故近年以来，撰《黄帝纪年说》、撰《中国民族志》、撰《攘书》，垂攘狄之经，寓保种之义、排满之志，夫固非伊朝夕矣。""今者俄日战争，宣布中立；瓜分惨祸，悬于眉睫，汉族光复，此其时矣。观于广西会党，蔓延西南，浦东盐匪，起义江浙；汉族之民，又孰不兴我义旗，以恢复神州之土哉？俟光复功成，固当援冉闵戮胡之例，歼尔残夷，俾五遗育。尔等当此之时，幸则为王保保之窜边陲，不幸则为台哈布哈之战毙，欲求一日之安宁，岂可得哉？""故为尔辈计，莫若举两湖之疆，归顺汉族。我汉族之民，亦可援明封火保赤之例，赦尔前愆，任职授官，封圻坐拥，岂不善哉？"②刘氏规劝时任两湖总督端方投降革命党。

宋教仁《呜呼！湖南与端方》说："湖南巡抚端方初到任时，即调满员来湘，委办警察，近又从荆州驻防内挑选旗兵一百三十名，来湘教练新操。呜呼，彼端方者，诚可谓满人中之极力振作者矣！呜呼，彼端方之极力振作者，乃竟出于满人中矣！呜呼，彼端方辈之满人中，尚知极力振作之为要矣！"湖南自曾国藩办练湘军以来，镇压两广之太平军，始才著名。再者，湖南山川交错，形势利便，长江上游之堂奥。湖南民，坚强忍耐，富于敢死排外。庚子唐采常自立军起义，总机关设在汉口，而主要军力则在湖南。所以宋氏认为，"端方而欲监察湖南也，则其方法自不得不周，其手段自不得不辣，举警察、练兵之权而悉归诸其同族……呜呼，今而后，湖南人其休矣乎！一言一笑，皆不出满人洞鉴之中，而游说暗杀无论矣，一举一动，皆难逃满人压制之

---

① 刘光汉：《致端方书》，万仕国辑校《刘申叔遗书补遗》（上册），广陵书社 2008 年版，第 110 页。

② 此函作于清光绪三十年（1904 年）正月十三，时作者在扬州。手稿原藏中国第一历史档案馆"端方全宗档案"内。现据《历史档案》1998 年第 3 期刊布抄录。

列,而斩木揭竿无论矣。呜呼,湖南人其休矣! 汉族人其休矣!"①

　　盖当时的革命者以传统的种族主义观点排满实不出中国历来改朝换代的思想,认为中国近代以来的灾祸无不出于满洲之腐朽统治,所以认为端方对湖南的控制,实为革命之挫折。刘氏更是以劝端方投降为志。但当时问题相当复杂,日俄战争在中国满洲也就是清政府的发祥地展开,刘氏朦胧地认识到比满洲更加危害的是日本的崛起。所以《警钟日报》上竟然会刊登笔名长白世忠的文章《综论排满之实行家》,文曰:"自吾满洲入主中国以来二百余年,与汉族婚姻不通,谱牒不紊,是以种族思想一日不能消减。在汉族庸众间,驯顺奴隶固多,其枭杰者则时有非常之冲突,然当吾满洲全盛之时,虽小腆不靖,不足为患。历观前事若三藩、若川楚、若林青、若洪杨皆以汉人代表排满思想者,幸旋即就灭而吾满人子孙世官世禄犹得安享太平,甚盛事也。咸同以来,国运就衰,加一欧美风潮日益腾汹,防范稍疏而汉人之排满党,亦因而愈炽。其间有著书演说、运动青年,或漂泊异国,组织党会,大抵志行薄弱,可言而不可行,此汉族书生之旧习气耳。"

　　更有意思的是说今日革命排满气焰"如火燎原不可向耳,且将利用外人以肆其间。……夫今之弑君鸩母荼毒宗支、幽废共主者非广东人□□氏哉……而广东人遂为排满之主动力矣"。他观察满人不足以把持朝政,"孰意汉人之中,凭席外交,把持政务,倾覆吾满洲者正大有人,举其巨魁则前者安徽之李鸿章,后者有浙江之王文韶。李鸿章奉使俄国,立喀希尼密约,以吾满洲根据地贻赠外人,即宋人联金灭辽、联元灭金之固智,今其成效已睹。我祖宗陵寝之地遂为战场,祸水怀襄,且及北京。彼李鸿章功成身退,含笑于九原矣。浙江自昔梗化,如吕留良、齐周华、龚自珍之流,亦世相承,有如衣钵。至今尚有章炳麟其人,然皆逞快笔舌,吾所谓书生旧习气者耳。独王文韶亦禀受浙江之遗传性而行事大与相反,观其表面若甚与吾满人和睦,凡廷臣倡议维新如废科举、立宪政之类,此人必力争之,且为甘言以诱吾满人

---

① 原载《二十世纪之支那》第一期(1905年5月24日),收入中国国民党中央委员会党史委员会编《宋教仁先生文集》,1982年版,第281页。

曰祖宗之法不可废。呜呼！吾祖宗有何良法，特汉人亡国之法耳。不愿世势之流极若何而但守成法以囿民智，彼其心未必悉昧，至此，度亦苏秦诱齐缗之故智，有意败坏之以为报燕地也，此则排满派之绝有力者也。"

他还认为清政府的失败之处还在于"彼汉人犹未足，乃借材于异国英人赫德者，李鸿章之所介绍也。彼挟其祖国之势力，举吾大清之财政权而总揽之，于庚子事变以后，尝倡议分割吾国，列强相持，其策不用。今者又恫吾满人削弱已甚，思得一扰动汉人之法。若谓尔汉人日言排满，而无以为倡导多数人心之起点，是为无谋也。若以吾加加赋之策行之，朝令一布，夕烽起矣。岂不胜于民族空言之万万哉。夫吾满人恃朝三暮四之术以笼络汉人者，只此永不加赋一言耳……"，但是，"汉人尝言官逼民反而从不怨及皇帝之者独赖此耳。今赫德乃欲吾昌言加赋，以挑动汉人之叛心而反阳为美名以欺吾人以为一切加赋则一切新政可实行，岂一加赋则一切民心皆已浮动哉……"[1]，这位作者认为无论清廷以实行新政为名还是固守祖宗之法，都不足以挽救其衰亡的命运。而革命派只不过是以排满为赢得民心的志愿罢了，西方的侵略尤其是将来亚洲日本之威胁是不可动摇的事实。《警钟日报》刊登这样的文章，足见刘氏其实对清朝未尝没有一种同情，但限于当时革命的气势，他认为投入革命更为有利，对于自己的将来充满着许多向往。

但同时，敏感的刘师培已预感到将来亚洲近邻日本必将是中国最危险的敌人。但反观国内，扬州、镇江、广州、湖南等地，民不聊生，巨额的赔款沉重地压在昔日一老大帝国之国民身上，使得其不堪重负。虽然，他也曾豪迈地写出《醒后之中国》这样的对前景充满乐观的文章，说："吾远测中国之前途，逆料中国民族之未来，吾惟有乐观。吾友作诗一章寄余，且问其可为中国之国歌否……其音雄壮，其意简括。虽然，其可为国歌与否，吾不敢言。吾所敢言者，则中国之在二十世纪必醒，醒必霸天下。地球终无统一之日则已耳，有之，则尽此天职者，必中国人也。"[2]但现实的中国，是在日俄战争的

---

① 《警钟日报》甲辰二月初十日（1904年3月），第六号《综论排满派之实行家》，署名长白世忠。
② 《醒狮》第1期，1905年9月29日，署名无畏。

进行当中，竟然在中国满洲出现了所谓的"二十世纪之梁山泊"，即满洲之马贼。"马贼何起乎？盖自俄人闯入满洲以来，用其惨无人道之手段，洗刮其地域而虐待其人民，备极狠毒，惨无天日。满洲人民不堪其虐，乃相与团结屯聚，据寨堡，备器械，习技艺，以为卫身家保妻子之计。其后聚众日多，良莠不齐，习为掠财杀人之举者，往往有之。于是满洲官吏指之曰'会党'，目之曰'盗贼'，且以其善骑马也，遂以'马贼'称之……马贼发达之历史，离合变迁，不可究极。自去岁日俄开战，各用其牢笼驾驭之法，以招致之，而马贼遂有二个之党派，即日本党与俄国党是也。……呜呼！我祖宗汉武、唐宗所经营的玄菟、乐浪郡之同胞，我先民袁崇焕、熊廷弼所经略的沈阳、宽甸间之遗族，公等有十倍于杜兰斯树独立旗时之土地，有五倍于玛志尼建共和国时之徒众，负此资格，遇此机会，而乃不知自由独立为何物，惟献媚于盗与招盗之人，且旁及他盗焉，呜呼，不亦大可羞也乎！"①最先破坏中国的倒是那些汉民，为生计所迫，不惜出卖国家，与俄国和日本为伍。② 刘氏哀叹国民愚昧无知，不知爱国心，是为中国病弱之根源。他认为应该致力于对公民性的改造，使其知有羞耻心和爱国心。

这年夏，马君武等利用暑假教军国民暗杀团制造炸弹。马君武是同盟会成员，他主张暗杀以获取革命成功。1902 年，马君武译《俄罗斯大风潮》，大赞"无政府党人者，各国政府之最大公敌也"③。无政府主义者，或受无政府主义影响的人，大都主张暗杀，这一点也不奇怪。

1903 年，梁启超发表《论俄罗斯虚无党》一文，在列举了"革命万不可行"的理由后，提出"故夫暴动者，宗旨与手段，两不得秘密者也……虚无党于诸种手段之中，淘汰而独存此优胜者，可谓快事，可谓快人"，并明确宣称："虚无党之手段，吾所钦佩，则吾所不敢赞同也。"④企图把人们的行动纳入一条

① 宋教仁：《二十世纪之梁山泊》，载《二十世纪之支那》第 1 期，1905 年 6 月 24 日。

② 关于马贼的问题，刘师培曾于 1908 年 6 月 14 日在日本东京举行的齐民社举行的第六次集会上作演说，认为马贼之劫掠乃说明世界贫富不均。参见《衡报》1906 年 6 月。

③ 马君武：《〈俄罗斯大风潮〉序言》，《俄罗斯大风潮》，广智书局 1902 年版。

④ 张枬、王忍之：《辛亥革命前十年间时论选集》，三联书店 1977 年版，卷一上，第 369—375 页。

鼓吹—暗杀—改良的轨道。1905 年,梁启超又特著《中国武士道》一书,起槽沫,讫李广,并准备续至张汶祥,传列历代名将侠客,并宣扬其用意不仅"为学校教科书发扬武德之助",同时隐含着为立宪派的暗杀活动寻找合理依据之意,以证明它与传统士风的契合。①

从反对清朝专制统治这方面来说,改良立宪派与革命派是基本一致的,因此在 19 世纪末 20 世纪初两派也曾携手同行,互相呼应过。

刘师培在《论激烈的好处》中说:激烈的好处在于,"第一椿是无所顾忌……第二椿是实行破坏。天下的事情,没有破坏,就没有建设。这平和党的人各事都要保全,这激烈派的人各事都要破坏。我明晓得这破坏的人断断不能建设,但是中国到了现在,国里头的政府既坏得不堪,十八省的山河都被异族人占了去,中国的人民不实行革命,断断不能立国,就是破坏两字,也是断断不能免的了。……第三椿是鼓动人民。由前两椿比起来,说空话的人是比不上做实事的,但这一种的人,于现在的中国也很有益。从前法国有两个文豪,一个叫作卢梭,一个叫作孟德斯鸠,他说的话都是激烈不过的,那巴黎的革命,都是被他鼓动起来的。"②刘氏的用意在于鼓吹激烈的暗杀来燃起革命的烈焰,不激烈就不能成其事,实行排满之破坏。

晚清内忧外患,自是"制度不立,纲纪废弛",更值得注意的是,晚清志士得以实行破坏,很大程度上得益于朝廷鞭长莫及的日本,以及国内租界、香港的存在。激烈的行为多来自海外尤其是日本的留学生和流亡者,而孙中山等人也都将海外和香港作为输入革命的基地,这样就不难理解这个时代的知识者反叛心理的特殊性。不必要揭竿而起落草为寇,只要踏出国门,就可以放言高论,不把朝廷权威放在眼里。

1904 年,刘师培参加光复会。光复会的龚宝铨也在上海组织暗杀团,与陶成章、敖嘉雄、黄兴暗中配合。暗杀团成立以后,人数极少,力量单薄。龚宝铨想扩大组织,是时陶成章来上海,龚、陶在东京时已成刎颈交,两人密商

① 桑兵:《清末新知识界的社团与活动》,三联书店 1995 年版,第 128—130 页。
② 激烈派第一人(刘申叔):《论激烈的好处》,载《中国白话报》第 6 期,1904 年 3 月 1 日。

后,根据东京浙学会的原议,组织一革命团体。因章炳麟在狱中,惟蔡元培系清朝翰林院编修,声望素高,欲推为领袖,以资号召。陶成章素知蔡元培书生气重,恐不能相容,反使工作造成不利,于是由龚宝铨先与蔡元培商讨,决定扩大暗杀团组织,并由蔡元培自动提出邀请陶成章参加。①

《警钟日报》被查封以后,刘师培曾流亡于嘉兴、安徽芜湖。在此期间,曾参与黄氏学校,专门从事暗杀工作,同时加入岳王会。由于遭受清廷的监视和迫害,1907 年 2 月 13 日,刘师培听从马君武的建议,应章太炎等人的邀请,携其妻何震、姻弟汪公权并苏曼殊一起,东渡日本。

三

1905 年之后,革命志士纷纷加入同盟会,占领文坛。陈去病、柳亚子亦先后加入同盟会,高天梅任江苏同盟会支部长,上海三大革命报纸《复报》创办人田桐、《兢业日报》创办人傅屯良、《中国女报》创办人都是盟友,许多著名盟友借三报纷纷发表革命檄文,引发清政府的严密监视。

甚者,景定成、景耀月等在日本成立"复古社",高燮厌倦革命,倡"寒隐社",自称"方结寒隐社而无意于世",而高旭也开始消沉、退缩。更令人惊讶者,端方由两江改督直隶,他的随员名单内,竟有刘师培夫妇的名字。任过《国粹学报》主笔之一的蔡守等人,公开颂扬拟古派词人吴文英,贬低辛弃疾等。陈去病深感南社应迅速组成的必要。但杀机四伏,放在上海进行,不如苏州隐蔽。适苏州电报局之毗陵人张棻甄为其子侄几次恳聘,陈去病为利于联络同志又能隐而行之,便答应去苏州做了西席老夫子。并推荐叶楚伧代他赴汕头,主《中华新报》。于是 1909 年南社正式成立。《民吁报》1909 年 10 月 29 日发表了宁调元在狱中写的《南社诗序》,分析诗歌的作用,阐明南社命名的意义在于"钟仪操南音,不忘本也"。明确表示继承复社传统,提倡写作怨、怒、思的作品。11 月 13 日,南社在苏州虎丘宣告成立。南社首次雅集前四天,柳亚子从黎里乘"新记班"小火轮,半天后到苏州。次日,冯心侠

---

① 沈瓞民:《记光复会二三事》,转引自万仕国《刘师培年谱》,广陵书社 2003 年版,第 59 页。

和归国不久的俞剑华也从太仓赶来,集于金阊门外惠中旅馆。阊门一代,历为苏州繁华之区。晋陆机诗云:"吴趋自有始,请自阊门起。阊门何峨峨,飞阁跨通波。重栾承游极,回轩启曲阿。蔼蔼庆云被,泠泠鲜风过。"(《吴越行》)唐白居易《登阊门闲望》有"阊门四望郁苍苍,始觉州雄土俗强"之句。至明清,更是商贾云集,店肆林立。曹雪芹《红楼梦》中称为"最是红尘中一二等富贵风流之地"。惠中旅馆乃一幢两层走马堂楼,气派不凡。

陈去病尽地主之谊照拂一切。时适艺人冯春航在惠中旅馆附近的戏院里演戏,柳亚子素与冯友,除了协助陈去病做准备工作外,便天天做了顾曲周郎,喝酒看戏写诗,相互唱和。

冯心侠名平,字壮公。同盟会员,与俞剑华同籍太仓,9月遭追捕,传闻已被杀害,此时悄然来苏州,陈去病几乎目瞪口呆。柳亚子即诗:"相期作吊横塘去,岂意吹箫吴市来。"时时势甚紧,谣言四起,成立大会会址虽择于地僻之张公祠,但还有人认为有险。幸陈去病在浙江时就与诸宗元(贞壮)、胡颖之(栗长)友密,故消息灵通,大会得以安全进行。①

自从南社成立以后,革命成为南方革命党人的专有名词,在当时执舆论之牛耳的梁启超关于"革命"的释义中就有着经典性的解说:"凡群治中一切万事万物莫不有焉。"因此梁启超说,"则宗教有宗教之革命,道德有道德之革命,学术有学术之革命,文学有文学之革命,风俗有风俗之革命,产业有产业之革命。"对于当时革命话语的流行,梁启超有深切之感受,说:"即今日中国新学小生之恒言,固有所谓经学革命,史学革命,文界革命,诗界革命,曲界革命,小说界革命,音乐界革命,文字革命等种种名词矣。"②

---

① 《陈去病年谱》1909 年 11 月 13 日调年条,收入张夷编《陈去病全集》(第六册),上海古籍出版社2002 年版,第 137 页。

② 梁启超:《释革》,见张枬、王忍之编《辛亥革命前十年间时论选集》,三联书店 1977 年版,卷一上,第 244 页。

第三章　苏曼殊与李叔同的近代文学研究

　　苏曼殊是一个革命浪漫主义者,热爱生命、热爱自由,却由于自己不幸的人生,厌弃这个黑暗的不知是日还是夜的黑漆漆的世界。所以,他的出家只不过是以袈裟抵挡尘世的琐屑与烦恼(包括爱情的拖累),一面却又不受佛门寺规的约束,在寺院与红尘间自由穿梭。我们且看他以白云庵署名的几首诗:

檀　烟

　　檀烟不敌木樨香,送入楼台细细长。

　　寄语园丁须记取,仙乡原不是农乡。

星　光

　　星光皎洁照青天,寒雁数声惊客眠。

　　最是渔翁无限乐,孤篷独宿小桥边。

题葬花图

　　收拾残红意自勤,携锄替筑万花坟。

　　玉钩斜畔隋家冢,一样千秋冷夕曛。

　　飘零何事怨春归,九十韶光花自飞。

　　寄语芳魂莫惆怅,美人芳草好相依。

曼殊不仅以诗抒发自由的心灵,而且以绘画画残山剩水亡国之貌,"始夜枫林初下叶,清秋弦月欲生华。凉凝露草流萤缓,云断西峰大火斜。藏壑余生惊逝水,迷津天上悯星槎。兴亡聚散经心地,商柳萧森隐荻花。"曼殊写王船山诗意。此幅发表于《天义报》第五期上。题字似刘申叔笔迹。因印得不甚清楚,在旁边另用铅字排印成两行,字句完全一样。在目录中间,印着"名画之五,《清秋弦月》,曼殊笔"11 个字。

——

1914 年旧历四月,刊布《天涯红泪记》于《民国杂志》,并删定《燕子厂随笔》,重刊之。七月,撰《双枰记序》。八月,《汉英三昧集》及《拜伦诗选》出版。他一生酷爱拜伦,并同情革命党之活动。

曼殊不以死亡为可怖,眼见得黑暗血腥的世界,他不愿苟且偷生,日饮冰几十斤以求死得冰清玉洁。海德格尔对栖居做出了如下描述:

会死者栖居着,因为他们解救大地……解救不仅是使某物摆脱危险;解救的真正意思是把某物释放到它的本己的本质之中。解救大地远非利用大地,甚或耗尽大地。对大地的解救并不是要控制大地,也不是要征服大地……

会死者栖居着,因为他们接受天空之为天空。他们一任日月运行,群星游移,一任四季的幸与不幸。他们并不使黑夜变成白昼,使白昼变成忙乱的烦躁不安。

会死者栖居着,因为他们期待着诸神之为诸神。他们怀着希望向诸神提出匪夷所思的东西。他们期待着诸神到来的暗示,并没有看错诸神缺失的标记。他们并不为自己制造神祇,并不崇拜偶像。在不幸中他们依然期待着隐逸了的吉祥。

会死者栖居着,因为他们把他们本己的本质——即他们能够承受死亡之为死亡——一路体现在这种能够的使用中,从而得一切好死……

曼殊表面信佛，其实内心并不信佛，他把他来到人世的一切当作上天的安排，他并不刻意去追求一切，而是接受命运的宿命，把他到世界的周遭当作一次旅行，他应该去完成他的使命，并不惧怕死亡的威胁，而是对死亡抱着洒脱之心。

详细考察苏曼殊的人生行状，并不体现出多少佛教的东西。他单纯热情，浪漫不羁，崇尚自由，敢爱敢恨，这些都是入世的性格。出世者大约总是内敛、节制、超然的，而苏曼殊一生热衷于革命，纠缠于世俗的两大欲望——"食"和"色"，一路留下感情孽债，也招致致命的病患。在苏曼殊的生命世界中，自由与爱，才是一切价值的核心。他对革命的热情，对爱情、食欲的无忌的贪恋，都源于此。比起自由与爱，佛教并不是根本的东西。至少，佛理并不像他诗和小说中所显示的，是决定他人生选择的第一因素。决定他人生选择的是魏晋士人那种洒脱和自由，也就是海德格尔所说的诗一般地栖居。

苏曼殊"东归，随河合氏居逗子樱山。循陔之余，唯好啸傲山林。一时夜月照积雪，泛舟中禅寺湖，歌拜伦《哀希腊》之篇；歌已哭，哭复歌，抗音与湖水相应。舟子惶然，疑其为精神病作也"。

杭州白云庵，位于美丽的西子湖畔、雷峰塔下，曼殊 1908 年在这里小住。寺院主持意周和尚曾经描述过曼殊在那里的情形：

> 苏曼殊真是个怪人，来去无踪，他来是突然来，去是悄然去。他们吃饭的时候，他坐下来，吃完了顾自走开。他的手头似乎常常很窘，常向庵里借钱，把钱汇到上海的一个妓院去。过不了多天，便有人从上海带来许多外国糖果和纸烟，于是他就不想吃饭了。独个儿躲在楼上吃糖、抽烟。他在白云庵，白天睡觉，到晚来披着短褂子，赤着足，拖着木屐，到苏堤、白堤去散步。有时直到天亮才回来。[1]

这种放浪不羁的行为方式，完全不像刻苦修行的僧侣，而是像一位拜伦式的

---

[1]　引自毛策《苏曼殊传论》，中国人民大学出版社 1995 年版，第 75 页。

洒脱自由的诗人,这大概就是郁达夫所说的比曼殊的诗画都更好的"浪漫的气质"及"风度"。①

刘师培欲投靠端方事不避开玄瑛,"初,玄瑛之居东也。与章炳麟、刘师培最交厚,寻章、刘以私撼失欢,师培夫妇颇迁怒玄瑛。及师培为中诇事发,众论哗然,独玄瑛皎然物外,不可得而磨涅也。……是年秋,复居西湖白云庵"②。

苏曼殊之所以能够对刘氏投靠清朝皎然物外,恐怕是对刘氏作为与自己同一类浪漫的气质的朋友的了解所致吧。

苏曼殊与刘师培不一样,他始终对革命充满了激情。他一生的行止,大致都在教书与革命之间。1903 年在日本读书时就参加了拒俄义勇队、军国民教育会、学生军等革命组织,从事推翻清朝的"恐怖活动",为此他被表兄林紫垣断绝了经费资助而被迫回国。他的好友刘师培 1907 年初为避难赴日本,同行的除妻子何震、何震表弟汪公权外,就有苏曼殊。到东京以后,他们一起应章太炎邀请住民报社。不过,苏曼殊生性放荡不羁,又患有精神抑郁症。一天深夜,他病症加重,赤身裸体,闯入刘师培夫妇卧室,高声叫骂,因此得罪了刘氏全家。

悲观主义是社会与生活强烙在他心灵上的,而热爱自由和生命,则是他出诸天性的浪漫情怀。两种力量的冲突和平衡,就造成他亦僧亦俗、不僧不俗的独特人生方式。而这种不僧不俗、亦僧亦俗的境地,大概就是苏曼殊有意无意间为自己营造的自由空间。李欧梵用"佛道合流"来形容苏曼殊的这种精神形态,说他与六朝的"竹林七贤"有相似的地方。"像这些新道家圣徒一样,苏曼殊也有意显示出一种放浪不羁的生活风格,同时又试图用佛教教义来证明其合理性。不过,他那副和尚的外表仅仅是一种装饰罢了,并不能为他的生活态度提供多少正当的理由,倒是给他的人格抹上了一层传奇的色彩。"③

---

① 郁达夫:《杂评苏曼殊的作品》,柳亚子编《曼殊全集》(第 5 册),北新书局 1929 年版,第 115 页。
② 参见柳亚子《苏曼殊研究》,上海人民出版社 1987 年版,第 24 页。
③ 李欧梵:《现代性的追求》,三联书店 2000 年版,第 94 页。

曼殊对于欧洲诗人,除拜伦外,第二个推崇的就是师梨(Shelly)。他在英文《潮音自序》内讲:"拜伦和师梨是两个英国最伟大的作家,两人都有创造同恋爱底崇高情感,当作他们诗情表现中的题目。是的,虽则他们大抵写着爱情,恋者,同着恋人底幸福,但是他们表述时的作法,又好像两极旷远地离异着。……虽是个恋爱底信仰者,师梨是审慎而有深思。他为着恋爱的热诚,从未在任何强猛爆烈出的表示内显现着。他是一个'哲学家的恋爱者'。他不但喜好爱底优美或是为恋爱而恋爱,他并爱着'哲学里的恋爱'或'恋爱里的哲学'。他有深奥处,但不恒定:毅力中没有青年时代的信仰心。他底诗像月光一般,温柔的美丽,恍惚的静止,在沈寂恬默的水面映射着。师梨在恋爱中找着涅槃;拜伦为着恋爱,并且在恋爱中找着动作。师梨能克己自制,而又十分专注于他对 Muses 的崇仰心。他底早年惨死将要永久悲恸,又像英国文学一样的长存着。师梨和拜伦两人的著作,在每个爱好学问的人,为着欣赏诗的美丽,评赏恋爱和自由的高尊思想,都有一读的价值。"其《断鸿零雁记》第七章:"余尝谓拜伦犹中土李白,天才也。莎士比尔犹中土杜甫,仙才也。师梨犹中土李贺,鬼才也。"这些都是曼殊对于师梨的品评。还有《燕子龛随笔》:"英人诗句,以师梨最奇诡而兼流丽,尝译其《含羞草》一篇,峻洁无伦,其诗格盖合中土义山、长吉而熔冶之者。"曼殊诗中常含有悲伤的情调,使人读之怆然,如其《题拜伦集》一诗:"秋风海上已黄昏,独向遗编吊拜伦。词客飘蓬君与我,可能异域为招魂。"

曼殊浪漫的天才和拜伦很相近,所以他译拜伦的诗特别适宜;他自已也说:"诗歌之美,在乎气体;然其情思幽眇,抑亦十方同感,如衲旧译《炯炯赤墙靡》,《去燕》,《冬日答美人赠束发毡带》诗数章,可为证已。"曼殊是介绍拜伦文学给中国的第一人。他翻译拜伦之诗可谓得原诗之神韵,下面是他翻译的两首诗:

　　　　去国行
　　　行行去故国,
　　　　漱远苍波来;

> 鸣湍激夕风，
>
> 　沙鸥声凄其。
>
> 落日照远海，
>
> 　游子行随之；
>
> 须臾与尔别，
>
> 　故国从此辞。

曼殊因为自己特殊的经历而远离祖国到日本去，渡海扶桑的凄凉成了他永久的回忆。而这里译者的感情与原诗作者拜伦离国为希腊之独立而战斗的复杂感情融为一体。只有感情相通的曼殊才能得原诗之魂。

> 悠悠苍浪天，
>
> 　举世无与忻；
>
> 也既莫吾知，
>
> 　吾岂叹离群。
>
> 路人饲吾犬，
>
> 　哀声咸猗猗；
>
> 久别如归来，
>
> 　啮我腰间裈。

曼殊的诗一经和原诗排比标点起来，就显示他兼"按文切理，语无增饰"直译的长处和"陈义悱恻，事辞相称"意译的神妙；有人说"翻译文学的好处，其价值等于创作"，用在曼殊的身上并非虚语。

正如有的学者对他的评价所说的："曼殊的爱情诗，在表达爱情的真率、大胆和热烈上，大有拜伦之风；而其情绪的低回、感伤，意象的幽美轻灵，又颇像雪莱——是晚唐诗风与雪莱的结合"，"苏曼殊的爱情诗，差不多都是这样因飘零的身世、无奈的现实而充满悲剧情愫，使他原本好用'胭脂'一类意象因而具有某种古典'艳情'特征的爱情诗，成为表达现代孤独者爱情的绝唱"。①

　　曼殊不仅擅长英文，而且在梵文上造诣颇深。1904年，他南游暹罗，得乔悉磨长老以梵文相勉，回国后他自学梵文，由陈独秀提供英文《梵文语法入门》(*A Sanskirt Grammar for Beginners*)等三种参考文献，顺利完成了《梵文典》的写作。《梵文典》第一卷付印时，陈独秀以熙州仲子的名义为之题诗："千年绝学从今起，愿馨全功利有情。罗典文章曾再世，悉昙天语竞销声。众生茧缚乌难白，人性泥涂马不鸣。本愿不随春梦去，雪山深处见先生。"《梵文典》出版后，立即在学术界引起反响，章太炎、刘师培为之作序，纷纷祝贺他。

　　曼殊的小说《断魂零雁记》"从'方外之人亦有难言之恸'的角度来解读，不难发现其感情的脉络。这绝不只是一个哀艳的故事，而是一个在东西方文化、俗圣生活的矛盾中苦苦挣扎的心灵的自白"②。苏曼殊之于佛门，只是个"半半子"，介于"半僧半俗"、"不僧不俗"、"亦僧亦俗"之间。佛门"五戒"中，石在中《论苏曼殊与佛教》指其"五戒犯四"。第一次出家躲到院后吃五香鸽子肉，被"俗众"逐出寺门。又舞枪弄棒，多次参与武装起义、暗杀之策划，第三次出家后不久还欲枪杀康有为。他犯了"不杀生戒"。《国民日日报》停刊后，他曾偷章士钊三十元钱卷铺盖走香港。第二次出家后又偷师兄之度牒与钱。1908年在南京祇垣精舍讲课时又偷走陈巢南的被子。他犯了"不偷盗贼"。他出入青楼，浪迹女肆，大吃"花酒"，一发而不可收，"袈裟点点疑樱瓣，半是脂痕半泪痕"，他犯了"不淫欲戒"。他又吃肉又饮酒，"无官似鹤闲偏少，饮酒如鲸醉不多"。他犯了"不饮酒戒"。好在他人还真诚，还不撒谎，终于守住了"不妄言戒"。佛门中人，"五戒犯四"，至少是"不及格"的。1907年他致信友人刘三，说"曼根器浅薄"，讲的也是一句实话。③ 而苏曼殊之侄女苏绍琼女士当芳龄二八之年亦以感人生寂寞，常读其叔之诗作，与世永辞。大概天生的诗人若读曼殊之诗作，无不得抑郁以终。大致其侄女聪

---

① 杨联芬：《晚清至五四：中国文学现代性的发生》，北京大学出版社2003年版，第230—231页。
② 陈平原：《论苏曼殊、许地山小说的宗教色彩》，浙江文艺出版社1987年版。
③ 张竞无编：《李叔同集》，东方出版社2008年版，第435页。

明多感,与其叔曼殊同。唯曼殊不能大解脱,故非僧非俗,终死于流浪生活。而女士则以女子之身,既了解人生之无味,如《中秋节的感想》一文中,"浮生易老,乐不敌悲"数语,是已抱极端的厌世观念。且又觉目今女子尚多在不幸地位,生活更无意味。并加以《曼殊集》之朝夕刺激,故一逢怨愤,遂生决心。

题三叔曼殊遗集
苏绍琼遗作

诗人,飘零的诗人,
我——你的小侄女——仿佛见着你,
穿着"芒鞋",托着"破钵",
在"樱花桥"畔徘徊着。

诗人,飘零的诗人,
我又仿佛见着你,
披着袈裟,拿着诗卷,
在孤山上吟哦着。
寂寞的孤山呀,
只有曼殊配作你的伴侣。

作为一代奇才的苏曼殊对现实的黑暗的提示在他的小说《断魂零雁记》中多有表达。苏曼殊诗文中更多是表现忧愁、孤独和寂寞。他的诗中充满"愁绪"和"泪"之意想。他借禅语来表达类似章太炎在《齐物论释》中的"虚无"思想。这种虚无的思想是当时整个知识界面对既要推翻满清王朝,又要抵抗列强侵略之下弥漫中国的普遍的感伤和忧愁。而苏曼殊作为激情的革命者只有以忧伤的诗文来寄托对西方铁蹄之下呻吟、伤痕斑斑的祖国的哀思,以三十五岁的短命凄凉地结束于医院。

二

李叔同 1880 年旧历九月二十日生于天津一个富裕的家庭,是我国最初出国学习西洋绘画、音乐、话剧,并把这些艺术传到国内来的先驱者之一。俗姓李,幼名成蹊,学名文涛,字叔同,名号屡改,一般以李叔同为世所知。他原籍浙江平湖,父名世珍,字筱楼,清同治四年(1865 年)会试中进士,曾官吏部。后来在天津改营盐业,家境颇为富有。李叔同五岁时,他的父亲就去世了。其长兄早年夭折,次兄名文熙,又名桐冈,字敬甫,是天津一个有名的中医。他行第三,小字三郎。

李叔同幼年攻读《四书》、《孝经》、《毛诗》、《左传》、《尔雅》、《文选》等,对于书法、金石尤为爱好。他十三四岁时,篆字已经写得很好,十六七岁时曾从天津名士赵幼梅学填词,又从唐静岩学书法。曾以文童进过天津县学,受过八股文的严格训练。他于 1906 年 9 月考入东京美术学校,从留学法国的著名画家黑田清辉学习西洋油画。除在东京美术学校学习油画外,又在音乐学校学习钢琴和作曲理论,同时从戏剧家川上音二郎和藤泽浅二郎研究新剧的演技,遂与同学曾延年组织了第一个话剧团体"春柳社"。1907 年春节期间,为了赈济淮北的水灾,春柳社首次在赈灾游艺会公演法国小仲马的名剧《巴黎茶花女遗事》,李叔同(艺名息霜)饰演茶花女,引起了许多人的兴趣,这是中国人演话剧最初的尝试。欧阳予倩受了这次公演的刺激,也托人介绍加入了春柳社。

李叔同在日本留学六年,1910 年毕业回国。先应老友天津高等专业学堂校长周啸麟之聘,在该校担任图案教员。1921 年春,上海《太平洋报》创刊,李叔同被聘为编辑,主编副刊画报,苏曼殊的著名小说《断魂零雁记》就是在他主编的《太平洋画报》发表的。这年 3 月,李叔同加入南社,为南社设计图案。1915 年,李叔同应南京高等师范学校校长江谦之聘,兼任该校图书音乐教员,假日组织"宁社",借佛寺陈列古书字画金石,提倡艺术,不遗余力。

李叔同教书之余,撰写诗词,文笔优美,如《夜泊塘沽》:"杜宇声声归去好,天涯何处无芳草。春来春去奈愁何,流光一霎催人老。新鬼故鬼鸣喧哗,野火磷磷树影遮。月似解人离别苦,清光减作一钩斜。"《津门清明》:"一杯浊酒过清明,觞断樽前百感生。辜负江南好风景,杏花时节在边城。"《西湖》:"看明湖一碧,六桥锁烟水。塔影参差,有画船自来去。垂杨柳两行,绿染长堤。飐晴风,又笛韵悠扬起。 看青山四周,高峰南北齐。山色自空蒙,有竹木媚幽姿。探古洞烟霞,翠朴须眉。沾暮雨,又钟声林外起。 大好湖山如此,独擅天然美。明湖碧,又青山绿作堆。漾晴光潋滟,带雨色幽奇,靓妆比西子,尽浓淡总相宜。"

李叔同的诗词创作既有故人优美的意境,又加入了自己的一丝感伤和忧愁,别有一番情味在心头。

李叔同之所以参加南社,是因为他的政治主张与南社精神相契合。南社创立于 1909 年,是中国近代具有进步思想的文学社团,社名取自"操南音不忘其旧"之意,其发起人柳亚子、陈去病、高天梅等都是同盟会会员,提倡民族革命,反对封建帝制。南社虽以文学而结社,但其政治主张相当明确:反对专制,力倡民族独立与民主共和。辛亥革命后,社友纷纷汇集上海,抨击时弊,参政议政。南社以苏州、上海为中心,辐射华东、华中、华南、华北等地。南社几乎囊括了当时海内的各界精英和文人雅士,如政治、教育、法学、文字、历史、军事人才无所不有,社中人物一人多艺,诗词、戏曲、绘画、书法、金石,触类旁通,各有所长。如音乐家李叔同、曾孝谷等,小说家包天笑、范烟桥,翻译家周桂笙、周瘦鹃等,画家黄宾虹等。

自 1912 年 2 月 11 日加入南社后,加上同道柳亚子等人的雅集,李叔同的诗词造诣更上一层楼。南社当时的社员还有陈去病、叶楚伧、苏曼殊、胡朴安等人,李叔同一直参加南社的活动。正是在南社朋友的帮助下,李叔同到杭州任教后,便全身心投入音乐和美术教育,培育人才,并谱写了大量优美的歌曲,在近代社会产生了非凡的影响。除了 1915 年创作的《送别》一曲外,著名的有《祖国歌》:"上下数千年,一脉延,文明莫与肩。纵横数万里,膏腴地,独享天然利。国是世界最古国,民是亚洲大国民。乌乎,大国民!乌乎,唯我大国民!幸生珍世界,琳琅十倍增声价。我将骑狮越昆仑,驾鹤飞渡太平洋。谁与我仗剑挥刀？乌乎，大国民，谁与我鼓吹庆升平？"《隋堤柳》："甚西风吹醒隋堤衰柳，江山非旧，只风景依稀，凄凉时候。零星旧梦半沉浮，说阅尽兴亡，遮难回首。昔日珠帘锦幕，有淡烟一抹，纤月盈钩。 剩水残山故国秋。知否，知否，眼底离离麦秀。说甚无情，情丝蜿到心头。杜鹃啼血哭神州，海棠有泪伤秋瘦。深愁浅愁难消受，谁家庭院笙歌又！"

李叔同经历坎坷，往往是带着自己对生命的体悟来创作歌曲，其情感的细腻、对祖国的炙热之情往往倾注于笔端和音乐作品之中，令人产生深刻的共鸣。他的浓烈的情感和信佛后的理智融为一身，是他得到的教诲。他常说：平生无一事可瞒人，此是大快乐。以情恕人。以理律己。以恕己之心恕人，则全交。以责人之心责己，则寡过。

1939年旧历十月，李叔同于永春普济寺修书寄给著名画家丰子恺，书信内容如下：

前承寄承天寺三函二明信及画稿，已于今晨收到（夏居士转寄一笺亦收到），欢感无尽。朽人近来尚健，精神大衰，未能构思。画集题句，拟请仁者代恳浙大校同人分撰。撰就，乞汇寄与夏居士转交朽人，即可书写也。

兹将应题句之画名列下：《中秋同乐会》、《蝴蝶来仪》、《远书》、《襁负其子》、《被弃的小猫》、《推食》、《运粮》、《遇救》、《漏网》、《盥漱避虫蚁》、《老牛亦是知音者》（此画背面未贴诗句）、《蝶之墓》、《风雨之夜的候门者》、《好鸟枝头亦朋友》、《牛的星期日》、《蚂蚁搬家》、《呦呦鹿鸣得食相呼》、《关关雎鸠男女有别》、《塞雁联行号弟兄》、《绸缪牖户》、《方长不折》、《重生》、《敝衣不弃为埋猪也》、《鹬蚌相亲》、《归故山》、《解放》、《群鱼》、《群鸥》、《归市》、《采药》、《游山》、《麟在郊野》、《凤在列树》，共计三十三幅。题句，凡文、诗、词（不必全首，仅片段即佳）及新体诗、语体文皆善，以字句简少为宜。因字数多，须写小字，制锌版未能明晰也。撰者姓名，乞一一注出。

拟删者八页：《雨后》、《待鹤归》、《春夜的鼓手》、《春江水暖》、《香饵见来》、《横行不到人间》、《虫声新透》、《青山不识》。(此画及诗甚佳。因格式与他画不一律,故删。)如是未知妥否,便乞示知。

编次拟依甲乙等,以《同乐会》及《来仪冠首》。

今年朽人世寿六十,承绘画集,至用感谢。但人命无常,世寿有限。朽人或不久谢世,亦未可知。仍望将来继续绘此画集(每十年绘辑一编,至朽人百龄为止),至第六编为止。朽人若在世,可云祝寿纪念。若去世,可云冥寿纪念(此名随俗称之甚未典雅)。或另立其他名目。总之,能再续出四编,共为六编,流通世间,其功德利益至为普遍广大也。

仁者如与马居士通信时,乞代致候,并述谢忱。附致郦居士一笺及联对小幅,又张居士一幅,乞转交。先此略达,余俟后陈。以后惠书,乞寄与夏居士转交为祷。九月二十日所发之尊函,甚可留为记念。拟以此附印于画集之后,可否,乞求示知。

从此信中可知李叔同有更为庞大的绘画计划,可惜天不假年,他于六十三岁时去世,没有实现更为宏大的夙愿。

晚清佛教一毁于太平天国及洋务运动以降之"庙产兴学",再毁于西洋文明之全面入侵。中土学人亦齐声附和,力倡"废佛论"。陈榥1903年撰《续无鬼论》于《浙江潮》,认为佛教"杂以鬼神果报之说,普救之效未见,迷信之论日从",指责佛教"言及于国则国颓,言及于世界则世界无进步,害斯烈矣"。维新志士谭嗣同倡"佛学"而斥"佛教",指责"佛教"无知于夕阳近代以来之"质测之学",斥其为"末流",以为其"不惟自绝于天地,乃并不知有声光"。僧徒素质差,被斥为"僧无学行";佛徒逃禅避世,不顾民族危亡,被斥为"佛法无用"。外加佛门中有"作奸"、"营私"、"矫奢"等诸种弊端,"佛教当废论"于是而益炽。

起而辩护者有梁启超,有章太炎,还有苏曼殊。梁启超撰《论佛教与群治之关系》,以佛教为激励民德、开启民智之"利器"。章太炎撰《东京留学生欢迎会演说辞》,倡导佛教"勇往无畏"、"排除生死"之气概及其"头目脑髓都可施舍于人"之自我牺牲精神,以为发起信心、增进民德、救亡图存之工具。

而苏氏,更有系统之"护教"论。①

李叔同的佛学研究"以华严为境",在其二十五载佛门生涯中,最重《华严经》。1927 年 4 月 28 日致弘伞法师信,称《华严经》"法法俱足,如一部佛学大辞典",认为"若能精研此书,于各宗奥义皆能通达"。他曾一度发愿刺血写《华严经》,被印光法师劝阻。华严宗"一微尘映世界,一瞬间含永远"之思想,"法界缘起"、"顿入佛地"等思想,成为李叔同启信开解之根本。

"四分律为行",讲的是李叔同让南山律宗之"现代重光"。其弘律成就,一是贯通"新律"与"旧律",撰写《四分律比丘戒相表记》及《南山律在家备鉴(略编)》等律学著作;二是倡创南山律学苑,通过培养人才挽南山律宗之式微;三是言行一致,身言并教,先律己,后律人,甚至"该要律己,不要律人"。李叔同严格以四分律律己,认定佛门中人不能坚守戒律,无意示显身教,无以供养佛陀,无益于自身正果之验得,亦愧受天人供养。李叔同曾撰联表示心愿:"愿尽未来,普度法界一切众生,备受大苦;誓舍身命,弘获南山四分律教,久住神州。"

李叔同曾到杭州海潮寺,参加高旻寺首座法一禅师主持的"禅七",有机会得一流禅师指点。但志趣不合,不愿用心于禅,而愿着力于"律净兼弘",行智旭所行之道。1919 年岁末仿智旭腊月初八日燃臂香,发十大正愿;1923 年又燃臂香向印光大师陈情皈依,矢志"律净兼弘"。燃香与发愿,为李叔同初受佛法修持之两大"苦行"特征,均与明末智旭佛法修行为有渊源关系。他还募缘为智旭大师《赞礼地藏菩萨忏愿仪》刻版,并请印光大师撰序,继承了智旭崇信地藏菩萨、强调地藏菩萨信仰在佛法修学中有独特地位之一贯立场。

李叔同被视为"在中国普及现代音乐的先行者之一",被视为"中国话剧运动的奠基者之一",被视为"中国近代美术的开拓者之一",还被视为"撰写欧洲文学史的第一人"、"20 世纪十大书法家之一"、"广告艺术的首创者"、"近代木刻的倡导者"、"近代漫画的倡导者",等等。《世梦》可作为他一生艺

---

① 张竞无编:《李叔同集》,东方出版社 2008 年版,第 437 页。

术与信仰佛教的写照：

　　却来观世间，犹如梦中事。人生自少而壮，自壮而老，自老而死。俄入胞胎，俄出胞胎，又入又出无穷已。生不知来，死不知去，蒙蒙然，冥冥然，千生万劫不自知，非真梦欤？枕上片时春梦中，行尽江南数千里。今贪名利，梯山航海，岂必枕上尔！庄生梦蝴蝶，孔子梦周公，梦时固是梦，醒来何非梦？旷大劫来，一时一刻皆梦中。破尽无明，大觉能仁。如是乃为梦醒汉，如是乃名无上尊。

第四章　章太炎、刘师培关于汉语语言学的论争及其意义

　　到清季最后几年,语言文字的重要性渐渐成为朝野人士的共识。章太炎认为:"国于天地,必有与立,非独政教饬治而已。所以卫国性、类种族者,惟语言历史为亟。"①他从已经亡国的印度人那里了解到,"民族独立,先以研求国粹为主,国粹以历史为主;自余学术皆普通之技,惟国粹则为特别"②。

　　这一以历史为主的国粹即包括语言,章太炎解释说:提倡国粹"只是要人爱惜我们汉种的历史。这个历史,是就广义说的,其中可以分为三项:一是语言文字,二是典章制度,三是人物事迹"③。

　　但文字的实用性不能不随时代的变化而有所因应,刘师培在1905年提出一种文字分工、用古文以保存国学的主张,他引斯宾塞之言,认为文字进化与通常的天演之例不同,呈现"由文趋质、由深趋浅"的趋势。中国宋儒语录和元代词曲之盛兴,"皆语言文字合一之渐也。故小说之体,即由是而兴;而《水浒传》、《三国演义》诸书,已开俗语入文之渐"。故"就文字之进化之公理言之,则中国自近代以来,必经俗语入文之一级。昔欧洲十六世纪教育家达泰氏以本国语言用于文学,而国民教育以兴。盖文言合一,则识字者日益多。以通俗之文推行书报,凡世之稍识字者,皆可家置一编,以助觉民之用,

①　章太炎:《重刊〈古韵标准〉序》,《印度人论国粹》,《章太炎全集》(四),上海人民出版社1985年版,第203页。
②　章太炎:《重刊〈古韵标准〉序》,《印度人论国粹》,《章太炎全集》(四),上海人民出版社1985年版,第346页。
③　章太炎:《东京留学生欢迎会演说词》,载汤志钧编《章太炎政论选集》(上册),中华书局1985年版,第276页。

此诚近今中国之急务也。然古代文词,岂宜骤废。故近日文词,宜区二派:一修俗语,以启渝齐民;一用古文,以保存国学。庶前贤矩范,赖以仅存。若夫矜夸奇博,取法扶桑,吾未见其为文也"。①

这里刘氏当指的是梁启超。梁氏欲借报章之势力,使得"新民体"倾倒一时。刘氏推崇六朝之骈体文,对于梁启超的所谓"东瀛文体"似乎看不上,在《论文杂记》中,论述完"俗语"应与"古文"并存后,捎带说了一句"若夫矜夸奇博,取法扶桑,吾未见其为文也",逐出文坛了事。

刘师培进而分析其盛行之原因则认为,日本文体能盛行于中国也因中国文体先已衰落,他考近世"文学变迁之由,则顺康之文,大抵以纵横文浅陋;制科诸公,博览唐宋以下之书,故为文稍趋于实。及乾嘉之际,通儒辈出,多不复措意于文,由是文章日趋于朴拙,不复发于性情。然文章之徵实,莫盛于此时。特文以徵实为最难,故枵腹之徒,多托于桐城之派,以便其空疏;其富于才藻者,则又日流于奇诡"。近则"作文者多师龚、魏,则以文不中律,便于放言,然袭其貌而遗其神。其墨守桐城文派者,亦囿于义法,未能神明变化。故文学之衰至近岁而极。文学既衰,故日本文体因之输入于中国"。②

从吴汝纶、姚永概、马其昶、严复、林纾等桐城派先后"控制"京师大学堂的情形看,刘师培说那时"文学之衰"已"极",恐怕不免带有以儒林人的眼光看文苑之意味,然经学家已有此不满说明戊戌后中国文体的显著变化也有其内因,则大致不错。不过促成这一变化的仍以外因为主。正是在这样的心态下,甲午后中国读书人乃能化仇视而师敌国,蜂拥入日本游学,实中外历史上不多见之事。③ 这些人的言论又进一步影响中国的文风,如刘氏所见,"其始也,译书撰报,据文直译,以存其真。后生小子,厌故喜新,竞相效法"。问题在于,"夫东籍之文,冗芜空衍,无文法之可言。乃时势所趋,相习成风,而前贤之文派,无复识其源流"。实为"中国文学之轭"。

---

① 刘光汉:《论文杂记》,《国粹学报》1905 年第 1 期。
② 刘师培:《论近世文学之变迁》,《国粹学报》1907 年第 1 期。
③ 罗志田:《权势转移:近代中国的思想、社会与学术》,三联书店 1998 年版,第 267—279 页。

一

甲午战争以后,东洋日本的崛起,使得中国的士大夫对之刮目相看。而日语对中国语言的突破,使得中国的士大夫开始思考中国文字的优劣及其对中国文明的影响。日语受西方语言文字的影响,音义开始分离,汉字只不过成为单词中的词根而已。日本文字对中国士人的影响是不言而喻的。

倾向革命的刘师培,在 1903 年曾指出,以象形为主的中文有一字数义而丐词生等五弊,致弊的第一原因就是在言语方面"崇拜古人"。而救弊之法,一为"宜用俗语",其次则"造新字"以名新物,盖"古人之造字仅就古人所见之物为之",后来"物日增而字不增,故所名之物无一确者"。特别是中外大通以后,"泰西之物,多吾中国所本无,而中国乃以本有之字借名之,丐词之生从此始矣。此侯官严氏所以谓中国名新物无一不误也。今欲矫此弊,莫若于中国文字之外,别创新字以名之;循名责实,使丐词之弊不生"①。刘氏对中国文字学的研究,思想的出发点来自日本和西方,但功夫和学问却出自对小学的研究,因为其母本身即为小学家之女,而其祖辈四代研究《左传》,小学更是其看家本领。刘师培在文字学方面的成果令人咋舌,重要的著作有《小学发微补》、《尔雅虫名今释》、《理学字义通释》、《论小学与社会学的关系三十三则》等。代表作是《中国文学教科书》。刘师培在此书中指出,未有字形之前,先有字音,而"声起于义"。"人为万物之灵,人生于世,不能不与事物相接。口之于味,目之于色,鼻之于嗅,皆身与事物相感触者也。身有所感,则心有所知。有知而后有情,有情而后有意。情动于中则形于言,所以吐露其情感,发舒其志意,以表示他人者也。"②可以说刘氏之思想甚至影响到其高足黄侃,后者更是发挥师说,作《论音之变迁属于时者》、《论音之变迁由于地者》、《据说文以考古音之正变上》③等篇。

---

① 刘师培:《中国文字流弊论》,收入《左盦外集》卷六,《刘申叔先生遗书》,江苏古籍出版社 1997 年影印本,第 645—646 页。

② 刘师培:《中国文学教科书》,又见《字义起于字音说》,收入《左盦集》,宁武南社刻本卷四。

③ 刘梦溪主编:《中国现代学术经典·黄侃刘师培卷》,河北教育出版社 1996 年版。

刘师培对古音、古义的研究并没有使他停留在发思古之幽情的地步,他对中国文字研究的动机来自对西方拼音文字及日文的研究基础。1907 年,在为苏曼殊《梵文典》一书所作的序中,他批评那种鄙夷西方拼音文字的思想,以为梵文对于创造中国的拼音文字足资借鉴。"近代巨儒,或斥字母为夷学,侈言双声,羞言字母。不知字母既立,定位分等,斯得统归,而清浊轻重,高下疾徐,若网在纲,秩然不紊。此梵文有裨于中土者一也。"①文章批评的对象主要是针对章太炎。章氏在同一期《国粹学报》上刊登《双声说》,刘氏似是回应章氏之立说。② 他认为中国古音并非一成不变,而是经历了梵文的冲击,"惟是梵言东输匪译莫达。《晋书·鸠摩罗什传》谓其通辨夏言,寻觉旧经多有乖谬,不与梵(文)不相应。姚兴执旧经,罗什持梵本互相考较,若新文异旧咸会于理义,是译文讹异自晋已然。盖由汉魏两晋之间译经高僧多出三十六国,破取天竺之籍译以西域之文,复据西域之文译以中邦之字语,经重译辗转相传加以词多藻饰,落实取华致与故书迥异……生其后者非以梵文为据孰能溯厥本源以判其得失。……"所以刘氏主张创汉字拼音字母,取代传统的反切注音法,以求得统一的、准确的汉字读音,为统一语言奠定基础。受无政府主义思想影响,刘师培进而提出了推广世界语,统一人类语言的主张。他认为,世界所以不安宁,其一在于财产不均,其二在于语言不统一。"欲泯世界之争端",一为平均财产,"推行共产制度";一为统一语言,采用世界语。

对章太炎来说,自创汉字的中国与采纳部分汉字的日本有极大的不同。他注意到,认为汉字"凌杂无纪"的观念正是从日本人用汉字的事例得出,但"日本语言固与汉语有别,强用其文以为表识,称名既异,其发声又才及汉音之半,由是音读训读,所在纷猱。及空海作假名,至今承用。和汉二书,又相

---

① 刘师培:《梵文典序》,《国粹学报》1907 年第 44 期。

② 有趣的是,刘氏原来也曾一度笃信双声说与章氏并无二致。双声,他认为,"即古人之所谓和,切韵家所谓同母之字,而小学家所谓一声之转也"。如蜘蛛二字,又如参差二字。参见其所著《小学发微》。但此时他一反常态,大批章氏之说。这表明此时他的研究已从西方拼音文字为坐标,来重新关照梵文传入中国后对中国传统语言的影响。

羼厕。夫语言文字,出于一本,独日本则为二本,欲无凌杂,其可得乎? 汉人所用,顾独有汉字耳"。中国"文字本出一途,不以假名相杂,与日本之凌杂无纪者,阡陌有殊。忧其同病,所谓比拟失伦者哉"。

章太炎承认中文并非没有缺点,如中国口语差异甚大,"一道数府之间,音已互异;名物则南北大殊,既难齐一,其不便有莫甚者。同一禹域之民,而对语或须转译,曷若易之为便"? 问题是,"以万国新语易汉语,视以汉语南北互输,孰难孰易? 今各省语虽小异,其根柢固大同,若为便俗致用计者,习效官音,虑非难事"。由于"中原板荡,佚在东南",既不可谓"边无方典语",也不可谓"中原无别语",实则各地方言多可上溯到古音。故"北人不当以南纪之音为磔格,南人不当以中州之语为冤句;有能调均殊语,以为一家,则名言其有则矣。若是者,诚不若苟习官音为易。视彼万国新语,则难易相距,犹不可以筹策计也"。

若用万国新语来统一世界语言,"欧洲诸族,因与原语无大差违,习之自为径易"。中文则"排列先后之异,纽母繁简之殊,韵部多寡之分,器物有无之别,两相径挺。此其荦荦大者。强为转变,欲其挑达如簧,固不能矣。乃夫丘里之言,偏冒众有,人情互异,虽欲转变无由"。比如托尔斯泰就认为,"中国'道'字,他方任用何文,皆不能译"。

在章太炎看来,"言语文字者,所以为别;声繁则易别而为优,声简则难别而为劣"。中文读音繁富,为世界之最,岂能改优从劣! 且"纵尽改吾语言以就彼律,抑犹有诘诎者",盖"常言虽可易,而郡国、姓名诸语必不可易。屈而就彼,音既舛变,则是失其本名,何以成语"?

而刘师培到了后期,又回归到章太炎的主张,反对添造新字,反对使用合音(即拼音文字)。这种思想,在前期之末即已表露:"今人不察,于中土文字,欲妄造音母,以冀行远。不知中土文字之贵,惟在字形。……又数字一音,数见不鲜,恒赖汉字形为区别。若舍形存音,则数字一音之字,均昧其所指。"[①]至后期,则更为明确,"近今崇合音者,则以齐给速通,足以合文通治。弗知远国

_____

① 刘师培:《论中土文字有益于世界》,《刘申叔先生遗书》第46册,宁武南社影印本。

异人,言各一音,音各一文,故径施不拂,名闻而实喻。诸夏之文,顾与乖越。……以今音言府抚无辨,是乱官也;曹潮同字,是淆地也;陈程、羊扬,厥文弗殊,是渎性也。"用拼音文字取代汉字,的确是忽视了汉字作为表意文字的特点,易于引起同音字字义的混淆。

二

由于中国文字本统一,尚需统一者仅为语音。问题在于,以何者为准来统一语音呢?章太炎认为,"建虏虽建宅宛平,宛平之语未可为万方准则",而应在既存官话基础上综合各地方言来取得一致的读音;他指责以京师语音统一全国有悖于吴稚晖等鼓吹的"新文明学理":"夫政令不可以王者专制,言语独可以首都专制耶?"

章氏持论尤为怪异,他认为保持各地语音的差异,有利于打破中央对各地的专制,中国自古以还之所以保持分裂的时间长于统一的时间,就在于各地之风俗政情之不同,更其由于地方方言语音之差异,使得中央政府保持绝对之专制成为不可能,但细心察之,则颇有道理。"与不得已,官制不及改,则莫若分镇。分镇尚已。昔唐太宗欲世授节度,而马周、李百药之伦,则谓亲属且不可以领土宇。其后淮朔不宾,柳宗元祖述其意,作《封建论》,盖惧镇将世及,尾大跖戾,黜陟将自主。属时清明,未有外侮,其论议固足自守也。宋之季,而祸发于穷庐,州郡破碎,墓无完槨,里无完室,则李纲始有分镇之议。虽未竟行,南宋卒赖是以自完其方部。然后知封建之说未必非,而郡县之说未必韪也。"①

方言和京师语音的差异既融入章太炎等革命党人关注的"夷夏之防",语言文字便赋予了种族革命的意义。刘师培申论章太炎所著《新方言》的意义说:"自东晋以还,胡羯氐羌,入宅中夏;河淮南北,间杂彝音。重以女真蒙古之乱,风俗颓替,异语横行。而委巷之谈、妇孺之语,转能保故言而不失,

---

① 章太炎:《訄书初刻本·分镇第三十一》,收入钱锺书主编、朱维铮执行主编《訄书初刻本、重订本》,三联书店 1997 年版,第 76—77 页。

此则夏声之仅存者。昔欧洲希、意大诸国,受制非种;故老遗民,保持旧语,而思旧之念沛然以生,光复之勋蕴蕴于此。今诸(按《刘申叔遗书》易此字为'睹')华彝祸,与希、意同;欲革彝言而从夏声,又必以此书为嚆失。"而"异日统一民言,以县群众",也必将有取于此。刘氏指出,"今也教民之法,略于近而详于远,侈陈瀛海之大,博通重译之文,而钓游之地、桑梓之乡,则思古之情未发,怀旧之念未抒,殆古人所谓数典忘祖者矣",所以有必要编乡土志以教民。①

当章太炎指责语音统一有"首都专制"之嫌时,吴稚晖虽说过要仿效日本以东京语音统一全国语音,他自己其实也不赞成用京师口音为统一中国语音的标准。他稍后说:"且所谓官音,官者,言通用也,言较雅正也。汉人之祖宗,率居于黄河两岸,故汉音之初,近于北音;南人则杂有蛮苗之音,然北人亦未尝不杂胡羌之声。故以通用而言,则以今人南腔北调、多数人通解之音为最当。其声和平,语近典则,即可以为雅正之据。"如时人作为讥讽对象的所谓"南京官话",实即"改良新语所最适当之音调也。若近日专以燕云之胡腔认作官话,遂使北京之鞑子,学得几句擎鸟笼之京油子腔口,各往别国为官话教师,扬其狗叫之怪声,出我中国人之仇,吾为之心痛"②。

章太炎和刘师培在关于文学的定义上也有重大的区别。

刘师培在《南北文学不同论》中引陆法言之言说:"吴楚之音,时伤清浅;燕赵之音,多伤重浊。"所以,他认为,"声音既殊,故南方之文,亦与北方迥别。大抵北方之地,土厚水深,民生其间,多尚实际。南方之地,水势浩洋,民生其际,多尚虚无。民崇实际,故所著之文,不外记事、析理二端。民尚虚无,故所作之文,或为言志、抒情之体。"③刘氏这里重点阐述文章之体。而章太炎则重在对文字的审视。例如,《訄书》初刻本刊行后,章太炎在《新民丛

---

① 刘师培:《〈新方言〉后序》,《国粹学报》1908 年第 6 期;《编辑乡土志序例》,《国粹学报》1906 年第 9 期。

② 吴稚晖:《书神州日报〈东学西渐篇〉后》,载张枬、王忍之编《辛亥革命前十年间时论选集》,三联书店 1977 年版,卷三,第 470 页。

③ 刘师培:《南北学派不同论·南北文学不同论》,收入钱锺书主编、朱维铮执行主编《刘师培辛亥前文选》,三联书店 1998 年版,第 399—400 页。

报》上发表《文学说例》，开篇就为文学下了这么一个定义：

> 尔雅以观于古，无取小辨，谓之文学。

文学在这里成了追求文字的学问。在《文学说例》中章太炎关心的焦点在语言文字，刘师培则在文章，争论于是不可避免。① 相对于章太炎之重字形，刘师培更重字声。刘氏之声音之学来源于同属扬州学派阵营的黄承吉。刘师培在《扬州前哲画像记》中云："黄氏注《字诂[诂]义府》，而以原于声之说明，无识陋儒，或诋为破碎害道。然正名辨物，舍此莫由。小学之书，吾至此叹观止矣。"②黄承吉的"声音之学"就是"因声求义"。这成为刘氏文论的出发点，《文章源始》大段引用黄氏的论述，以此为根据推论文学之起源：

> 积字成句，积句成文，欲溯文章之缘起，先穷造字之源流。上古之时，有语言而无文字。凡字义皆起于右旁之声……由语言而造文字，而同义之字，声必相符。由是言之，文字者，基于声音者也。③

这里，他将黄承吉先有声旁后有形旁的观点引申为语言文字的关系，但这一说法所推论出的"但举右旁之声，不必举左旁之迹，皆可通用"，正与章太炎"庶事繁兴，文字亦日孳乳"的观点针锋相对④；而"并有不举右旁为声之本字，任举同声之字，即可用为同义"，更是章太炎极端反对的"意义绝异而徒以同声通用者"。后来，刘师培主张中国文字有益于世界，理论已有很大偏移。还是以"右文说"撑腰，原先的"文字之弊"却成了文字带有必然性的特点：

---

① 关于此点，可参考王风《刘师培文学观的学术资源与论争背景》，收入陈平原主编《中国文学研究现代化进程二编》，北京大学出版社2002年版，第11页。

② 《国粹学报》1905年第9期。

③ 刘师培：《文章源始》，《国粹学报》1905年第1期。

④ 《文学说例》，载《新民丛报》第五、九、十五号。

　　……洪荒字简,一字兼数字之音;后代义明,数字归一字之用。审音惟取相符,用字不妨偶异。盖音同字异,亦可旁通;而音异字同,不容相假。则作文以音为主,彰彰明矣。①

　　从"文字者,基于声音也"到"作文以音为主",同样是从文字到文学,刘师培的分析明晰顺畅,丝毫不亚于章太炎推论的谨严精密。小学家文论的特点在这场争论中表现得淋漓尽致,其理论的彻底性同样令人佩服。

　　刘氏以声音之学来归纳文学的起源可谓得之神会,因为中国文学的起源最早即在于歌和应答,未有文字之先,已有山野之歌。故中国诗歌以四言、五言为最先,后起赋与七言诗。正如黄侃在《声韵略说·论斯学大意》中所指出的:"小学分形、音、义三部。……三者之中,又以声为最先,义次之,形为最后。凡声之起,非以表情感,即可写物音,由是而义傅焉。声义具而造形以表之,然后文字萌生。昔结绳之世,无字而有声与义;书契之兴,依声义而构字形。如日、月之字未造时,已有日月之语。更分析之,声则日、月,义表实、阙;至造字时,乃特制日、月二文以当之。因此以谈,小学徒识字形,不足究言语文字之根本,明已。"②刘师培以声音之学推论文学之起源可谓匠心之作。

　　在《论文杂记》第十则中,刘师培批评道:"后世以文章之文,遂足该文字之界说,失之甚矣。"③指的当然是章太炎。章氏用丰富的小学知识来构筑自己庞大的思想体系,但远没有超出清代汉学的范畴,而刘氏尽管不断在发挥阮元的文笔说,但到了《论近世文学之变迁》中,他站在"文言"的立场批评"注疏"为文,声称"文学之衰,不仅衰于科举之业也,且由于实学之昌明"④,有意无意间观点的极端化使得他将"文学"和"实学"对立起来。而当他将西方的美术引进来以后,就把文学也包括在美术之中。而其文学观在这一时

────────────

① 《文说·和声篇》第三,《国粹学报》1906 年第 1 期。
② 参见刘梦溪主编《中国现代学术经典·黄侃刘师培卷》,河北教育出版社 1996 年版,第 257 页。
③ 《论文杂记第十则》,《国粹学报》第 1 年第 4 号。
④ 《国粹学报》第 3 年第 1 号。

期的总结之作《论美术与征实之学不同》中出现了戏剧性的变化。

西方美术以真善美为价值体系中出现了真、美之对立，所谓"贵真者近于征实，贵美者近于饰观"，因而"美术之学与征实之学不同"：

> 盖美术以性灵为主，而实学则以考覆为凭。若于美术之微，而必欲责其征实，则于美术之学，反去之远矣。①

这样刘氏运用西方学术分科解决了他与章氏分歧②所在，将小学与文章彻底分开，这样阮元的文笔说在西方学说的帮助下实现了现代性转化。而刘氏无疑抓住了六朝文学的理论核心的《文心雕龙》和《文选序》的纯文学倾向。同时指出了中国美术鼎盛的高峰也在六朝时期，不能不说是其独特的发现。刘氏的"建安文学，革易前型"后被鲁迅转化称作"曹丕时代为文学的自觉时代"。

综上所述，语言文字和文学的问题并不仅仅是关乎中国文化的问题，而是涉及中国的民族主义与书写语言的问题。章太炎、刘师培都是曾经到过日本的著名学者，他们受日本文化的启迪，开始思考中国民族语言的问题。因为在日本，明治时期的言文一致运动发端于德川时代末期的"废除汉字"的倡议，无疑是受西方影响的。在日本，民族主义的萌芽首先地而且主要地表现为按日语语音来书写汉字的文化运动。然而这种情况并非日本特有的。在民族国家的形成过程中，世界各地无一例外地出现了同样的问题，即使这两者并不总是同时发生的。

现代民族国家的形成和以方言为基础创造一种书写语言的过程可以说是相互协调并行不悖的。但丁（《神曲》）、笛卡尔、路德（《圣经》翻译）和塞万

---

① 《论美术与征实之学不同》，《国粹学报》第3年第8号。

② 章氏曾就文的概念与刘氏争论时认为，除了一般被看作"文"的"可代言"的"有句读文"外，还有"图书、表谱、簿录、算草"之类的"不可代言"的"无句读文"。见章太炎《文学论略》，《国粹学报》第2年第10号至第12号。但是章氏回避了刘师培所提出的他也无法回答的问题，即存在这么一种如谣谚那样不一定依赖于文字的口头文学。

提斯所写作的语言分别形成了他们各自国家的语言。在每一个国家,这些经典今天依然有人阅读,不是因为该国的语言一成不变,而是因为每一个国家的语言都是借助这些经典著作才形成的。

与刘氏和章氏同一阵营的黄节论证说:"昔者欧洲十字军东征,弛贵族之权,削封建之制,载吾东方文物以归。于是意大利文学复兴,达泰氏(指但丁)以国文著述,而欧洲教育遂进文明。昔者日本维新,归藩覆幕,举国风靡,于是欧化主义浩浩滔天,三宅雄次郎、志贺重昂,撰杂志,倡国粹保全,而日本主义卒以成立。呜呼,学界之关系于国界也如是哉!"①这表明国粹学报主将们已经把文化与学术提高到关系到民族的重要地位。但丁的方言与拉丁文即标准的通用书面语是截然对立的。换言之,拉丁文是"世界帝国"的语言。这类庞大的帝国的特点是使用一种共同的语言如拉丁文和中文。相反,现代民族国家则致力于推行统一的语言,帝国主义强制实现同质性。在东亚,日本属于中华文化的汉字文化圈。

现代民族国家是通过"世界帝国"的内部的分化而出现的。我们决不能只从政治上的民族国家这一方面来看待这个过程。创造一个名副其实的"民族"还需要一种截然不同的动力,因为民族更确切地说是由"文学"或"美学"形成的。从这个角度来理解,章太炎和刘师培关于汉语语言学争论,就是如何处理清帝国灭亡之后,中华民族文化遗产的问题,如何重新塑造民族语言的形态。所以,面对文学概念如何确立的问题,各派出现分歧是必然的。

刘氏与鲁迅不同的是鲁迅用西方的"文学"剪裁归并中国之文,而刘氏则从汉语言史来推论"文"之应为何物。刘氏另一大贡献就是提出了俗语的重要性,但他的文学是继承阮元的"文笔"说,是二元论的。而胡适的白话文运动无疑割断了中国文学的历史继承性,他要用白话一元论来代替二元论,无疑是对中国文学的阉割。可以说在世界上任何民族的文学中,都是新旧相衔接的,文学中的语言不可能完全通俗化。所以刘氏以文言、质言观来立论表明了他对古典文学与现代文学联系的清醒认识。

---

① 黄节:《国粹学报叙》,《国粹学报》1905 年第 1 期。

第五章　中国的文艺复兴

——从国粹学派到民国时期的学衡

梁启超在 1902 年初撰写《中国学术思想变迁之大势》时，从中西方学术思想史对比的角度论述了中国学术思想变迁的八个阶段："一胚胎时代，春秋以前是也；二全盛时代，春秋末及战国是也；三儒学统一时代，两汉是也；四老学时代，魏、晋是也；五佛学时代，南北朝、唐是也；六儒佛混合时代，宋元明是也；七衰落时代，近二百五十年是也；八复兴时代，今日是也"。但实际写完第七章即暂停。"中断的原因很清楚，因为从一九○三年初，梁启超便泛舟于太平洋中，作新大陆之游。"[①]一年多以后，游美归来的梁氏再续此文，舍去宋元明的"儒佛混合时代"而直及清代学术，标题也改为"近世之学术（起明亡以迄今日）"，似乎包括原来的第七、第八两章。这恐怕不是简单的篇章调整，此时梁启超的许多主张已发生明显变更，其对清学的观念显然也有改变，故不仅标题更中性，且将清学的衰落与复兴整体论述，实际强化了后者的地位。[②] 到 1920 年梁启超欧游归来，思想又一转变，与一些同人开展他们自己的"新文化运动"，其中一个成果即写出《清代学术概论》一书，明言清学是"以复古为解放"，进一步突显对清学的肯定。[③] 其实梁氏从西方的

---

① 朱维铮：《梁启超和〈清代学术概论〉》，载王元化主编《学术集林》卷十一，上海远东出版社 1997 年版，第 96 页。

② 梁启超：《论中国学术思想变迁之大势》，《饮冰室合集·文集之七》，中华书局 1989 年版，第 3 页。

③ 梁启超：《清代学术概论》，本书用朱维铮校注之《梁启超论清学史二种》，复旦大学出版社 1985 年版，第 6 页。

第一次世界大战看到西方衰落的迹象，进而对中国文化的复兴充满了信心。

一、清季的古学复兴

国粹学派同人认为"自秦焚书，五经灰烬，汉除挟书之律，老师宿儒，始知服习经训，以应世主之求"[1]，士人丧失了独立见解，造成两千年来国学衰微，君学独盛。他们把这种局面同西方的中世纪相比，提出要像西方一样搞一场文艺复兴。该会会员马叙伦在回忆《国粹学报》的时候就说："这个刊物有文艺复兴的意义。"[2]文艺复兴那时叫作"古学复兴"，被国学保存会同人认为是西方走向现代化的契机。

马君武在1903年论新学术与群治的关系时说，"西方新学兴盛之第一关键，曰古学复兴 Renaissance；古学复兴之字义，即人种复生时期 A second birth time of the race 之谓也。"[3]章太炎在1906年说近世学者以为中国之祸，可以追究于汉学。其实"反古复始，人心所同"。汉学家"追论姬汉之旧章，寻绎东夏之成事，乃适见犬羊殊族，非我亲昵。彼意大利之中兴，以文学复古为之前导；汉学亦然，其与种族，固有益无损"[4]。章氏的看法与黄节、邓实的看法大体相近。

近代中国学术，是西学刺激和西学影响下的产物。国粹运动的参加者，并非西学的反对者。梁启超一直是引进西学的巨子；罗振玉创办《农学报》，译介西方农学知识；王国维对康德学说甚有心得；张之洞也对西学持接纳态度，都是明证。最初两三年的《国粹学报》中，屡屡称引甄克思、斯宾塞、达尔文、岸本武能太、葛通斯哥的学说，以重新解释中国古代制度，颇令人有耳目一新之感。但是，这些名字在以后的《学报》上不见了。

---

① 刘光汉：《国学发微》（续），《国粹学报》第3期。

② 《我在六十岁以前》，上海建文书店1948年版，第68页。

③ 马君武：《新学术与群治之关系》，收入莫世祥编《马君武集（1900—1919）》，华中师范大学出版社1991年版，第187页。

④ 章太炎：《革命之道德》（1906），载汤志钧编《章太炎政论选集》（上册），中华书局1977年版，第310页。关于章太炎的"文学复古"，可参见朱维铮《求索真文明——晚清学术史论》，上海古籍出版社1996年版，第265—266页。

邓实、黄节等将国粹主义视为对欧化风气的某种调适,更接近事实。正如邓实所说,在各种观念对立之时,"则必有一胜一败焉,其胜者必其说之最后者"①。当时经严复翻译介绍,"天演"的观念风靡中国,"后出者胜"恐怕即是邓实无意中根据"天演"的规则导出的推论,如是则后出的"国粹保存主义"似比先前的"欧化主义"更为"进步",尤当为中国所采纳。

邓实通过比较东西方文明,惊讶地发现,在作为西方文明之母的希腊古代文明兴盛之时,正值中国的周秦之迹,其时也恰恰是中国文化的必由之路。土耳其毁灭罗马图籍,犹如秦之焚书;西方中世纪之黑暗,犹如汉武帝之独尊儒、罢黜百家;然而西方文明终能衰而复振,中国却陵夷至今,原因何在呢?原因即在于西方经历了"古学复兴"的洗礼,接受了自身文明的生命活力。②

所以许之衡于 1905 年论证"国粹无阻于欧化"时也观察到当时"言欧化之士"多乐道日本"初倡尊王攘夷"而"今日遂卒食其报",正说明上述看法的普及。不过日本既然以学欧洲而成功,许氏乃强调直接学习欧洲榜样。他说,"西哲之言曰:今日欧洲文明,由中世纪倡古学之复兴。"故"彼族强盛,实循斯轨"。而反观中国,则"横序之子,不知四礼;衿缨之士,不读群经。盖括帖之学,毒我神州者六百余年;而今乃一旦廓清,复见天日,古学复兴,此其时矣"。当然,复兴中国古学的目的是要像欧洲一样进入"文明",故许氏强调,"欧洲以复古学而科学遂兴,吾国至斯,言复古已晚,而犹不急起直追,力自振拔",就有可能"沦坟典于草莽、坐冠带于涂炭、侪于巫来由红棕夷之列"(亦即沦落到"蛮夷行列")了。③

许氏主张在保存国粹的同时,一定要吸收西方文明成果。但从《国粹学报》所发表的文章看来,从第四年以后,多发表的是考据性的文章。其时正在东京随同章太炎习国学的周作人说到也在日本的刘师培,评论却是"大约

① 邓实:《论中国群治进退之大势》,《癸卯政艺丛书·政学文编卷三》,第 128 页。
② 郑师渠:《晚清国粹派》,北京师范大学出版社 1993 年版,第 132 页。
③ 许守微:《论国粹无阻于欧化》,《国粹学报》1905 年第 7 期。

只是写他那《国粹学报》派烦冗的考据文章"①，虽不完全，却表达了一种并非无根据的印象。

更能说明问题的是《国粹学报》第 6 年第 1 期（1910 年 3 月总第 63 期）的"更定例目"启事：社说改为通论，另设经篇（政学、地理学、目录学附）、史篇、子篇（理学附）、文篇（小学附）、博物篇、美术篇、金石篇（金石学附）、丛谈、撰录、藏书志、绍介遗书、报告共 13 个栏目。每篇复分为内外二篇，内篇录生存人著述，外篇录前人旧著。这里最引人注目的是：通论取代社说。《学报》编者没有对通论的任务加以说明，从内容上来看，与 1909 年社说的情况相同。政篇、史学篇改为经篇、史篇、子篇，文篇仍旧。经史子集四部本是我国传统的图书分类法，在一定程度上也可以视作学科划分体系的复归。以上变化足以说明《学报》保存国粹的特色越来越浓。

邓实在最初提及古学复兴时已说："吾国之学，经历代专制君主之改变、外族朝廷之盗窃，其精意亦寝微矣。然其类族辨物之大经、内夏外彝之明训、《小戎》之赴敌、《秦风》之同仇，固发于吾一种人之心灵，演成学理绵延至今，传为种姓而未尝灭也。未尝灭，则保此一息以为吾国之国魂学魂，将天地之正气犹有所系，而中国或可以亡而不亡。"②

1909 年底章太炎在写给国学保存会的信中对《国粹学报》提出了批评："国粹学报社者，本以存亡继绝为宗。然笃守旧说，弗能使光辉日新，则览者不无思倦。略有学术者，自谓已知矣。其思想卓异、不循常故者，又不克使之就范，此盖吾党所深忧也。"③明确指出，对传统学术，除了积极的保存，尚须开新。因此，当国粹学派拟设一个国粹学堂时，虽然最后希望学生毕业后能将其所学"发挥光大，以化于其乡。学风所被，凡薄海之民均从事于实学，使学术文章寝复乎古，则二十世纪为中国古学复兴时代，盖无难矣"。但其实际的学业则要借助于西学，因为今日"思想日新，民智日沦，凡国学微言奥

---

① 周作人：《苦雨》，敦煌文艺出版社 1995 年版，第 171 页。

② 邓实：《国学保存论》，《政艺通报》，甲辰 3 号，6 张。

③ 《国粹学报》第 59 期第 39 号。

义,均可藉皙种之学,参互考验,以观其会通,则施教易而收效远"①。

但国粹派对于古学复兴的提法本身就面临不可解决的矛盾:是向传统复归,还是吸收西方文明而复兴。国粹派最终选择了文化的民族性。国粹派之所以能自觉地意识到民族之所以能够复兴即民族文化内在生命机制的存在,缘于两方面的原因:一是出自对"欧化"无成与现实种社会文化失范的反思。就在《论中国群治进退之大势》同一篇文章中,邓实又对自己的乐观表示怀疑。他转而告诫"醉心欧化"的青年人,如果将旧有的政教风俗全行破坏之后,新政教新风俗随即继起,"一出支那即入欧美,无过渡之劳,无分娩之苦,岂不甚善"? 然而事实上,在出入之际,"必有无限之阻力、无穷之波澜、曲折起伏于其内",因为"吾观宇内,文化之长进,从无一线直行之理"。在这里,他又隐约地意识到了文化的更新并非径情直遂的"醉心欧化"所能奏效的,它有自身的必然性。邓实的困惑不是偶然的,它反映了理想与现实的相悖。

自鸦片战争以降,尤其是甲午战争后,志士仁人都希望引进西学而能使中国富强,但其时西方文化传入已历半个多世纪,中国不仅未致富强,且民族危机日益严重。虽然,就封建势力遭削弱而言,是积极的,但中国固有的文化因为面对"欧化"的冲击,既无力回应,更日趋解纽,加剧了社会的动荡与混乱。梁启超说:

> 自由之说入,不以之增幸福,而之以破秩序;平等之说入,不以之荷义务,而以之蔑制裁;竞争之说入,不以之敌外界,而以之散内团;权利之说入,不以之图公益,而以之文私见;破坏之说入,不以之箴膏肓,而以之灭国粹。②

这同样引起了国粹学派的关切和困惑。国粹派由困惑而反思,最终认为文

---

① 《拟设国粹学堂启》,《国粹学报》1907 年第 1 期。

② 梁启超:《新民说》,载李华兴、吴嘉勋编《梁启超选集》,上海人民出版社 1985 年版,第 257 页。

化的创新必须尊重和凭借民族文化自身的特性或称"国粹"、"国性"。刘师培说："此特性者非偶然发生之物。日本高田氏国家学原理之言曰,人民者起于共同精神感觉之人种、世袭社会、兼包异职业殊地位者也。人民既起,而言语风俗及开明之力使团结而生一特异之感觉,以自别于他社会。以此而证……凡一族之人民必有一族之特性。"①文化民族性问题的提出,表明国粹派实际上已揭示了各国文化自身机制的存在。在他们看来,"醉心欧化"者的谬误,不在于引进欧化,而在于他们试图在完全否定固有文化的基础上实行全盘西化,这恰恰抹杀了中国文化的民族性;而脱离了中国文化生命机制整合的"欧化",自外生成,便不能不成为无源之水、无本之木。

　　国粹派的中西文化观在 1904 年提出"国学"论前后,发生了根本性的转变。他们逐渐由从进化程度上判分中国文化总体上落后于西方,转变为从类文化的观念上判分中西文化为独立、平行的两大文化体系;从而由主张单向选择西方文化,转变为主张中西会通调和,与以民族文化为主题积极整合西方文化。实现此种转折的内张力,是民族主义;其契机在体认文化民族性的存在。但从认识论上看,则又是反映了国粹派对中西文化考察指向上的重大调度。②

二、学衡派与国粹派的渊源关系

　　在 20 世纪初年,反对全盘西化,主张中西调和,固然已成为具有相当普遍性的文化取向,但人们毕竟未能就此作出足以自圆其说的理论说明。国粹派的建树就在于,在执着体认文化的民族性及其内在生命机制存在的基础上,提出了中西文化是互相平行、各具独立价值的两大文化体系即"类"文化的重要见解。由是国粹派形成了自己关于中西文化问题的新思路,这便是在肯定世界文化的多维性和中国文化独具价值的基础上,重新论证了中西调和与发展中国民族新文化的必然性。此种新思路,有力地开拓了人们

①　《中国民族志》第 17 章,参见《刘申叔先生遗书》,江苏古籍出版社 1997 年影印本。
②　郑师渠:《晚清国粹派》,北京师范大学出版社 1993 年版,第 149—150 页。

的思维空间,表现出了可贵的前瞻性。

在新文化运动时期,著名的《东方杂志》主编伧父(杜亚泉)在其《静的文明与动的文明》等文中,根据"地理环境决定"论将中西文化区分为主"静"、主"动"各具特色的两大文化体系,并在更加自觉的文化模式论的基础上倡言调和中西、以中国文化"统整"西方文化。这显然是与国粹派的思路相通。①

1922年《学衡》杂志创办,"学衡"派与国粹派之间的关系尤其值得重视。"学衡"派中坚如胡先骕、吴宓、梅光迪等人,都曾先后就读于美国的哈佛大学。该校比较文学系教授白璧德所倡导的新人文主义是20世纪现代保守主义的核心。吴宓等人或直接或间接都受到了白璧德思想的影响。所以《学衡》系统介绍新人文主义,实奉白璧德为宗师。但是,"学衡"派与国粹派之间又有着师承关系。这一方面表现为前者与后者有直接的师友之谊:"学衡"派多为东南大学文学系教授,胡先骕、梅光迪更早在1915年即有诗作在《南社集》发表,二人后且列籍"南社"会员。而原《国粹学报》主笔及"南社"的主要发起人陈去病,也正"主教东南大学"②。特别是吴宓,还在《国粹学报》时代即崇拜黄节的诗,后更成为其入室弟子,故《学衡》刊黄节诗最多③。另一方面,则表现为"学衡"派毫不隐晦自己承国粹派的余绪,而以新一代的国粹派自居。《学衡》杂志标明自己的宗旨在"昌明国粹,融化新知"④。高揭的同样是保存国粹的旗帜。吴宓说,"为保国保种之计",尤须保存国粹,"如是则国粹不失,欧化亦成,所谓造成新文化融合东西两大文化之奇功,或可企致"⑤。"学衡"派倡言国粹,一头连着白璧德,另一头连着黄节、陈去病,本身就极具象征性,说明国粹派的文化思想与学衡派的思想是一脉相承。

---

① 国粹派的邓实便持地理环境决定论。他借此论判分中西文化为"类"的差异。邓实指出,正因地理、人种不同,中西文化应看成主"静"、主"动"不同的两大独特的区域性文化。参见郑师渠《晚清国粹派》第144—145页。

② 胡朴安:《南社丛选》,国学社,1924年铅印本,文选卷八,"巢南文选"识。

③ 刘峻:《诗人黄节的思想和风格》,参见刘斯奋选注《黄节诗选》,广东人民出版社1984年版。

④ 《学衡杂志简章》,《学衡》第1期。

⑤ 《论新文化运动》,《学衡》第4期。

就读于清华学堂的吴宓在 1915 年初的历史课上得到启发,以为"文艺复兴之大变,极似我国数十年欧化输入之情形。然我之收效,尚难明睹。至于神州古学,发挥而光大之,蔚成千古不磨、赫奕虎炳之国性,为此者尚无其人。近数年来学术文章尤晦昧无声响,俯仰先后,继起者敢辞此责哉"①! 一个多月后他的认识逐步深化:"近读西史,谓世界所有之巨变均多年酝酿而成,非一朝一夕之故,故无一定之时日示其起结。若欧洲中世之末文艺复兴Renaissance,其显例也。余以文艺复兴例之中国维新改革,则在中国又岂仅二三十年以前新机始发动哉? 盖自清中叶以还(或可谓明末以后),士夫文章言论之间已渐多新思潮之表见。导源溯极,其由来渐矣。"②

从吴氏的言论看,他至少在首次进行中西对比时似乎尚未读过梁启超的论著。而其两次所论的侧重点也是不同的,前一次重在发挥光大神州古学,后一次则注重中国之"新机发动"和"新思潮之表见"。③ 必合二者而共观之,不能得其全貌。不久吴宓即与其清华同学汤用彤筹备将来办一杂志"发挥国有文明,沟通东西事理;以熔铸风俗、改进道德、引导社会"④。虽然他在日记中一般使用"文艺复兴"的译法,但在言及刊物名称时说,"他日所办之报,其英文名当定为 Renaissance,国粹复光之义,而西史上时代之名词也"⑤。从这时起,以办杂志的方式模仿欧洲文艺复兴的榜样就成为吴宓长期的努力目标。⑥ 可见《学衡》派的主张也是延续国粹派的宗旨而已。

鉴于西方精神上的饥荒,他的思想见解发生了新的转变。正如他在1920 年 3 月抵达上海时所说的那样,此次欧游将他行前的"悲观之观念完全扫清"。实际上,他意识到了中国何以效法彼邦而不能相似之故:"考欧洲所

① 《吴宓日记》(1),1915 年 1 月 5 日,三联书店 1998 年版,第 381 页。
② 《吴宓日记》(1),1915 年 2 月 20 日,三联书店 1998 年版,第 407 页。
③ 《吴宓日记》(1),1915 年 2 月 24 日,三联书店 1998 年版,第 410 页。
④ 《吴宓日记》(1),1915 年 3 月 11 日,三联书店 1998 年版,第 414 页。
⑤ 《吴宓日记》(1),1915 年 10 月 5 日,三联书店 1998 年版,第 504 页。
⑥ 到 1922 年,他终于实现其就读清华学堂的愿望,与一些同人办起了意在"昌明国粹、融化新知"的《学衡》杂志,后者简直可以说是"吴宓"这一历史名词的必备释义。惟该杂志在当时的影响不大,后之研究者也多因此视其为"文化保守主义",实有所误解。

以致此者,乃因其社会上政治上固有基础,而自然发展以成者。其固有基础与中国不同,故中国不能效法欧洲"。当人们目睹欧洲大陆遭蹂躏,中国没有学成西方,从某种意义上说来,也未必不是一种幸运。梁氏断定"不必学他人……不如就固有之特性而修正与扩大之也"①。总之,今后的目标是明确的:"吾人当将固有国民性发挥光大之,即当以消极变为积极是已。……鄙人自作此游,对于中国,甚为乐观,兴会亦浓,且觉由消极变积极之动机,现已发端。诸君当知,中国前途绝对无悲观,中国固有之基础,亦最合世界新潮。"②

　　这实际上正是梁启超终生为之奋斗的任务。这一任务引导他大力从事教育和出版活动,以重新弘扬中国文化遗产,开发其中的永久性和现代性价值为其职志。梁氏本着这一精神改动了他先前写过的文章,出版了他的《孔子》(1920)、《老子》(1920)、《墨子》(1921)和古代思想大家的学案研究。③ 这一时期,还出版了《大乘起信论》。

　　国粹学派的邓实就曾使用梁启超关于古学复兴的说法,主张对中国古代学术进行重新认识和总结。邓实在1904年论保存国学时说:"昔欧洲十字军东征,载东方之文物以归;意大利古学复兴,达泰氏以国文著述。日本维新,欧化主义浩浩滔天,三宅雄次郎倡国粹保全主义。顾东西人士,无不知爱其国者;爱其国,无不知爱其学者。盖学者,所以代表其种人材之性而为一国之精神也。"④邓实在有意识的层面努力论证欧洲古学复兴与中国历史的类似:中国"周秦诸子之出世,适当希腊学派兴盛之时"。周秦之际学术极盛,"百家诸子,争以其术自鸣。如墨荀之名学、管商之法学、老庄之神学、计然白圭之计学、扁鹊之医学、孙吴之兵学,皆卓然自成一家言,可与西土哲儒并驾齐驱"。就"荀子之《非十二子》篇观之,则周末诸子之学,其与希腊诸贤,且若合符节"。不仅周秦诸子类似"希腊七贤",此后中西历史也颇类似,

---

① 《吴宓自编年谱》,三联书店1995年版,第901页。
② 《吴宓自编年谱》,三联书店1995年版,第902页。
③ 《饮冰室专集》之三十五,第36、39页。
④ 邓实:《国学保存论》,《政艺通报》,甲辰3号,6张。

"土耳其毁灭罗马图籍,犹之嬴秦氏之焚书也;旧宗教之束缚、贵族封建之压制,犹之汉武罢黜百家也。呜呼,西学入华,宿儒瞠目,而考其实际,多与诸子相符。于是而周秦学派遂兴,吹秦灰之已死,扬祖国之耿光"。故"十五世纪为欧洲古学复兴之世,而二十世纪为亚洲古学复兴之世"。①

以邓实、刘师培为首的国粹学派在对周秦学术或学派的认同上与梁启超相似。因为梁启超在《论中国学术思想变迁之大势》中把春秋及战国时代称为中国学术的全盛时代。但两者在魏晋南北朝时期学术上的看法则不同。魏晋南北朝,历来被人看作世风浇漓、学术最为暗淡无光的时期。甚至梁启超也难免有此偏见。他在《论中国学术思想变迁之大势》中就认为,魏晋时期是"老学之毒"泛滥的时代,"实中国数千年学术思想最衰落之时也"。② 但章太炎、刘师培的见解却与之截然相反,认为这是秦汉后二千年古代学术史最富有生气,因而必须重视的时期。他们指出,玄学崛起,反映了时人对儒学专制的反动。嵇康、阮籍等竹林七贤,首倡玄学即力排尧舜汤武,弃经典而尚老庄,薄礼法而崇放达。刘师培说,两汉以降,"儒生日趋于智,迷信儒术之心衰",魏晋学时"不滞于拘墟,宅心高远,崇尚自然,独标远致,学贵自得"。③ 章太炎也认为:周末诸子纷争,各凭真性情,但经汉兴,"其情屈钝"④。迄魏晋,玄学之士此六国而起,其"厌检括苛碎久矣,势激而迁,终以循天性、简小节相上,因其道也"⑤;儒、释、道并峙,促进了学术的争鸣。

从中可以看出,尽管梁启超和章、刘等人都是从西方文明发展的过程中得到启迪,但是章、刘更强调中国的文艺复兴不仅有似希腊的周秦,还似罗马的魏晋。但求得"以复古为解放"则是两者共同之处。双方都持国粹与欧化的共存性,因为双方都认识到佛学与儒学的共存促成了宋明理学的诞生,所以,当清季有"悲观者流见新学小生吐弃国学,惧国学之从此消灭"时,

---

① 邓实:《古学复兴论》,《国粹学报》1905 年第 9 期。

② 《饮冰室合集·文集之七》,中华书局 1989 年版。

③ 《论古今学风变迁与政俗之关系》,《左盦外集》卷九,参见《刘申叔先生遗书》,宁武南氏影印本,第 49 册。

④ 《信史》(下),《章太炎全集》(四),上海人民出版社 1985 年版,第 65 页。

⑤ 《学变》,《訄书》重订本,《章太炎全集》(三),上海人民出版社 1984 年版,第 145 页。

梁启超明言"吾不此之惧也。但使外学之输入者果昌,则其间接之影响。必使吾国学别添活气,吾敢断言也。但今日欲使外学之真精神普及于祖国,则当转输之任者,必邃于国学,然后能收其效",严复即可为例。①

梁启超的文化观并非一种直线式的思维,他设想未来全人类应共有"新文化系统",他以为异质文化应该互补,通过化合,而后才能创造出真正的"新文化"。梁启超在《欧游心影录》首篇结语中,以夸张的笔调述说"近来西洋学者,许多都想输入些东方文明"之后,有一段对青年的希望,希望青年们研究传统:

> 第一步,要人人存一个尊重爱护本国文化的诚意。第二步,要用那西洋人研究学问的方法去研究他,得他的真相。第三步,把自己的文化综合起来,还拿别人的补助他,叫他起一种化合作用,成了一个新文化系统。第四步,把这新系统往外扩充,叫人类全体都得着他好处。②

这段话,可看作梁启超的整理中国固有文化的宣言书,他念念不忘的是让东西洋二文明结婚,以孕育宁馨儿。这种认识不仅是他研究中国传统学术所得出的结论,也是通过中西历史的比较得出的看法。梁启超思想的转变大抵是从第一次世界大战之后,他撰写《欧游心影录》,他不再对传统进行简单的否定,而是也看出传统中与近代价值观并不矛盾的地方。而游学西方的学衡派创始人也因循西方导师的指引,颇能阐发传统的永久性价值。欧洲的世界大战因有民族主义的横流,颇激发了传统中国知识分子的民族主义,但是这个民族主义向来是与中国传统的世界主义的大同理想联系在一起的。用罗志田的话说,"若以后见之明看,在某种程度上甚至可以把近代中国的主题表述为'走向世界的新中国'"③。

---

① 梁启超:《论中国学术思想变迁之大势》,《饮冰室合集》,中华书局 1989 年版,第 104 页。
② 《饮冰室专集》之二十三,第 36—37 页。
③ 罗志田:《天下与世界:清末士人关于人类社会认知的转变——侧重梁启超的观念》,《中国社会科学》2007 年第 5 期。

三、立足传统、融合中西的文化复兴

吴宓、梅光迪、胡先骕等人服膺的是美国白璧德的新人文主义。新人文主义强调中庸,在价值判断的时候不走极端,因此就使其在对待以往的文化遗产上采取谦恭的态度,而不是一味否定或一味肯定。白璧德所谓新人文主义必须在"同情"与"选择"之间保持平衡。对于文化遗产,白璧德主张必须一方面具有同情的态度,另一方面则有所选择。他对古今文化孰优孰劣的问题持一种折中态度,认为两者可以取长补短。就表现了这样的立场。①

白璧德所倡导的新人文主义是 20 世纪现代保守主义的核心。白璧德首先强调人文主义 Humanism 和人道主义 Humanitarianism 的根本不同。后者指表"同情于全人类","以泛爱人类代替一切道德",前者则强调人之所以为人的规范和德性,强调使人不同于禽兽的自觉的"一身德业之完善",反对放任自然,如希腊的盖留斯早就界定:"Humanitas(人文)一字被人谬用以指泛爱,即希腊人所谓博爱(Philanthrophy)。实则此字含有规训与纪律之义,非可以泛指群众,仅少数入选者可以当之。"②白璧德的主张实际是对于科学与民主潮流的一种反拨。他认为 16 世纪以来,培根创始的科学主义发展为视人为物、泯没人性、急功近利的功利主义;18 世纪卢梭提倡的泛情主义演变为放纵不羁的浪漫主义和不加选择的人道主义。这两种倾向蔓延扩张,使人类愈来愈失去自制能力和精神衷心,只知追求物欲而无暇顾及内心道德修养。长此以往,"人类将自真正文明,下堕于机械的野蛮",白璧德认为当时已到了"人文主义与功利及感情主义正将决最后之胜负"③,而这场决战将影响人类发展的全局。

学衡派既是文化的理想主义者,他们逻辑地提出了文化的选择性原则。

---

① 王晴佳:《白璧德与"学衡派"———个学术文化史的比较研究》,载台湾"中央研究院"近代史研究所集刊第 37 期。

② 《白璧德释人文主义》,《学衡》第 34 期。

③ 白璧德:《中西人文教育说》,胡先骕译,《学衡》第 3 期。

吴宓说:"今中西交通,文明交汇,在精神及物质上,毫无国种之界,但有选择之殊。"①"选择"本是新人文主义的一个重要原则,在白璧德等人看来,人性二元,追求至善的过程,也就是选择的过程。② 梅光迪说,我们只有"拥有通过时间考验的一切真善美的东西……我们才有希望达到某种肯定的标准,用以衡量人类的价值标准,判断真伪,与辨别基本的与暂时性的事物"③。必先继承一切真善美的文化传统,才有希望确立某种标准;或者说,欲进一步获得真知灼见,须先从历史文化中觅得一个立足点。

不难看出,《学衡》与五四前的国粹派已有显著不同:国粹派强调"保存国粹",重点在"保存"。严复追求的是"保持吾国五、四千载圣圣相传之纲纪彝伦、道德文章于不坠"④,林纾也以"存此一线之伦纪于宇宙之间"为己任⑤。《学衡》强调的却是发展《学衡》的宗旨"论究学术,阐求真理,昌明国粹,融化新知,以中正之眼光,行批评之职事",目的不只是"保存国粹"而是"阐求真理",方法也不是固守旧物而是批评和融化新知,这就是对国粹派的发展。《学衡》派突破一国局限,追求了解和拥有世界一切真善美的东西,就更不是国粹派所能企及的了。

在大量的"国学"研究类文章中,影响最大的当推《学衡》第46—72期连载的68章45万字的《中国文化史》,由柳诒徵先生著。柳氏淹贯经史,学识渊博,全稿引用资料多达六百余种,自六经、诸子、廿五史、历代各家著述,旁及国外汉学家的论著和近代报章杂志、统计资料,无不详为搜集。作者对我国文化的起源阐明源流,尊重历史事实,不作轻率的否定或怀疑;对我国古代科学文化的创造,从社会发展、生产斗争、人民生活的需要来说明演变;对中国文化与东西方文化的融合,分析得失,说明文化交流相互影响的过程。该书产生了广泛的影响。他在该书的绪论中,开宗明义即提出了这样的问

---

① 《孔诞小言》,《学衡》第 79 期,1933 年 8 月。
② 吴宓译:《白璧德之人文主义》,《学衡》第 19 期,1923 年 7 月。
③ 《我们这一代的任务》,《中国学生月刊》第 12 卷第 3 期,1917 年 1 月。
④ 王遽希:《严几道年谱》,民国元年条。
⑤ 林纾:《腐解》,见《畏庐三集》。

题："中国文化者何？中国文化何在？中国文化异于印、欧者何在？此学者所首应致疑者也。"问题提得确实尖锐：从世界各国的历史看，有由强盛而崩溃者，有由弱小而积合者，有由复杂而涣散者，类型不一。惟中国幅员辽阔，民族众多，于五大文明古国中，"中国独寿"，这难道是偶然的吗？换言之，中国凭何术能开拓、抟结此天下？能容纳、沟通此诸族？能开化甚早而历久弥新？柳诒徵认为谜底即深藏在中国文化之中，这就是中国文化独具的精神。他说：中国文化的中心是人论，"讲两个人的主义"。中国的美德如"仁"字，即是讲"二人"，所谓以己之心度人，己所不欲勿施于人，无不从双方立言。人人遵此而行，天下无往而不谐和。"二人主义"进而又析为五种：君臣、父子、夫妇、兄弟、朋友，至此人伦关系的范畴囊括无遗。凡一人对任何一人能以恕道相处相安。这就是说，人伦精神，即以"二人主义"为基础的五伦观念是整个中国文化的出发点，也就是中国文化之树亘古常青的精神实质。①

中国历史之谜找到了，柳诒徵说："中国文化的根本，便是就天性出发的人伦，本乎至诚。这种精神方能造就中国这么大的国家，有过数千年荣光的历史。"②陈寅恪对中国文化的见解愈显空灵，陈义高超。陈寅恪先生在叙述隋唐制度流变的过程中，叙述道："西晋永嘉之乱，中原魏晋以降之文化转移保存于凉州一隅，至北魏取凉州，而河西文化遂输入于魏，其后北魏孝文、宣武两代所制定之典章制度遂深受其影响，故此北魏、北齐之源其中亦有河西之一支派，斯则前人所未深措意，而今日不可不详论者也。"③这句话可说是全书的纲领。他引用大量史料论证礼仪制度的重要性，反驳了欧阳修所谓的礼制之为空名的说法，认为"礼制本与封建阶级相维系……唐以前士大夫与礼制之关系既如是之密切，而士大夫阶级又居当日极重要地位，故治史者自不应以其仅为空名，影响不及于平民，遂忽视之而不加以论究也"④。陈氏排比史料，详为铺陈，论证唐礼因于隋礼，而牛弘制定的礼制乃根据北周、

① 《孔子管见》，《国风》半月刊第 1 卷第 3 期，1932 年 9 月。
② 《对于中国文化之管言》，《国风》半月刊第 4 卷第 7 期，1934 年 4 月。
③ 陈寅恪：《隋唐制度渊源略论稿》，三联书店 2001 年版，《绪论》第 4 页。
④ 陈寅恪：《隋唐制度渊源略论稿》，三联书店 2001 年版，《绪论》第 7 页。

北齐,而周、齐因袭于北魏,北魏承之于魏晋、南朝,条分缕析,泾渭分明。他分析之所以出现这种局面,乃因魏晋时期中原大乱,而大量文化之士避难于河西,此地区政局稳定,文化遂保留于此地,终使得文化得以保存,乃中国一大幸事也。陈氏对职官、刑律、音乐、兵制、财政等制度逐一分析评论,得出隋唐制度的渊源流变。陈氏何以颇费笔墨来研究隋唐制度之渊源而把自己一生很大一部分精力投身于中国中古史之研究中,是有着自己不为人所知的苦衷。众所周知,中古时期是我国战乱频仍,各种文化杂糅而融合的时期。佛教文化冲击着以儒家文化为本位的传统中国文化,最终佛教和中国传统文化融合而形成一强盛的隋唐帝国,个中原因,颇令人费思。

陈寅恪先生研究中古史是想为中华民族找一维系不灭的命脉所在。正如他所说,"至道教对输入之思想,如佛教摩尼教等,无不尽量吸收,然仍不忘其本来民族之地位。既融成一家之说以后,则坚持夷夏之论,以排斥外来之教义。此种思想上之态度,自六朝时亦已如此。虽似相反,而实足以相成。从来新儒家即继承此种遗业而能大成者。窃疑中国自今日以后,即使能忠实输入北美或东欧之思想,其结局当亦等于玄奘唯识之学,在吾国思想史上既不能居最高之地位,且亦终归于歇绝者。其真能于思想上自成系统,有所创获者,必须一方面不忘本来民族之地位。此二种相反而适相成之态度,乃道教之真精神,新儒家之旧途径,而二千年吾民族与他民族思想接触史之所昭示者也。"[①]陈寅恪先生作此书在于探讨中国文化的精神,他在论述民族性格的时候,往往把文化作为一个民族的生命,一旦一个民族丧失了它固有的文化特色,那么民族之衰亡则行之不远了。

1927 年他在《王观堂先生挽词》中说:"凡一种文化值衰落之时,为此文化所化之人必感苦痛,其表现此文化之程量愈宏,则其所受之苦痛亦愈甚;迨既达极深之度,殆非出于自杀无以求一己之心安而义尽也。吾中国文化之定义,具于《白虎通》'三纲六纪'之说,其意义为抽象理想最高之境,犹希

---

① 陈寅恪:《冯友兰哲学史下册审查报告》,收入其《金明馆丛稿二编》,三联书店 2001 年版,第284 页。

腊柏拉图所谓 Idea 者。若以君臣之纲言之，君为李煜，亦期之以刘秀；以朋友之纪言之，友为郦寄，亦待之以鲍叔。其所殉之道与所成之仁均为抽象理想之通性，而非具体之一人一事。夫纲纪本理想抽象之物，然不能不有所依托，以为具体表现之用；其所依托以表现者，实为有形之社会制度，而经济制度尤其最要者。故所依托者不变易，则依托者亦得因以保存……近数十年来，自道光之季迄乎今日，社会经济之制度以外族之侵迫，致剧疾之变迁；纲纪之说无所凭依，不待外来学说之掊击而已消沉沦丧于不知觉之间。虽有人焉，强聒而力持，亦终归于不可救疗之局。盖今日之赤县神州值数千年未有之巨劫奇变；劫尽变穷，则此文化精神所凝聚之人，安得不与之共命而同尽，此观堂先生所以不得不死，遂为天下后世所极哀痛而深惜者也。"①陈寅恪把文化的含义归结为国家兴亡的最重要的要义，只有文化才是一个民族振兴的标志。这种思想在他晚年写作的《柳如是别传》中也得到了很好的体现。

　　陈寅恪认为，中国文化最可宝贵的精神最终可以归结为一句话："独立之精神，自由之思想。"这也可以看作陈寅恪对于"理想人格"最高境界的一种概括。陈寅恪是有感于王国维之死，而渐次形成此一见解的，且终其一生信守不渝。② 学衡派的新文化史观颇类似于陈氏的看法。③

四、学衡派的新文化史观

　　学衡派诸君不是从激进的"率性而作"的态度出发，而是考虑到文化发展的特殊性，从西方文化中找到了知音，从而构建一种继承传统又超越传统的新文化，这才是中国真正的"文艺复兴"。

---

① 陈寅恪：《陈寅恪诗集》，清华大学出版社 1993 年版，第 10—11 页。
② 郑师渠：《"古今事无殊，东西迹岂两"——论学衡派的文化观》，《近代史研究》1998 年第 4 期。
③ 关于陈氏与学衡派诸人的关系参见吴学昭整理《吴宓自编年谱》，三联书店 1995 年版。吴氏与陈氏皆曾在巴黎留学。该书提到陈氏之豪华，第一表现于购书，第二表现于宴会，以致吴氏将数月中波城中国留学生所行所历之事，戏编成小说回目。此一回曰：陈寅恪大宴东方楼　吴鱼僧三探南车站。陈氏与其侄子关系非常密切，而其侄子又与学衡派中之胡先骕共同创办庐山植物园，而陈氏夫妇后与其侄子同葬于庐山。

　　重提《学衡》与《新青年》阵营的这段公案,似乎有必要使遮蔽的部分重新显露出来。单就吴宓而言,他对《学衡》的把握也是在论战性与非论战性之间摇摆不定。吴宓本心不喜欢论战性文章,他曾列举"作互相辩驳之文"的五大弊端①,而且也清楚梅光迪、胡先骕等批判新文化运动的文章,多为意气用事的诛心之论,少有心平气和的学理探讨。"彼等非思想家乃诡辩家也……非创造家乃模仿家也……非学问家乃功名之士也"②之类的论调,其实有悖于"平心而言不事谩骂以培俗"的《学衡》宗旨。但是,论战性的文章能够给杂志带来声誉,扩大影响,而读者也喜欢凑热闹。确如吴宓所言:"今互相辩驳之文,窃见人之读者,如观卖艺者之角力然,以为消遣,以资笑乐,但看一时之热闹,毫无永久止爱憎取舍于其间。"③

　　鉴于上述两方面原因,吴宓必须精心组织论战性文章,如果稿源不足,还要从别的报刊转载文章加以充实。尽管如此,吴宓还是强调文章的非论战性。④ 他转载吴芳吉的《再论吾人眼中之新旧文学观》,表面上是看重这篇文章对胡适"八不主义"的批判,但他更希望读者能超越狭隘的论战性,特别指出:"此篇之功,不在其驳斥八不主义,而在其于文字中类此之根本问题,均一一为下正确精当之解决,足以祛少年之惑而使得所依据耳。"⑤

　　《学衡派》的文学和文化观念都来自西方古典主义批评家。例如像梁实秋的一些文章从标题到内容,以至文中的引语、修辞都抄自白璧德的著作(如与《自然同化》等文)。这种抄袭和全盘搬用,即使在学习西方文化蔚然成风的五四时期也是极为罕见的。当时中国文艺理论家从外国接受理论武器,目的是为了打破传统思想的束缚,发展与传统文学或文化全然不同的现代文学或现代文化观念,而梁实秋的目的,却是要在一派反传统的呼声中,

---

① 吴宓:《论新文化运动》,《学衡》第 4 期,1922 年 4 月。
② 梅光迪:《评提倡新文化者》,《学衡》第 1 期,1922 年 1 月。
③ 吴宓:《论新文化运动》,《学衡》第 4 期,1922 年 4 月。
④ 罗岗:《历史中的〈学衡〉》,《二十一世纪》,香港,1995 年 4 月号。
⑤ 见吴宓写于吴芳吉《再论吾人眼中之新旧文学观》一文前的"编者识",《学衡》第 21 期,1923 年 9 月。

与传统认同。①

　　吴宓透过白璧德的新人文主义,经过自己的反思,得出最后的结论以肯定儒家伦理学说的价值。他在《论事之标准》中阐述得非常明确,他说:"今日救时之道,端在不用宗教,而以人文主义救科学与自然主义之流弊也。吾对于政治、社会、宗教、教育诸问题之意见,无不由此一标准推衍而得。"②受到新人文主义的影响,吴宓认为中国儒家道德传统之所以可贵,不仅在于它是中国文化的"精髓",更在于它合乎人文主义标准。五四新文化运动破坏礼教、铲除传统,这实际上是中国的"文化自杀"。

　　梅光迪认为,对待文化,特别是进行文化建设、发展新文化,必须彻底研究,古今中外,融会贯通,始能自立门户,独立创新。他认为新文化运动者在哲学方面,独取实验主义、自然主义等;在文学方面,独取短篇小说、独幕剧与堕落派等,这些都不能代表西方的真正文化,对西方的这些思想派别、艺术源流及其变迁得失都未加探讨研究,实在是"所知甚浅,所取尤谬",不过是些西方"伪文化"而已。③ 他主张吸收西方真正的、有价值的文化。

　　刘禾认为,"需要注意的是,梅光迪对进化论的摒弃,并非基于文化的差异,因为他不是在辩驳西方观念与中国文学的不一致性,而是基于西方传统本身缺乏足够的证据。他的批评直指当时西方知识的主流模式,就此意义而言,这一批评在他身处的语境中,构成了一种有效的干涉。他属于极少数勇于针锋相对者的行列,这一事实有力地证明了五四思想话语的异质性。梅光迪通过吁请西方的权威,试图按照同样的游戏规则,打击提倡新文化者。然而,他直接针对进化论、民主或是白话文学时其批评的效力,却因为他明显没有意识到他自己吁请的权威之来源同样令人怀疑,而受到很大程度的削弱。由于梅光迪在批判现代性时,拒绝处理帝国主义与欧洲的支配性这一棘手的问题,所以他在认同欧洲启蒙时代的保守阵线时,最终又复活

---

① 罗钢:《梁实秋与新人文主义》,《文学评论》1988 年第 2 期。
② 吴宓:《论事之标准》,《学衡》1926 年第 56 期。
③ 梅光迪:《评提新文化者》,《学衡》1922 年第 1 期。

了现代性话语。"①

　　让中国像欧洲一样"复兴",曾是清季到民初许多人的共同期望,从梁启超到国粹学派,再到民国初年的学衡派,都曾对此极为关注。同时,从梁启超开始的以"古学复兴"或"文艺复兴"来诠释清代学术的取向也在延续。胡适稍后将其所谓广义的"中国文艺复兴"上溯到宋代,然其实际的关注点却是新文化运动那狭义的"中国文艺复兴"。

　　从"古学复兴"、"文学复古"到"文艺复兴",这一欧洲词汇在不长的时期内引起广泛关注而又有这样多的译法,是个值得注意的现象。从中文字义看,"文学复古"与"古学复兴"就有较大区别,盖一主"复古"而一言"复兴",隐含着究竟是以回归为主,还是以面向未来为主两种不同的倾向。同时,前者重在"文学",其含义虽比今日所谓"文学"远更广泛,仍特别强调语言文字的重要性,不少时候就落实在语言文字之上;②而后者重在"古学",所包含的学术门类还要宽广,尤其是在对周秦诸子的强调方面,与前者相当不同。

　　第一次世界大战后,"欧洲文化中心"论根本动摇,世界文化潮流出现了由对立走向对话的新变动。这反映了在世界历史日趋统一发展的进程中,人类越来越关心自身的命运,希望借助东西方的智慧以解决面临的共同问题。学衡派在肯定文化具有的历史与世界的统一性的基础上所展开的文化观,它强调继承传统建立民族新文化,复主张中西文化互相融合,这充分反映了学衡派既摆脱了东方文化派隆中抑西的虚骄心理,也超越了西化派的民族虚无主义,从一定意义上说,具备了更为健全的文化心态。可惜,由于中国近代内忧外患,优胜劣汰,追求富强的功利心理,使得中国文化的复兴成了明日黄花,学衡派、新文化派的分裂,各种派别的论争,使中国成了西学争论的战场,中国错过了认真认识本民族文化的契机,中国在功利的科技主义的道路上越走越远,使得中国文化的复兴成为一场远远没有结束的梦想。

---

①　刘禾:《跨语际实践——文学、民族文化与被译介的现代性(中国,1900—1937)》,宋伟杰等译,三联书店 2002 年版,第 359—360 页。

②　参见章太炎《东京留学生欢迎会演说辞》,《章太炎政论选集》(上册),第 277 页。

第六章　鲁迅《野草》中的艺术表现手法与幽暗意识

自从胡适白话文改革以来,中国的文学由抒情的古代散文转而变为哲学之玄想,此则为中国近代文学增加一丰富的哲学元素。而鲁迅则为白话文创作的集大成者和非凡的创造者。就拿《野草》集中的白话文创作来说,采用了高超的艺术表现手法,不但达到了中国白话文创作的高度,而且在丰富的艺术表现中表达了自己对中国文化的批判和思考,而文章中弥漫的就是一种幽暗意识。

一

首先,作者在《秋夜》中写道:"在我的后园,可以看见墙外有两株树,一株是枣树,还有一株也是枣树。"这种采用陌生化的手法,达到了很强的文学效果。突出一个个体枣树的影子与下面的奇怪而高的夜的天空形成了鲜明的对比,"他仿佛要离开人间而去,使人们仰面不再看见"。这句话蕴含着无穷的深意,可以说鲁迅是驾驭汉语白话文的高手,在看似平淡的叙述中,将对中国历史和现实的深沉思考凝练成寥寥几句,使人的心灵产生一种震撼的感动。鲁迅作为早期在日本的留学生在《河南》上发表了《摩罗诗力说》显然受到了当时流行的拜伦热的影响,在其文章中,就有"与其抑英哲以就凡庸,曷若置众人而希英哲"之类充满尼采思想的句子。要这样,就必须冲破网罗,打碎枷锁,而这种束缚、枷锁则正是以所谓"舆言"、"俗囿"、"多数"、"庸众"、"一致"的形态出现的,它们构成了种种"伪饰"、"陋习"和"偶像",所以在这万马齐喑的社会中,枣树特立独行的形象就显得颇为抢眼了,"……

而最直最长的几枝,却已默默地铁似的直刺着天空中圆满的月亮,使月亮窘得发白"。在这寓意的背后,鲁迅抒发了对中国近代社会改革的不彻底的不满和救药之方,救国必先救人,救人必先启蒙,不是"黄金黑铁"或政法理工,而是文艺、道德、宗教,总之不是外在的物质,而是内在的精神,才是革命关键所在。鲁迅由此得出的改变过敏性的第一个答案便是:"掊物质而张灵明,任个人而排众数。"

近现代文学发展到鲁迅,中国文学第一次懂得了对传统所造成的统治的绝对的反抗,虽然很无望,但正如"小飞虫"在后窗的玻璃上丁丁地响。不多久,几个进来了,许是从窗纸的破孔进来的。它们一进来,又在玻璃的灯罩上撞得丁丁地响,面对这些无名的英雄,鲁迅只有敬奠。

鲁迅对传统的强大有着清楚的估计,但是对于真正的英雄来说,是不惮绝望的,读鲁迅的散文就如同诗歌一样,具有强烈的幽暗意识,如他写道:

> 我不过一个影子,要别你而沉没在黑暗里了。然而黑暗又会吞并我,然而光明又会使我消失。
>
> 然而我不愿彷徨于明暗之间,我不如在黑暗里沉没。

鲁迅用一些转折连词"不过"、"然而"、"然而"、"不如"表达一种幻灭的情绪,虽然作者明白反抗是一种无望,但他宁愿在"绝望"中奋斗。又如:

> 然而我终于彷徨于明暗之间,我不知道是黄昏还是黎明。我姑且举灰黑的手装作喝干一杯酒,我将在不知道时候的时候独自远行。
>
> 呜呼呜呼,倘若黄昏,黑夜自然会来沉没我,否则我要被白天消失,如果现是黎明。
>
> ……
>
> 你还想我的赠品。我能献你甚么呢?无已,则仍是黑暗和虚空而已。但是,我愿意只是黑暗,或者会消失于你的白天;我愿意只是虚空,决不占你的心地。

鲁迅是章太炎的弟子,如果说乃师倾其一生以学术统摄论说,对传统文化的近代化作出了贡献的话,而鲁迅则发挥文学的功用,用学术所不能尽意的表述把自己的思想发挥到极致。例如在乃师的思想中有种莫名的虚无精神,此外还有一种魅力无穷的道德论。

章太炎从所谓的道德标准出发,把当时社会分为十六个等级,他认为这些等级是与人们的"职业"——在社会生产和生活中的客观地位、职能密切关联的:

> 今之道德,大率从于职业而变。都计其业,则有十六种人:一曰农人,二曰工人,三曰裨贩,四曰坐贾,五曰学究,六曰艺士,七曰通人,八曰行伍,九曰胥徒,十曰幕客,十一曰职商,十二曰京朝官,十三曰方面官,十四曰军官,十五曰差除官,十六曰雇译人。其职业凡十六等,其道德之第次亦十六等。
>
> 农人于道德为最高,其人劳身苦形,终岁勤动……
>
> 则自艺士以下,率在道德之域;而通人以上,则多不道德者……

这是章太炎独到的看法,可以说这一看法此后主宰了中国以后的历史与革命。所以李泽厚先生便认为,鲁迅便是当年受章太炎的影响的著名例子。除了进化论大不相同以外,在憎恶和抨击上流社会,反对资本主义的经济、政治,提倡宗教、道德、国粹和个性主义等问题上,鲁迅基本站在章太炎一边。如果用鲁迅 1906 年到 1908 年写的那几篇著名的论文,特别是《破恶声论》、《文化偏至论》,与章太炎上述的论点和论文比较一下,便很清楚。①

例如鲁迅在《野草》中的一篇《求乞者》中便对自己高居于下层人民之上的高级知识分子的心态进行了反讽、批判和挖苦:

> 我不布施,我无布施心,我但居布施者之上,给与烦腻,疑心,憎恶。

---

① 李泽厚:《中国近代思想史论》,天津社会科学院出版社 2005 年版。

······我将用无所为和沉默求乞······

我至少将得到虚无。

二

长期以来,研究近现代文学的人根本不研究近现代的历史,双方保持着冷漠,各自说着各自的话语,各自走着各自的路。谈近现代文学的人,自称专业人士只从修辞方法上批解《野草》,其实不从学术渊源和历史上去解读,仿佛隔靴搔痒,虽然写得极好玩,但始终触不到要害。真正的文学家像鲁迅,他始终将自己的心灵隐藏起来,而只是说着梦呓般的话语,只有懂得他的人,才能理解其中的玄机和奥妙。例如,我们都知道,在由刘师培控制稿件录取标准的《河南》上,周氏兄弟发表了一系列论文。《周作人回忆录》(湖南人民出版社 1982 年版)中多处谈及托人向刘师培投稿。周氏兄弟发表于该刊的文字主要有鲁迅的《摩罗诗力说》(《河南》第二至第三期)、周作人《论文章之意义暨其使命因及中国近来论文之失》(第四至第五期)、鲁迅《文化偏至论》(第七期)、鲁迅《破恶声论》(第八期)、周作人《哀弦篇》(第九期)。周氏兄弟用"美术"一词阐述了一个新的文学精神,具体表现为双重性标准:一方面,"由纯文学上言之,则一切美术之本质,皆在使观听之人,为之兴感怡悦。文章为美术之一,质当亦然,与个人暨邦国之存,无系属,实利离尽,究理弗存";另一方面,"丽于文章能事者,犹有特殊之用一,盖世界大文,无不能启人生之阈机"。[①] 可以说,鲁迅将自己在文学上的抱负放在了将西方文学的形式嫁接到中国文化的机体上,是首次真正懂得创新中国文学的理论家和实践家,正是鲁迅真正走上了现代文学的道路。原因即在于鲁迅始终抱持着文学革命的想法,并把它付诸实践。他曾经说过:"'革命'是并不稀奇的,惟其有了它,社会才会改革,人类才会进步,能从原虫到人类,从野蛮到文明,就因为没有一刻不在革命。"而且,"凡是至今还未灭亡的民族,还都天天在努力革命,虽然往往不过是小革命。"但是他又说,"大革命可以变

---

① 鲁迅:《摩罗诗力说》,《坟》,《鲁迅全集》(第一卷),人民文学出版社 1981 年版。

换文学的色彩，小革命却不，因为不算什么革命，所以不能变换文学的色彩。"①

《复仇》描述了中国人麻木的心灵和看客的心理。可以说，鲁迅虽然不用学术表达自己的哲学，但是用文学的描述比章太炎更加深刻。日俄战争在中国东北的土地上酣战，而中国人不思报国，反而帮助两国进行交战。所以鲁迅说："他们俩将要拥抱，将要杀戮……""路人们从四面奔来，密密层层地，如槐蚕爬上墙壁，如蚂蚁要扛鲞头。衣服都漂亮，手倒空的。然而从四面奔来，而且拼命地伸长颈子，要赏鉴这拥抱或杀戮。他们已经豫觉着事后的自己的舌上的汗或血的鲜味。"

鲁迅的确触到了中国国民性的大问题。鲁迅在1908年总结当时存在的两大主张，"一曰汝其为国民，一曰汝其为世界人。前者慑以不如是则亡中国，后者慑以不如是则畔文明。寻其立意，虽都无条贯主的，而皆灭人之自我，使之混然不敢自别异，泯于大群"。而当时后一派强调：若不"同文字也、弃祖国也、尚齐一也"，便"不足生存于二十世纪"。② 在鲁迅看来，对于熟悉了俄日战争的旁观者的中国人来说，只要他们还没有觉醒，便不能称作文明人，还不知道如何复仇、如何才能成为中华民族的一分子。于是鲁迅便嘲笑国人的无聊，"于是只剩下广漠的旷野，而他们俩在其间裸着全身，捏着利刃，干枯地立着；以死人似的眼光，赏鉴这路人们的干枯，无血的大戮，而永远沉浸于生命的飞扬的极致的大欢喜中"。鲁迅创作的《野草》系列散文诗可以看作与《狂人日记》相媲美的独语集。他完全以作者和读者之间的紧张与排拒为创作的前提：唯有排出了读者的阅读习惯，才能径直暴露作者的灵魂、情绪、心理、潜意识，进行更高、更深层次的哲理思考。可以说《野草》是心灵的炼狱中熔铸的鲁迅诗，是从"孤独的个体"的存在体验中升华出来的鲁迅哲学。③

---

① 鲁迅：《而已集·革命时代的文学》(1927年)，《鲁迅全集》(第三卷)，人民文学出版社1981年版，第418—419页。
② 鲁迅：《破恶声论》1908年作，《鲁迅全集》(第八卷)，人民文学出版社1981年版，第26页。
③ 钱理群等：《中国现代文学三十年》(修订本)，北京大学出版社1998年版，第52页。

鲁迅对传统的态度是决绝的。鲁迅尤其痛恨的是"死人的文化",即背负在中国人身上那沉重的传统包袱。尽管民初仍有人主张"开新而不弃旧",鲁迅却坚决反对这样的"二重思想"。他以为,"要想进步,要想太平,总得连根的拔去了'二重思想'";并以易卜生所说的"All or nothing"(鲁迅自己的翻译是"全部"或"全无")一语,形象地表述了自己对传统的态度。

傅斯年所说的时人身着袁世凯的祭服也隐喻着同样的对立:历史或传统被视为负担,实际阻碍着想要"跳进世界流去"的中国之努力。而"传统"又表现在很多方面,一些稍年长的人关于脱去祭服的主张还更彻底:与钱玄同等人相近,鲁迅便主张"汉文终当废去;盖人存则文必废,文存则人当亡"①。作为"传统"载体的中国"文字"已影响到"中国人"之存废,是当时不少新文化人的实际思虑。他们根本认为,既废"文化"或"传统"已在阻碍作为"国家"或"民族"的中国之生存和发展,遑论进入"现代的世界文化"。②

所以鲁迅与章太炎的看法很不一样,他不主张从传统文化中再造出一种传统,而主张在传统之外寻找一种新的东西。

读鲁迅的《野草》,感觉鲁迅是要回到自己的内心。但是要说清楚"具有决定意义的回心的东西"是困难的。它差不多是混沌未形的存在,是一个鲁迅常常表述的"影子"。如竹内好所说:

> 一读他的文章,总会碰到某种影子似的东西,而且那影子总是在同样的场所。影子本身并不存在,只是因为光明从那儿产生,又在那儿消逝,从而产生某一点暗示存在那样的黑暗。如果不经意地读过去就会毫不觉察地读完。不过,一经觉察,就会悬在心中,无法忘却。就像骷髅在华丽的舞场上跳着舞,结果自然能想起的是骷髅这一实体。鲁迅负着那样的影子过了一生。我称他为赎罪的文学就是这个意思。

---

① 鲁迅致许寿裳,1919 年 1 月 16 日,《鲁迅全集》(第六卷),第 357 页。
② 罗志田:《理想与现实:清季民初世界主义与民族主义的关联互动》,收入其《近代读书人的思想世界与治学取向》,北京大学出版社 2009 年版,第 95 页。

　　它也确实只是一个影子，就像鲁迅《野草·影的告别》中那个"彷徨于无地"的影子，是竹内好所谓的"无"，然而恰恰是这"黑暗"、"无"表现了一种"终极性"的"文学正觉"，"那是一个黑洞般吸进所有光明、影子般无法实体化的、骷髅一样的存在，它的无法实体化，在于只能通过对围绕着它的光明进行阐释来暗示它的存在；而它终极性位置在于，假如所有对于光明进行的阐释不围绕它进行，最终就会变成一盘散沙，甚至是一些没有灵魂的技术性论证而已"①。

　　鲁迅的"回心"从某种意义上说难道不正是"黑暗"与"无"吗？它是影子般无法实体化的，我们所能看到的，只是由那个黑暗的中心产生的光明，而那个难以企及的黑暗才是真正的本原性的存在，它远远比由它产生的光明更大。它不是鲁迅所说的"我于是删削些黑暗，装点些欢容"的黑暗，也不是"我的作品太黑暗了"的那种黑暗，它在鲁迅的一生中确乎是一些终极性与本原性的。从而使鲁迅形成他自身的原理性的东西，也使既是启蒙者，又超越启蒙者的鲁迅最终得以完成。②

　　鲁迅以白话文这种能接近西方哲学精神的语言，对自我进行了深刻的剖析，正是这种剖析引领着走进幽暗的精神世界的深处。

　　在《影的告别》中，"影子"说：

　　　　我愿意这样，朋友——

　　　　我独自远行，不但没有你，并且再没有别的影在黑暗里。只有我被黑暗沉没，那世界全属于我自己。

　　鲁迅在这首诗里表达的是一种绝望而孤绝的态度，是一种非现实性的存在——影子存在于非现实性的时空——天地之中，主题突出的是著名的西方荒原的形象。

---

① 孙歌：《文学的位置》，《学术思想评论》（第四辑），辽宁大学出版社2005年版，第298页。
② 吴晓东：《漫读经典》，三联书店2008年版，第99页。

　　朋友，时候近了。

　　我将向黑暗里彷徨于无地。

　　你还想我的赠品。我能献你甚么呢？无已，则仍是黑暗和虚空而已。但是，我愿意只是黑暗，或者会消失于你的白天；我愿意只是虚空，决不占你的心地。

　　横亘于《野草》集中的主题意识其实就是一种幽暗的意识。这种意识绵绵不绝，犹如徒劳的精神者的形象，在绝望中挣扎。

第七章　底层叙事与萧红小说中反讽手法的运用

现代文学史上,采用底层叙事以及反讽手法的莫过于萧红的作品,因为萧红采用了一种特殊的艺术手法,颠覆了传统的小说结构。传统小说结构必须有完整的叙事,而萧红的作品一反这种僵化的小说写作模式,她所创作的小说重视的是作家以为的主题,所有的叙事和写景以及人物的刻画都是围绕主题而写的,所以零散、简约的小说化情节描写都是围绕着主线,而不在乎表面的零碎,她采用了多镜头、散点化的处理模式。

一

小说《王阿嫂的死》就采用写景和人物的出场以及生活琐事的白描手法刻画出下层人物的悲惨命运。小说先以写景开始:"草叶和菜叶都蒙盖上灰白色的霜。山上黄了叶子的树,在等候太阳。太阳出来了,又走进朝霞去。野甸上的花花草草,在飘送着秋天零落凄迷的香气。"先写凄厉的场景,接着用朴实的语言写道:主人公王阿嫂"到前村广场上给地主们流着汗;小环虽是七岁,她也学着给地主们流着小孩子的汗",可是,"茄子就和紫色成串的铃铛一样,挂满了王阿嫂家的前檐……","茄子都晒成干菜了……送到地主的收藏室去",而"王阿嫂到冬天只吃着地主用以喂猪的烂土豆,连一片干菜也不曾进过王阿嫂的嘴"。对于下层人的描述是:"在村里,王妹子,楞三,竹三爷,这都是公共的名称。是凡佣工阶级都是这样简单而不变化的名字。

这都是工人阶级一个天然的标识。"①

　　小说中的一个主人公王大哥在三个月前给张地主赶着起粪的车,因为马腿给石头打断,张地主扣留他一年的工钱。王大哥气愤之极,整天醉酒,夜里不回家,睡在人家的草堆上。后来他简直是疯了。看着小孩也打,狗也打,并且在田庄上乱跑、乱骂。张地主趁他睡在草堆的时候,遣人偷偷把草堆给点着了。王大哥在火焰里翻滚,他的舌头伸在嘴唇以外,他号叫出不是人的声音来。这里作者不但不直面写地主的残忍,反而写王大哥号叫出不是人的声音来,采用的就是反讽的手法。还不够,当王大哥死了之后,气味传到村里,"在哭的妇人都生长着错觉,就像自己的男人被烧死一样"。尤其感人的是,萧红写道:"月亮穿透树林的时节,棺材带着哭声向西岗子移动。"这一家人不仅死了丈夫,也死了妻子,还死了肚子里的婴儿,只留下了他们收养的小环。小说中不时出现这样的话:"有谁来救他呢?穷人连妻子都不是自己的。王阿嫂只是在前村田庄上拾土豆,她的男人却在后村给人家烧死了。"

　　如果说鲁迅的启蒙是一种文化实践的话,那么萧红的文化批判视角则是一种生命实践。相对于文化实践,生命实践虽然缺少思想的光辉和理性的深度,却充满了日常经验和个性感受,更具细节与生命力。《呼兰河传》、《生死场》和《马伯乐》等作品显示了萧红生命实践的鲜明特征。②

　　萧红的《生死场》写的就是一群丧失了崇高感,只是为了生存而活着的人们。他们靠着本能在生活,依着多年的积习处理着自己与周围世界的关系。在生存的基本层面上,他们和天地间的一切生物一样卑贱而面目模糊。用胡风的话说:"不用说,这里的农民底运命是不能够和走向地上乐园的苏联的农民相比的:蚁子似的生活着,糊糊涂涂地生殖,乱七八糟地死亡,用自己的血汗自己的生命肥沃了大地,种出食粮,养出畜类,勤勤苦苦地蠕动在自然的暴君和两只脚的暴君底威力下面。"③"在乡村,人和动物一起忙着生,

---

① 萧红:《王阿嫂的死》,《萧红全集》(上册),哈尔滨出版社1991年版,第3页。
② 张丛皞:《谈萧红的文学史价值》,《文艺争鸣》2011年第2期。
③ 胡风:《〈生死场〉之读后记》,收入《萧红全集》(上册),哈尔滨出版社1991年版,第145页。

忙着死……""坟场是死的城郭，没有花香，没有虫鸣，即使有花，即使有虫，那都是唱奏着别离歌，陪伴着说不尽的死者永久的寂寞。""乱坟岗子是地主施舍给贫苦农民们死后的住宅。但活着的农民，常常被地主们驱逐，使他们提着包袱，提着小孩，从破房子再走近更破的房子去。有时被逐着在马棚里借宿。孩子们哭闹着马棚里的妈妈。"《生死场》中萧红描绘的只是这种反抗的个人性和盲目性，从意识形态宣传的角度看，完全达不到无产阶级革命的高度。小说中，王婆反抗了，帮助抗日队伍转移文件是为了牺牲了的儿女，赵三不断地鼓动儿子去打日本人，多少怀着"镰刀会"的冲动和旧梦；李青山不断地拉着队伍儿，但自己也分不清"红胡子"和"革命军"是怎么回事儿，平儿倒是跟着队伍走了，但半途溜进了情妇的被窝；至于那些被组织起来扛着"爱国旗子"去打日本人的青年们，"他们不知道怎样爱国，爱国又有什么用，只是他们没有饭吃啊！"值得特别注意的是，萧红在描述反抗的主题时，仍然插入了金枝的故事，这个被丈夫伤害失去了孩子的女人在日本人进村之前逃到了城市，然而依然被都市里和她一样穷苦卑贱的缝补婆剥削，被好色的男人凌辱，这个从前恨男人，现在恨日本人的金枝最后转到伤心的路上去："我恨中国人呢，除外我什么也不恨。"或许萧红要追问的是：即便反抗成功了，日本人被打跑了，农人们的生活会有所改变么？ 像金枝这样的女人能够不再受男人的侮辱和损害么？"年盘"真的会转动起来么？[1]

在另一篇小说《马伯乐》里，萧红的处理不是让个人命运服从民族命运的安排，而是相反，民族的灾难使得个人摆脱了现时的困境。萧红是以反讽的形式表达对过敏性的批判和思考，救亡在马伯乐看来是虚妄的，无论战争是否存在、是否继续，他关注的始终是个人的生计问题。

胡风评价萧红的《生死场》的时候说："在苦难里倔强的老王婆固然站起来了，但忏悔过的'好良心'的老赵三也站起来了，甚至连那个在世界上只看得见自己底一匹山羊的谨慎的二里半也站起来了……那寡妇们回答出'是呀！千刀万剐也愿意！'的时候，老赵三流泪地喊着'等我埋在坟里……也要

---

[1] 郭冰茹：《萧红小说话语方式的悖论性与超越性》，《中国现代文学丛刊》2011 年第 6 期。

把中国旗子插在坟顶,我是中国人! 我要中国旗子,我不当亡国奴,生是中国人,死是中国鬼……不……不是亡……亡国奴……'的时候,每个人跪在枪口前面盟誓说:'若是心不诚,天杀我,枪杀我,枪子是有灵有圣有眼睛的啊!'的时候,这些蚁子一样的愚夫愚妇们就悲壮地站上了神圣的民族战争底前线。蚁子似地为死而生的他们现在是巨人似地为生而死了。"①萧红的底层叙事,主要是描写了东北底层人民抗日的激情,尽管百姓看起来愚昧,但是反抗日本帝国主义的那种真实性在文学中得到了淋漓尽致的体现。但是这种描写并不是说作者没有她的短处或弱点。"第一,对于题材的组织力不够,全篇显得是一些散漫的素描,感不到向着中心的发展,不能够使读者得到应该能够得到的紧张的迫力。第二,在人物底描写里面,综合的想象的加工非常不够。个别地看来,她底人物都是活的,但每个人物底性格都不凸出,不大普遍,不能够明确地跳跃在读者底前面。第三,语法句法太特别了,有的是由于作者所要表现的新鲜的意境,有的是由于被采用的方言,但多数却只是因为对于修辞的锤炼不够。"②

二

萧红在小说中进行叙事描写的时候,力图摆脱女性对于男性的话语依附地位,维护女性尊严,追求女性解放是其小说创作的另一大主题。波伏娃说:"婚姻对于男人和女人,一向都是完全不同的两回事。男女两性是彼此必需的,但这种必需从未在他们之间产生过相互性的地位。如我们所见,女人从未形成过一个等级,平等地与男性等级进行交换、订立契约。男人在社会上是一个独立完整的人。他首先被看作生产者,他的生存之正当性被他为群体做的工作所证实。我们已看到束缚女人的生殖与家务的角色是没有保障她获得同等尊严的原因。""男人希望过一种有规律的性生活,并能有后代,而国家也需要他为它的不朽作出贡献。但是男人并不直接诉诸女人本

① 胡风:《〈生死场〉之读后记》,收入《萧红全集》(上册),哈尔滨出版社 1991 年版,第 146 页。
② 胡风:《〈生死场〉之读后记》,收入《萧红全集》(上册),哈尔滨出版社 1991 年版,第 147 页。

人,使每一个成员作为丈夫和父亲实现自我的,是男人的群体。女人是作为奴隶或仆人结合于父亲与兄弟所支配的家庭的,她总是由某些男性做主嫁给另一些男性。"①萧红不但极力反对男性对女性权力结构中的不平等,而且极力回避女性对男性的感情。在《北中国》、《旷野的呼唤》、《看风筝》等作品中,萧红虽然意在表现战争中个体的牺牲给家庭带来的残缺与苦难,但是在尝试这一主题的时候却弃当时"寡妇丧子"、"寡母思子"等主流模式于不顾,表现了丧子事件中父亲情感的疯狂、软弱与无序,从而隐晦曲折地表达了她对将自己的生命与情感全部倾注于男性身上的妇女的反感与疏离。②萧红的小说没有直接描述日本侵略中国的战争给乡村带来的直接影响,但字里行间渗透着这场战争对乡村的改变,"往日地主苛待他们,就连他们最反对的减工资,现在也不恨了,只有御敌是当前要做的。不管厨夫,也不管是别的役人,都喜欢着提起枪跑进炮台去。因为枪是主人从不放松给他们拿在手里。尤其欢喜的是牧羊的那个童子——长青,他想,我有一支枪了!我也和地主的儿子们一样的拿着枪了!长青的衣裳太破,裤子上的一个小孔,在抢着上炮台时裂了个大洞"(《夜风》)。

　　萧红小说在取材上的怀旧情结,在于萧红精神还乡的心理需求。她在小说《呼兰河传》中首先以浪漫的手法,通过对童年记忆的重新选择和重构,使笔下故乡美丽的风物和温暖的人情成为自我精神家园的载体。对于故乡,萧红的原始印象并不是那么美好,甚至有许多不堪回首的苦涩和创痛。这种情感是如此强烈,曾经使她极大地淡化了"家乡"的观念,发出了"无家"的浩然长叹。但就是在《呼兰河传》第五章中,她也满含着悲凉写下了以下文字:"呼兰河这地方,文化到底是太闭塞,文化是不大有的。虽然当地的官绅已经满意了,而且请了一位清朝的翰林,作了一首歌";"使老百姓听了,也觉得呼兰河是个了不起的地方,一开口说话就'我们呼兰河',可不知道'呼兰河给了人什么好处。也许那粪靶子就是呼兰河给了他的'"。这段饱含揶

---

① 〔法〕西蒙德·波伏娃:《第二性》,陶铁柱译,中国书籍出版社 1998 年版,第 488 页。
② 张丛皞:《谈萧红的文学史价值》,《文艺争鸣》2011 年第 1 期。

揄色彩的叙述语言同样表露出了萧红对故乡复杂的情感。①

故乡的野蛮和亲切纠缠在萧红的心里。更令她不能忘怀的是对下层女性命运的同情。她在《生死场》里对女子怀孕的痛苦这样描写:"金枝过于痛苦了,觉得肚子变成个可怕的怪物,觉得里面有一块硬的地方,手按得紧些,硬的地方更明显。等她确信肚子里有了孩子的时候,她的心立刻发呕一般颤嗦起来,她被恐怖把握着了。奇怪的,两个蝴蝶叠落着贴落在她的膝头。"她在小说中时不时地插入了一些自己的话语:"在乡村永久不晓得,永久体验不到灵魂,只有物质来充实她们。""死人死了! 活人计算着怎样活下去。冬天女人们预备夏季的衣裳;男人们计虑着怎样开始明年的耕种。""在乡村,人和动物一起忙着生,忙着死……""日本飞机拖起狂大的嗡鸣飞过,接着天空翻飞着纸片。一张纸片落在王婆头顶的树枝,她取下看了看丢在脚下。飞机又过去时留下更多的纸片。她不再理睬一下那些纸片,丢在脚下来复的乱踏。"在萧红的笔下,"赵三听到别人说'女学生'是什么'党'。但是他不晓得什么'党'做什么解释……","乡间,日本人的毒手努力毒化农民,就说要恢复'大清国',要做'忠臣','孝子','节妇';可是另一方面,正相反的势力也增长着……",反讽的手法在小说中不断地呼应着主题,在作者的笔下,呼喊的是比男人们更加震撼的反抗的声音。

萧红笔下活跃的主人公都是乡村下层民众的代表,毫无例外地都过着平庸的生活,面对的是日常的琐事,但是沉浸在这些普通人物心灵中的却是高大的灵魂,表面上都很朴实,但心灵却非同一般,具象的描绘往往是为了突出主人公强大的心灵。她的小说中的描写恰恰是她诗意的一种流露,她在诗中说:"当悲哀,反而忘记了悲哀,那才是最悲哀的时候。"在她的笔下,跃动的是对男女不平等社会的诅咒,"但在文明社会中,男女关系与此完全相反,男子处处站在优越地位,社会上一切法律权利都握在男子手中,女子全居于被动地位。虽然近年来有男女平等的法律,但在父权制度之下,女子仍然是被动的。因此,男子可以行动自由,女子至少要受相当的约制。这样

---

① 秦林芳:《童年视角与〈呼兰河传〉的文体构成》,《中国现代文学丛刊》2011 年第 9 期。

一来，女子为达到其获得伴侣的欲望，因此也要借种种手段以取悦异性了。这种手段，便是装饰。"当她用心关注着底层人民的生活的时候，采用一种陌生化的笔法，化用反讽的艺术手法，反而会更加凸显小说的主题。

第八章　历史小说与小说中的历史：李劼人小说创作中的想象地图

　　李劼人在 20 世纪 20 年代所发表的一系列小说《强盗真诠》、《失运以后的兵》、《兵大伯陈振武的月谱》等真实地反映了民国社会中兵匪横行的黑暗现实。而他最为重要的小说《死水微澜》刻画了具有四川区域文化特有的兵匪四川袍哥头目罗歪嘴。

　　在四川,哥老会在反对 1911 年四川铁路公司国有化中发挥了重要作用。最后形成了具有原始性的军事组织保路联盟,在其领导下发动了抗议的怒潮。最后非正规的军队摧毁了清政府在四川的总督府。当四川宣布独立并加入共和革命,哥老会的力量继续存在,其领导者被整编到革命军队中。

一

　　团体取得成功的明显的社会意义通常被看作非精英的,这种看法应当得到纠正,因为社会精英分子也参加到了社会中来。例如保路运动的最为著名的两个领导人(罗伦和邓孝可)都长期与秘密社会保持着联系。四川保路会最为重要的领导人是第一个武秀才,他读过梁启超的著作。在 1911 年起义期间其权力被公众认可,著名的士绅甚至清朝的官员群体都邀请他加入。社会上对保路会的威胁得到了调和并因为参加的各个阶层而弱化。即使这样,省的权威在省一级的权力上还是集中化了(在革命期间其权力分散之后),保路会被军队的人和革命党的代表从政府中清除出去了,或者只是给安排一些无关紧要的职位。其军事力量几乎没有遇到任何抵抗便被遣散了。其在省中的最高权力彻底被交给了社会上的精英分子,这一点是他们不可逃避的,在革命以后不到两个月便出现了这种结果。

1911年12月中旬在成都印刷的一张报纸,宣传说保持社会精英的地位是革命的首要目的。其语气是排外的,是以当时典型的民族主义的口吻写的:"难道你没有意识到中国就要灭亡吗? 你们迟早会意识到中国会成为任外国人任意宰割的牛或者奴隶?"读者被迫使思考印度的命运,那里的孩子被阻止接受教育,那里英国人使用印度人做脚凳,议会被胁迫并受到惩罚,出生的孩子死亡不必赔偿费用。为了避免这样的命运,四川的社会秩序一定要恢复:"同胞们,与其坐以待毙表示忏悔,不如现在就团结起来,人人各司其职,保卫共有的和平,支持军政府? 外国丝毫不敢妄动……"尤其是警告大众不要再发生类似12月初所发生的骚乱,新军的领导人进行干预并恢复秩序,从省议会领导人手中夺取权力。"你们一定要知道,富贵在天,如果你们通过抢劫而富有,你们怎么能告诉那些被你所驱使去犯罪的人不会抢劫你们的财富? 更为重要的是,当外国听说此事,我们的同胞互相厮杀,他们一定会派军队来瓜分中国。"以这种看法,避免错误地觊觎彼此的财富和荣誉,这对保全国家是必要的。

李劼人的小说有非常自觉的历史意识,他把自己时代的兵乱与民国时期的军阀混战联想到一起,例如女主人公蔡大嫂并不以和罗歪嘴通奸为耻,反过来,罗歪嘴解放了她太久以来的苦闷与压抑,袍哥的匪性力量满足了她对自由的追求。①

在全国,早期阶段革命是由其领导者所控制的。这样做是因为革命者害怕外国干涉和社会动荡。社会动乱会成为外国干涉的借口,外国武装干涉的恐怖景象常常成为外国侵略者镇压公众活动的手段。四川在中国是最远离外国武装干涉的内陆地区。从另一方面来说,偏远并不一定就能避免干涉,以前分布于四川地区的在通商口岸建立的外国传教士的教堂就曾遭到攻击。成都的一家报纸谈到英国派驻印度的军队离四川只有近一个月的行军路程。不管主要的动机如何,结果就是抢先在所发生深刻的社会变化

---

① 罗维:《论李劼人小说中的民国蜀地匪盗现象》,《中南大学学报》(社会科学版)2011年第3期。

之前行动。

1911 年革命期间秘密社会的行为（他们在其他省的表现比以上所描绘的更为忠诚）与他们以前的历史是一致的。不管其领导权是否因为士绅的参与（像在四川和浙江）而削弱与否，这些秘密社会的暴动的爆发说明没有提供合适的方法或者解决这种问题，在过去他们表达了自己的不满。建立新社会秩序的计划通常并没有成为秘密社会的组成部分，也没有成为 1911 年革命的目标。

陈宧就是袁世凯担任总统非常依赖的一名军事人员。他在 1915 年春受中央政府的委派担任四川省督军。他在袁世凯担任直隶总督时既没有参加小站练兵，也没有参与北洋军的建设。他的军事教育是在湖北军事预备学堂接受的，而在日本接受军事教育是湖北省出资的。他虽然不是日本著名军校的毕业生，但是在回国以后却担任了培训湖北新军的重任，1911 年革命之前在四川和奉天从事同样的工作。革命以后，在黎元洪的推荐下成为北京卫戍部队的副统帅，直到 1915 年被派往四川担任军职之前一直担任此职。[①]就算一些老兵已经不再支持袁世凯，他也没有背叛袁世凯。

有学者看到了军阀的兵痞与无赖游民的瓜葛："军阀们的兵卒一大半是由地痞流氓，无业游民中招募来的。他们不论是在战时或平时，战胜或战败，都要向不敢抵抗，又无处申诉的乡村老百姓派捐摊费，或直接抢劫掳掠。那些尚未去'当兵吃粮'的无业游民见军队如此横行霸道，无法无天，也就浑水摸鱼，成群结队，到处欺压善良百姓，打家劫舍，掳人勒赎。"[②]张鸣先生叙述了河南的一个著名土匪别廷芳的身世："别廷芳出身农家，家里有 30 余亩土地，这点土地，在北方只能算是衣食自足的小康之家，从他父亲只让他一个人读书的事实看，可能家境并不宽裕。别廷芳从小就属于那种比较聪明又特别顽劣的农家子弟，基本上没受过什么教育，读过几年私塾，并不用功，可是凭着小聪明却可以读《三国演义》。他从小读书不成，却也不肯在家老

① 周询：《蜀海丛谈》，台北图书馆重印本，第 103 页。
② ［美］杨懋春：《近代中国农村社会之演变》，台北巨流图书公司 1980 年版，第 96 页。

老实实地务农，于是就拉了一帮无赖少年上山打猎，练了一手好枪法，好勇斗狠，能言善辩。清末民初这个动荡混乱的时期，恰好给他这种不务正业的人提供了一个施展的大好时机。在清朝覆灭前几年，由于统治秩序的紊乱，传统的乡绅威权动摇，黑社会势力上升，别廷芳开始在动乱中崭露头角，他凭仗的有两个东西，一是手中的枪和一群乡中跟着他打猎的无赖；二是能言善辩，善于解决纠纷的能力。凭着这两手，特别是前一中强力的威慑，别廷芳成为内乡张堂村一带的'仲裁者'。"①

<h1 style="text-align:center">二</h1>

　　李劼人的小说《大波》是唯一正面描写四川辛亥革命的作品。《暴风雨前》、《死水微澜》是以历史为背景的小说叙事，而《大波》则是以自己的亲身经历为主线，写了保路运动的由来、发展和辛亥革命的暴风等重大历史事件，以文学家特有的笔触将枯燥而类似档案式的历史叙事变成了生动活泼的文学叙事。他自己又非常勤奋，肯做琐屑的档案工作，这样使得他的小说具有史料的价值，以至于《四川保路运动史》都要参考他的小说。小说中大量运用公文函电，增强了小说的现场感。充分利用历史知识和史料来创作历史小说，他都做了大量的尝试。②

　　李劼人在看似形象的历史小说创作中，反映了四川民国真实的乡土历史和风情，茶馆等描绘一应俱全，连主人公的历史环境也如真实的历史一般像电影一样一幕幕展现，在这复杂的历史场景中，不能抹去的是他历史上人情和人性的宽容、理解。

　　伴随着中国近代城市化的发展，近代中国各地都经历了步入现代化的情感历程。乡下人进入城市是历史发展的必然趋势，也是现代化的一个重要命题。近代小说以此为题材，加以艺术化的反映，体现了小说对现代化命题的高度关注。这种新的氛围惊人的特点就是政治活动的普及和民族主义

① 张鸣：《乡村社会权力与文化结构变迁 1903—1953》，广西人民出版社 2001 年版，第 163 页。
② 卢晓蓉：《李劼人的大河小说"三部曲"》，《中国现代文学丛刊》2010 年第 2 期。

的趋向。士绅利用其在地方上的领导地位,总是被描述成为通过个人权力而影响地区的政治力量。他们不仅对地方的争端具有法外的审判权力,而且成为社会团体和政府之间的中介。他们也设法与管理各种地方公共工程的官僚机构进行合作,这些公共工程包括孤儿院、修桥、学校和水坝。他们不仅在自己的家乡地区组织会馆,而且在远离家乡地区的大城市组织会馆。但是这些后期帝国的著名的活动,不仅士绅而且商人都被限制在狭小的且是在适当的被许可范围之内。广义上可以看到政治都由政府所垄断,但是官僚机构以外被允许延伸的触角的领导权的范围是较小的。要处理比较大的问题,这些影响到一个省、地区或者整个阶层的问题在 19 世纪 90 年代之前毫无例外都由皇帝及其下属机构进行过问。即使在官僚机构内部,在重大问题上的交流渠道也都被关闭。

孔飞力已经揭示出 19 世纪中期在某些地区士绅是如何得到地方政府权力机构的信任的。作为对太平天国叛乱的军事反应已经开始将权力扩大到税收和治安权威方面。孔飞力提出这就使得地方的社会精英的权力不断加强,这些实际上是 20 世纪早期地方自治制度的基础,这些合法的手段已经成为多年来的一种惯例。

邓幺姑对成都的向往,其实也是物质层面的一种追求,成都在她心目中是花园庙宇、四季常新的小菜、时髦的打扮……她不再留恋祖辈们辛勤劳作的土地,更不甘心于做带儿携女的锅边妇。她不想做一个乡巴佬。李劼人还在小说中思考了关于现代化的问题。

保卫国家的组织,建立近代的学校制度,建造铁路,发展地方自治组织,抵制外国货物,成为一幅全景式的运动画面,这些运动都建立在广泛的士绅和商人阶层之上,不断敲响政府的丧钟。确实在许多情况下,政府的表现都是相当令人愤怒的,不得不与民众进行合作。更不用说,这激起了士绅和商人参与政治的极大热情。但是政治运动是很不容易加以控制的。在 19 世纪的最后几十年,经常会发生反对政府的运动,尤其是反对北京的中央政府机构。

发展中的政治在中国历史上并不是新的现象。尽管从二百五十年之前建立王朝之后的清朝社会的非官僚精英一直没有表现出自信的态度。这一点与晚明最后几十年相类似，当时官僚机构之外的学者们联合起来影响中央政府的政策。在这个行将衰亡的王朝中隐约有一种征兆：士绅已经失去了控制，已经逐渐失去对他们的统治。

　　但是从整体上来看，20世纪初期非官僚机构精英的政治化，尤其是存在于士绅们中间，这是一个史无前例的事件。其中包含了新的因素，主要是因为民族主义的兴起。

　　中国人对于在沿海和大陆边界的西方入侵做出了反应，在此之前在他们的视野里他们俨然成为明显的民族主义分子。他们对战争做出了反应，尽管他们是以旧的操作技术（西方蛮夷，尽管难以了解，但也是淳朴的人，容易欺骗，随时准备收回不重要的土地和利权），采用伤亡惨重的方式反对外国人的叛乱。但是直到中日甲午战争的时候我们所认识到的20世纪民族主义的主流并没有出现。

　　李劼人在小说中既肯定了西方在中国的侵略和压迫，也在小说中写到了他们在中国治病救人以及建立新的学校教育制度的事实，从这些写作来看，李劼人是一个具有高度批判精神和辩证思维的敏锐的知识分子作家。

　　晚清民族主义运动的表达在统治权方面倾向于收回旧的铁路和矿产权利以阻止新的权利的转让，以军事防卫中国的边界，尤其是在外辱事件中发生反应的运动。为了努力收回权利，大众起初追随政府的行动，后来迫使政府采取行动，或者两者兼而有之。

　　在国内制度和社会改革领域，主要努力是建立新的学校以学习西学，建立现代的军队，建立独立的司法审判制度并随之采用新的法规，采用部分代表选举的制度以体现新的自治的观念，废除吸食鸦片的习惯，形成现代的警察力量，不仅在北京而且在各省进一步扩展或重建政府的管理机构。这些活动中的一些，尤其是最后一项，其程序在创立和执行方面几乎整个是政府性的行为。但是它们中的大多数，却是由非政府的社会精英参与的，而且经常是以高度组织化的形式参与的，并在其中起着重要作用。如果你是清政府最后十年的领导者，有许多非常令人振奋的事情。

　　反对帝国主义和宪政改革的计划在晚清是那些在制度之内的领导的政治集团所首先关注的,也具有社会意义。正如所期望的那样,对社会的启示首先是被那些既得利益集团所揭示出来的,而不是那些处于不利的集团或者被遗忘的集团所显现出来的。新的教育制度是(许多其他事物中)向着普遍教育迈进的一步。实际上,这都远离了既定的目标而在很大程度上反过来服务于旧的士绅集团,为他们及其孩子们进行装备,以保持他们在变化的时代的精英地位。

　　基于晚清和近代的历史事实,李劼人看出现代化的问题关键是人的现代化,因为占据人们头脑中的封建意识仍然没有消除。《死水微澜》中的郝公馆可谓上流阶层,但是男人不知道洋人有几国,女人不知道关心国家大事,在他们心中八国联军入城的事件还不如他们手中的纸牌重要。[①] 李劼人提出的问题仍然是我们今天要关注的问题。

---

① 王永兵:《李劼人小说中的现代意识》,《扬州大学学报》2005 年第 5 期。

第九章 西南联大现代诗人群体的诗歌创作

现代新诗的创作从起始阶段到成熟,经历了复杂的过程。初期新诗的浅白直露广为人所诟病。诗歌的独立意识开始于20年代中后期。当时出现了所谓"纯诗"的诗艺目标和诗学主张,正式打出旗号、首开其端的是穆木天和王独清。这表明,现代新诗初创以来,便意识到了自己的问题,就转而向西方寻求解决之道。但是从西方浪漫主义那里找到了一个参照对象并不等于解决了自身的问题,中国新诗的现代焦虑在漫长的旅程中只不过刚刚开始。我们必须充分注意到另外一个方面,即对白话新诗的浅白直露诗风的不满,其中还蕴含着对中国古典诗学的怀念,乃至于对传统诗学遗产的下意识歉疚。[1] 而40年代西南联大诗人群体的现代新诗创作能够在西方的诗学理论参照和对传统中国诗学的关照融合中推陈出新,既具有一种新诗的现代派意识,又有来自现实主义的审美体验和个人体验,从而创作出一种新颖而亮丽的抒情传统。

第一节 西南联大诗人群体

中国现代诗人群体往往依托于大学的学院空间,这个空间有许多志趣相投的诗人群体和学者的出现,他们在大学里互相砥砺,形成了一种良好的文化氛围。而在40年代中国的民族救亡的情况下,抗日战争正值困难之际,

---

① 张新颖:《20世纪上半期中国文学的现代意识》,三联书店2001年版,第97页。

北京大学、清华大学和南开大学在昆明的合并办学,为现代新诗提供了很好的土壤。正是经历了战争,在全民族的灾难和个人的精神磨难之下,共同的压力和个人的生命感受之间,在异域文学的启迪和中国自身的现实境遇之间,崛起了西南联大的现代主义诗群。在西南联大,教师燕卜荪和冯至最早把西洋的诗歌译介到中国。前者将英国现代派诗人艾略特介绍给中国学生,后者将歌德介绍给青年学生。而西南联大的中国现代诗人群就是在这样的学术背景下成长起来的。这些文学家和翻译家有卞之琳、王佐良、杨周翰、郑敏等。

西南联大诗人群体中,成就最大的要数穆旦。穆旦在天津南开中学读书时开始诗歌创作。1935 年考入清华大学地质系,半年后改读外文系,早期诗风具有雪莱式的浪漫主义,但抗日战争爆发后他的诗风改变了。他的诗歌里熏染上了一点泥土气息,语言也硬朗起来。穆旦身处战争环境中,以自身敏感的触觉触到了民族灵魂深处的呐喊和抗争,他的诗歌的语言是颠覆传统式的诗意,有着异类的表现,正是这种非常规式的意象组合,改变了中国新诗的风格,如他的《野兽》:"黑夜里叫出了野性的呼喊,/是谁,谁嚙咬它受了创伤?/在坚实的肉里那些深深的/血的沟渠,血的沟渠,灌溉了/翻白的花,在青铜样的皮上!/是多大的奇迹,从紫色的血泊中/它抖身,它站立,它跃起,/风在鞭挞它痛楚的喘息。/然而,那是一团猛烈的火焰,/是对死亡蕴积的野性的凶残,/在狂暴的原野和荆棘的山谷里,/像一阵怒涛绞着无边的海浪,/它拧起全身的力。/在暗黑中,随着一声凄厉的号叫,/它是以如星的锐利的眼睛,/射出那可怕的复仇的光芒。"[1]

在那样苦难的时代里,诗人将国家的悲欢和个人的感情融为一体,以特有的非诗意的意境构造着真实的世界,在那个世界里,滤尽了个人的哀痛,更多的是体验着一种民族的觉醒和振奋,在《赞美》中,他这样写道:

　　……在大路上人们演说,叫嚣,欢快,

---

[1] 《穆旦诗选》,人民文学出版社 1986 年版,第 51 页。

然而他没有,他只放下了古代的锄头,

再一次相信名词,溶进了大众的爱,

坚定地,他看着自己溶进死亡里,

而这样的路是无限的悠长的

而他是不能够流泪的,

他没有流泪,因为一个民族已经起来。

在群山的包围里,在蔚蓝的天空下,

在春天和秋天经过他家园的时候,

在幽深的谷里隐着最含蓄的悲哀:

一个老妇期待着孩子,许多孩子期待着

饥饿,而又在饥饿里忍耐,

在路旁仍是聚集着黑暗的茅屋,

一样是不可知的恐惧,一样的是

大自然中那侵蚀着生活的泥土,

而他走去了从不回头诅咒。

为了他我要拥抱每一个人,

为了他我失去了拥抱的安慰,

因为他,我们是不能给以幸福的,

痛哭吧,让我们在他的身上痛哭吧,

因为一个民族已经起来。①

　　穆旦总是能将自己的敏感触到那个时代的声音,他的一首诗标题是:
《防空洞里的抒情诗》。这首诗描述了人们逃避飞机轰炸躲在防空洞里的种
种琐碎细节,特别以零星的对话推进,譬如:“他笑着,你不应该放过这个消
遣的时机,/这是上海的申报,唉这五光十色的新闻,/让我们坐过去,那里有

---

① 蓝棣之编选:《九叶派诗选》,人民文学出版社 1992 年版,第 580—581 页。

一线暗黄的光。"诗作者透过散漫、空洞的对话,仿佛窥见了精神和现实中的某种隐秘。①

二

作为一个现代诗人,穆旦有极其敏感的气质,内心世界又极其复杂,他细密地审视自身的内在状态,他的诗友说他的诗是折磨自己又折磨别人的。丰富、痛苦、焦灼、挣扎,永远难以平衡的矛盾心态,使得穆旦诗歌的主人公往往是被动的、暧昧的,甚至遭人非议的,表现出对既有价值观的怀疑。他不是要抒写英雄的形象,而是要探究人性中最为复杂的,甚至是混乱不一或非理性的部分。《诗八首》最好的地方也正是那些官能的形象,是将肉体感觉与形而上学的玄思相结合。其中第五首这样写道:"夕阳西下,一阵微风吹拂着田野,/是多么久的原因在这里积累。/那移动了景物的移动我底心/从最古老的开端流向你,安睡。/那形成了树木和屹立的岩石的,/将使我此时的渴望永存,/一切在它底过程中流露的美/教我爱你的方法,教我变更。"

穆旦在三十岁时创作的一首《三十诞辰有感》中总结自我生命的历程:

> 在过去和未来两大黑暗间,以不断熄灭的
> 现在,举起了泥土、思想和荣耀,
> 你和我,和这可憎的一切的分野。

西南联大的重要诗人郑敏,许多年后,在纪念穆旦去世十周年的论文里谈到这首诗的时候说:"设想一个人走在钢索上,从青年到暮年。在锁的一端是过去的黑暗,另一端是未来的黑暗……黑暗也许是邪恶的,但未来的黑暗是未知数,因此孕育着希望、幻想、猜疑,充满了忐忑的心跳……关键在于现在的'不断熄灭',包含了不断再燃,否则,怎么能不断举起? 这就是诗人

---

① 蓝棣之编选:《九叶派诗选》,人民文学出版社 1992 年版,第 220 页。

的道路，走在熄灭和再燃的钢索上。绝望是深沉的：'而在每一刻的崩溃上，看见一个敌视的我，/枉然的挚爱和守卫，只有跟着向下碎落，/没有钢铁和巨石不在它的手里化为纤粉。'然而诗人毕竟走了下去，在这条充满危险和不安的钢索上，直到突然颓然倒下，遗憾的是，他并没有走近未来，未来对于他将永远是迷人的'黑暗'。"①

杜运燮是"联大三星"之一，穆旦的诗友。其最为惹人注目的诗风，是在抒情中渗透了讽刺幽默，二者之间形成了一种张力，从而使得他的诗歌有一种特殊的意蕴，表现了杜诗对中外漫长的抒情传统的创新。如《乡愁》将古典的意境和现代的思考结合起来，抒发一种难以泯灭的情绪："雨后黄昏抒情的细笔/在平静河沿迟疑；/水花流不绝：终敲出乡声，/桥后闲山是那种靛蓝。/行人都向着笑眼的虹，/家的路，牛羊随意摇铃铛/涉水，归鸟浮沉呼喝，云彩/在一旁快乐又忽然掩面啜泣。/母亲抱着孩子看半个月亮/在水里破碎的边沿，小窗灯火/从水底走进我，伤风的吠声里/有人带疲倦的笑容回到家门。"诗歌意象密集，疏朗的节奏里，孕育着惊人的抒情和一连串的奇思妙想。

诗歌《马来亚》以另外一种真实描写马来亚为民族的独立而抗争和对日寇的控诉："今天在屠杀。果园里呼啸着子弹，/椰子、榴莲的掉落再不能从被窝里/吸引出小孩，而我们，罗曼蒂克的幻想/也飞不出无情的黑影，尽管也没有死；/今天，大象也要被迫帮助屠杀，/'布袋'也将要为刺刀的嗜血，被摘下。/今天在屠杀。马来人不再只是'马达'，/指挥红毛的小汽车到海边去'吃风'，/不再能穿着梦幻花纹的纱笼，吃'沙爹'，/在月光椰影下跳浪吟，唱班动。/今天，为着保住宝贵的自己的'钱袋'，/他们从凉爽的亚答屋里走出来，/不理会外国绅士的诺言和法治，/'保护'是欺骗，一切要靠自己，/突然间，大家都成熟、聪明了许多，/和唐人、吉宁人坐在一起讨论，/相信屠杀要终止，明晨的太阳总要出来，/富饶要繁殖富饶，马来亚要永在。"

当杜诗的抒情从社会不平与苦难转向歌颂或个人的沉思时，又显得单

---

① 《穆旦诗选》，人民文学出版社 1986 年版，第 51 页。

纯、秀美:《树》、《号兵》、《月》、《赠友》、《不是情诗》等都是如此。杜诗一开始就表现出对于独创和深沉的刻意追求,《流浪者》、《闪电》、《登龙门》以及所有的咏物诗都表明了这个趋向。《滇缅公路》是杜诗的力作,对筑路工的形象有结实的描绘,整个诗气魄雄伟,感情深厚,意象繁密。

三

西南联大诗人群体大都是从哲学系或者外文系毕业。例如郑敏在西南联大哲学系时候开始写诗,她受到浪漫主义诗歌及里尔克影响,倾向于写抒情哲理诗。郑敏的抒情总是结合着具体的感觉到的事物,或刻画,或比譬——自然是把一切融化在诗人的感觉之中。她这种写法有些类似中国宋诗的"以文为诗",然而因为充满着感觉,因为充满着感性与对事物的新鲜感,因此诗歌极有魅力。《寂寞》是其力作,诗人在诗歌中不是倾诉寂寞的痛苦,而是抒写一个青年初临寂寞情境时奇异的孤独感,抒写对于沟通的渴望,寻求理解的困难,最后升华为一种知性:忍受寂寞才能寻得生命的意义。《心象组诗》:"在昼夜交替的微光中/心象自我涌现/在画布上/坚实而又虚幻/我捕捉到的/不是光滑的鱼身/是变幻不定的心态/但,听,风的声音/不停的信息/在沉寂中形成/它来自夭折的年轻人/涌向你……"郑敏所追求的美,有的是寂寞,生活的艰难与危机是美的(《生的美》),痛苦是美的(《献给贝多芬》),献身是美的(《时代与死》、《歌德》),青春的美好而令人神往(《濯足》)。这里的美既有静态的:那肩负着伟大的疲倦的静默的稻束,那一个奔驰的力的收敛的马;也有动态的:那如熟透的苹果无声降落的舞姿,那在少女半垂的眼睛里留返的还不曾透射给外面世界的思维。郑敏的知性不是从哲学书上读来的结论,而是经验在她的心灵的闪光:"好像爱人智慧的注视,/自人性的深渊,高贵的热情/将无限量生命的意义/启示给忠勇的理性。"(《死》)"只有当痛苦深深浸透了身体/灵魂才能燃烧,吐出光和力。"(《生的美》)"我应当忏悔,曾这样不耐而贪婪地索要最后的果实/永远伸出手,向外面,而忘记体内的宝藏/那儿原埋有最可贵的种子,等候你从胸中将/它培养,伸向你的身外,一棵茂盛的树。"(《求知》)正是这些闪光的知性,引导郑敏的体验与感觉得以在诗中成形,并且把她的诗与浪漫主义诗区别开来。

郑敏在认同里尔克的精神气质的同时,仿佛还是在和这位德国诗人进行生命体验的交流与沟通。郑敏在分析里尔克晚年的《杜依诺哀歌》中的生命意识时认为,"他敏感地领略到生命的崇高和寂寞,深沉的寂寞,使他转向自然"。大概是受到里尔克关于生命的启示,郑敏写出了她自己的寂寞:"我突然跌回世界,/他的心的顶深处/在这儿,我觉得/他静静的围在我的四周/像一个沉着的池塘。"

郑敏的诗《死》有一种玄学意味,"每一秒是一个世界/穿过多少个世界/我们向无穷履行/待望到生的边疆/却又像鸟死跌降/松舍了天空万顷"。这是富有悲剧与宿命意味的,不断地追求,待到刚刚有了希望的时候,"死"却来临了。这首诗实际上写的是无奈的一生,较为深刻地传达了"生"与"死"的矛盾。"生"和"死"作为生命个体中一种不可抗拒的规律,人们无法回避它,但是诗人并没有将"生"与"死"的抗争写得血淋淋的,没有张扬"死"之令人恐惧,反而会把"死"看成静穆之美,静静地欣赏着它。显然诗人受到了里尔克的死亡观的影响。

西南联大另一位诗人袁可嘉也毕业于外文系。他总是设法将自己的感受加以提炼,上升为理性,并且给予艺术的表现。如《沉钟》:"让我沉默于时空,/如古寺绣绿的洪钟,/负驼三千载沉重,/听窗外风雨匆匆。"诗句凝练厚重,如哲理中又寓有诗歌的意象,缺点又如晚唐词人稍显雕琢的痕迹。《墓碑》:"愿这诗是我底墓碑,/当生命熟透为尘埃;/当名字收拾起全存在,/独自看墓上花落花开。"意境开阔,哲理味浓,使人回味无穷。《进城》:"走进城就走进了沙漠,/空虚比喧哗更响;/每一声叫卖后有窟窿飞落,/熙熙攘攘真挤得荒凉。"哲理中充满着讽刺,讽刺中闪耀着真知灼见。如《南京》:

　　　一梦三十年,醒来到处都是敌视的眼睛,

　　　手忙脚乱里忘了自己是真正的仇敌;

满天飞舞是大潮前红色的蜻蜓，
怪来怪去怪别人：第三期的自卑结。

总以为手中握着一支高压线，
一己的喜怒便足以控制人间，
讨你喜欢，四面八方都负责欺骗，
不骗你的便被你当作反动、叛变。

官员满街走，开会领薪俸，
乱在自己，裁向人家，手持德律风，
向叛徒的四方发出训令：四大皆空。

糊涂虫看着你觉得心疼，
精神病学家断定你发了疯，
华盛顿摸摸钱袋：好个无底洞。

全诗对国民党黑暗的统治进行了辛辣的讽刺，真是力透纸背。

袁可嘉"戏剧化"理论强调诗的戏剧化转化过程，要求现代诗人按照间接、客观的表现原则，采取"想象逻辑"的诗思方式，运用"意象比喻"的象征手法，把感性和知性的诗思方式结合起来，使现代诗歌达到抽象观念和具体形体的契合。"玄学"和"象征"是这一理论的关键词。"玄学"的倡导突破了中国传统诗歌单一的意象抒情观念，实现了中国古典诗向中国现代诗从"抒情"的运动到"戏剧"的行动的观念转化，将中国现代诗的境界推进到了更具复杂性和更富有深广度的层面。

袁可嘉阐述了《中国新诗》群体可贵的艺术探索所体现的"根本精神"的具体内涵是什么："合作的事实固然可喜，而造成这番合作的根本精神尤其可贵，这也就是为什么我愿意一再强调地说，他们并不因为接受某一共同的教条而臭味相投，而只是因为他们想在艺术与现实间求得平衡的一致心愿；

这里显然不是倾左,倾右或居中偏左的问题,而是艺术与人生,诗与现实间正确关系的肯定与坚持! 不许现实淹没了诗,也不许诗逃离现实,要诗在反映现实之余还享有独立的艺术生命,还成为诗,而且是好诗。"

袁可嘉评赞《十四行集》作者冯至,作为一位优越的诗人,成功之处在于"在抽象观念能融于想象,透过感觉、感情而得着诗的表现",作者"令人羡慕地完成了发自诗底本质的要求","其中观念被感受的强烈程度都可从意象与比喻得着证明"。这种并非依赖观念本身的正确与否,在"如何通过艺术手段而完成艺术作品"的实践,体现了叶芝提出的"诗人应有哲学,但不应表现哲学"的象征的原则。这些诗能以"意象的夺目闪耀,给死的抽象观念以活的诗的生命",引起读者对于"所表达的观念的沉思",以致使"读者至少在若干分秒钟内或多或少脱离原形,进入诗人与哲人的境界"。通过袁可嘉对自己羡慕的作品的评论,可以看出袁可嘉新诗现代化系统的批评观念的先锋性质。

以上所列举的西南联大现代诗人群体的诗歌创作,已经表明这群诗人提倡新诗的戏剧化,认定诗歌的意义与作用全在于它对人生经验的推广和加深,以及最大可能的意识活动的收获,写诗最为重要的是把情感或意志转化为诗歌的经验。知性并不是最终的结论,而是经过分析、升华后获得读者的共鸣和呈现。因此诗歌是诗人心灵深处的战斗,诗歌的"场"总是充满着张力的矛盾与挣扎。经过理性的加入,自然而成熟的意象通过理性或者意志的匠心运作和烛照,意象最后充满着凝思与质地,西南现代诗人群体所追求的,是使诗同时活在读者感性、知性和想象的世界里。

西南联大是这群诗人共同的摇篮,联大先进的民主思想促使诗人们觉醒,更加关注现实,而不是躲进学术的象牙塔之中,他们更加关心大众的苦难。这里浓厚的学术气氛使得这些诗人们感受到了西方现代主义大师的浸染,同时体验了传统中国唐诗、宋词的诗歌传统的复兴,在两种文化传统中寻求他们自己的观察点和灵感。

第二节　西南联合大学的新文学空间

　　国立西南联合大学是与中国抗日战争相始终的一所著名大学,由国立北京大学、国立清华大学和私立南开大学联合组成,简称西南联大。西南联大从 1937 年 10 月北平以及随后天津沦陷后在长沙组成临时大学至抗战胜利以后复员北上,前后共计九年,为战时中国培养了大批优秀人才,这些人直到今天仍然活跃在各个领域。中国新文学的传统是依靠大学延续的,继承新文学传统的人首先是学校的教授以及教授教导的学生。西南联大处在中国历史发展的一个转折关头,在新文学上起着承上启下的作用,在中国现代和当代文学史上的意义应当得到应有的评价。

一

　　西南联大中国文学系由北京大学和清华大学的中国文学系组成(南开大学中文系于 1945 年始组成)。中文系分文学组和语言(包括文字)组,分别培养这两方面的人才。

　　长沙临时大学时期,文学院设在南岳圣经学校分校,中文系系务由教授会主席朱自清(清华大学中文系主任)主持。11 月,朱自清因病休养,系主任由罗常培(北京大学中文系主任)暂时代理。1940 年 6 月,朱自清辞去联大及清华中文系主任职务,分别由罗常培、闻一多接任。1941 年秋季,罗常培患病,由杨振声暂代四个月。1944 年秋,罗常培赴美讲学,由罗庸代理,直至三校复员北返。据 1942—1943 年资料记载,中文系教授共 10 人。他们是罗常培、罗庸、杨振声、唐兰(以上属于北大),朱自清、闻一多、刘文典、王力、浦江清(以上属清华),游国恩(由联大聘请)。陈寅恪(清华,与历史系合聘)和魏建功(北大)已先后离校,未计算在内。副教授 2 人,许维遹和陈梦家(均属清华)。兼职讲师闻在宥,教员赵西陆、邢庆兰(公畹)、彭丽天、周定一、高华年等。助教 13 人，主要担任大一国文及作文的讲授。① 中文系教师之中，朱自清、闻一多、杨振声等都是新文学作家。朱自清认为现在大学的要务是培养国学人才，不单单是培养中文系人才，还要研究历史学、哲学、考古学等。朱自清本人就是学习哲学后来专门从事文学之研究，并成为新文学作家。所以西南联大中文系开设的课程有：中国文学史概要，最初由浦江清、余冠英讲授。1942 年以后，一直由游国恩教授。各体文写作，先后由沈从文、李广田讲授。音韵学概要，先后由魏建功、罗常培、邢庆兰教授。中国文学专书，《诗经》先后由闻一多、罗庸讲授；《尚书》先后由陈梦家、许维遹教授。闻一多讲授的还有《楚辞》、《乐府诗》，谢诗由朱自清讲授。杨振声和朱自清十分重视新文学，杨振声说："我们若没有新文学，不可能有新文化与新人生观，没有新文化与新人生观，也就不可能有个新中国。因为新文学，在一种深刻的意义上说，就是来创造新文化与人生观的。先有了这个，咱们也才能有个新中国。"②

朱自清讲授宋诗、文辞研究等课，教学态度认真严肃，每次上课都要点名，下课前布置预习作业，下次授课时检查。有时指明学生回答问题或讲解有关诗文，以培养学生口头表达能力。有时发纸，让学生当堂笔答，答卷必认真批阅、评分，作为平时成绩。他热心支持学生文艺社团活动，在蒙自分校担任过南湖诗社的导师，在昆明多次参加新诗社举办的诗歌朗诵会，并在会上朗诵一些翻译过来的诗歌。那时他很少写诗，但是新诗仍是他研究的课题之一。他对中学国文教学仍然十分关注，不仅在中文系讲授过国文教学法(选修课)，在《国文月刊》上提出中学生国文程度是不是低下的问题以展开讨论，还同时和叶圣陶合著《精读指导举隅》、《略读指导举隅》(商务印书馆出版)，对阅读教学的指导作出了贡献。他为人刚直，闻一多遇难后，他立即主编《闻一多全集》，以表达对恶势力的痛恨和对亡友的深情。他宁可忍受生活困难也不买廉价的美国救济面粉，更体现了爱国知识分子的节操。

---

① 西南联合大学北京校友会编：《西南联合大学校史》，北京大学出版社 2006 年版，第 89 页。
② 杨振声：《为追悼朱自清先生讲到中国文学系》，《文学杂志》1948 年 10 月，第 3 卷第 5 期。

尤其值得一提的是朱自清对中国新文学的贡献。他不但翻译诗歌,而且亲自写作散文、诗歌、美文、文学评论、国学经典评论等著作。他多次提倡新诗朗诵会,当时朱自清更是多次提到朱湘小范围的诗歌朗诵,留给了他极其深刻的印象。①

在朱湘实验一年多之后,朱自清点明了朗诵诗歌的重要性。朱湘的读诗会没有举行,"大家失望。但不久以后,我却听见他的诵读了。他是用旧戏里丑角的某种道白的调子读的;那是一种很爽脆的然而很短促的调子"。这样描述朱湘的朗诵给他的印象之后,他说:"这读新诗的事,实很重要;即使没有下文所要说的唱新诗那样重要,也能增进一般人诵读新诗的兴味,与旧来的'吟诵'不同的兴味,并改进新诗本身的艺术的。"②

朱自清基本上是站在大众化诗学的立场上来评价朗诵诗的地位的,但是他与穆木天的观点不同的是,不将朗诵诗视为衡量所有新诗的艺术准绳,而是认为其有独立的地位,却不应该有独占的地位。《在朗诵诗》一文中,他这样阐述:朗诵诗从纯诗的角度来衡量,有时候就"看起来不是诗,至少不像诗,可是在集会的群众里朗诵出来,就确乎是诗。这是一种听的诗,是新诗中的新诗"。"朗诵诗是群众的诗,是集体的诗。写作者虽然是个人,可是他的出发点是群众,他只是群众的代言人。"而且,"这正是朗诵诗的力量,它活在行动里,在行动里完整,在行动里完成。这也是朗诵诗之所以为新诗中的新诗"。③这里是从一种超越于纯诗学的角度并肯定了朗诵诗全新的符合历史潮流的意义,较为客观地把握住了新诗的发展与时代、人民群众的关系。值得我们注意的是,在同一篇论文中,朱自清两次用"新诗中的新诗"来定位朗诵诗。④

新诗的这种历史处理,以及朱自清等人的诗歌写作实践实现这种新文学转化都是由这一批联大的志同道合者完成的。朱自清出版于 1947 年的

① 参见《朱自清全集》(第四卷)中的《唱新诗等等》和《论中国诗的出路》等文,江苏教育出版社 1992 年版。
② 刘继业:《新诗的大众化和纯诗化》,北京大学出版社 2008 年版,第105 页。
③ 朱自清:《论朗诵诗》,《朱自清全集》(第三卷),江苏教育出版社 1996 年版。
④ 刘继业:《新诗的大众化和纯诗化》,北京大学出版社 2008 年版,第121 页。

《新诗杂话》中，收入了他翻译的阿奇保得·麦克里希的《诗与公众世界》一文。他显然赞同麦克里希关于时代变迁必然引发诗歌路向转化的观点：在我们生活的时代，"公众生活冲过了私有的生命的堤防，像春潮时海水冲进了淡水池塘将一切弄咸了一样。私有经验的世界已经变成了群众、街市、都会、军队、暴众的世界。众人等于一人、一人等于众人的世界，已经代替了孤寂的行人、寻找自己的人、夜间独自呆看镜子和星星的人的世界"[①]。

他评论新诗的创作说道："留法的李金发氏又是一支异军，他民九就作诗，但《微雨》出版已经是十四年十一月。《导言》里说不顾全诗的体裁，'苟能表现一切'，他要表现的是'对于生命欲挪揄的神秘及悲哀的美丽'。讲究用比喻，有'诗怪'之称；但不将那些比喻放在明白的间架里。他的诗没有寻常的章法，一部分一部分可以懂，合起来却没有意思。他要表现的不是意思而是感觉或情感；仿佛大大小小红红绿绿一串珠子，他却藏起那串儿，你得自己穿着瞧，这就是法国象征诗人的手法；李氏是第一个人介绍它到中国诗里。许多人抱怨看不懂，许多人却在模仿着。他的诗不缺乏想象力，但不知是创造新语言的心太切，还是母舌太生疏，句法过分欧化，教人像读着翻译；又夹杂着些文言里的叹词语助词，更加不像——虽然也可以说是自由体诗体制。他也译了许多诗。""后期创造社三个诗人，也是倾向于法国象征派的。但王独清氏所作，还是拜伦式的雨果式的为多，就是他自认为仿象征派的诗，也似乎豪胜于幽，显胜于晦。穆木天氏托情于幽微远渺之中，音节也颇求整齐，却不致力于表现色彩感。冯乃超氏利用铿锵的音节，得到催眠一般的力量，歌咏的是颓废、阴影、梦幻、仙乡。他诗中的色彩感是丰富的。"[②]他对新诗的创作是批判的，语调既犀利又幽默。而联大另外一位教授闻一多对新文学的贡献更是值得进行书写。

二

闻一多，湖北浠水人。1912年考入清华学校，1922年赴美学习美术，同

---

① 参见《朱自清全集》(第二卷)，江苏教育出版社1988年版，第416页。

② 朱自清：《我与新诗》，收入朱自清《从清华到联大》，江苏文艺出版社2011年版，第128—129页。

时进修西洋文学,进一步研究古典诗歌和近代英国诗歌。1923 年 4 月,新诗集《红烛》问世,其中很多诗篇洋溢着浓烈的爱国主义热情。1932 年应清华大学聘请,任中文系教授,致力于《诗经》、《楚辞》的研究,由于钻研先秦典籍的需要,他开始研究甲骨文、金文。抗战开始后,随学校南下。长沙临大西迁至昆明,他参加湘黔滇旅行团与学生一起跋山涉水,沿途做了不少风景速写,也了解到了劳动人民的苦难生活。在蒙自分校时整天躲在宿舍里埋头研究,得到了"何妨一下楼主人"的雅号。1944 年 4 月,担任新诗社导师,经常参加他们的诗歌朗诵会和讨论会。他推崇新诗诗人田间,称他为擂鼓的诗人。他在联大先后开出"诗经"、"楚辞"、"周易"、"尔雅"等近十门课程,尤以"诗经"、"唐诗"最受欢迎。他讲课极为生动,介绍诗歌的时代背景如讲自己的亲身经历,介绍诗人生平如讲自己熟识朋友的趣事逸闻,分析内容形式又如诗人在谈自己的创作体会。[1] 他把古典文学的研究与欣赏放在为现代文学的发展服务的基点上,为新文学的创作和实践做了拓荒者。

闻一多在联大,译《九歌》成白话歌剧,请音乐家赵颒制曲,将完稿,他在联大讲授"唐诗"、"杜诗",选课的学生很多,辑有唐诗选本,他对全唐诗的校勘已积稿成尺,尚待整理。又有《唐诗杂论》散见于各杂志。所作的《周易义证类纂》、《诗经今释》、《庄子内篇校记》、《乐府诗笺》、《杜甫年谱》都已出版,在学术上甚受重视。在他授课余暇,以新哲学观念写《中国文学史》,可惜还未完成,就遭国民党反动派杀害了。[2]

闻一多成就最大的是唐诗研究,他对杜甫和李白诗歌的研究,至今仍然对学术界的研究贡献莫大。唐玄宗天宝三载,李白和杜甫在洛阳初次见面,闻一多在《杜甫》一文中激动万分地评论此事说:"我们四千年的历史里,除了孔子见老子,没有比这两人的会面,更重大,更神圣,更可纪念的。我们再逼紧我们的想象,比如说,青天里太阳和月亮走碰了头,那么尘世上不知要焚起多少香案,不知有多少人要望天遥拜,说是皇天的祥瑞。"杜甫三次写到

---

① 西南联合大学北京校友会编:《西南联合大学校史》,北京大学出版社 2006 年版,第 96 页。
② 《闻一多先生事略》,载西南联大《除夕副刊》主编《联大八年》,新星出版社 2010 年版,第 199 页。

思念李白的诗歌《梦李白二首》和《天末怀李白》都被选入《唐诗三百首》。思念与被思念者是千年诗史上最伟大的两位诗人，用闻一多的话说，就是诗国中的月亮对太阳的思念。

　　闻一多还是新月诗派的殿军人物。早在 1922 年 11 月 1 日，清华文学社就出版了闻一多和梁实秋合著的《〈冬夜〉〈草儿〉评论》一书，这是新月派第一次集中地向诗坛表露自己的诗学姿态。而这本书的写作时间正是新文学领域内新诗论争呈白热化之时，是与新诗的平民化和贵族化息息相关的。打头的闻一多《〈冬夜〉评论》，锋芒直指俞平伯的"根本错误"即"诗底进化的还原论"，以此开篇，以此作结，并将其提升到整个新诗道路的思考，希望将新诗从这种"畸形的滥觞的民众艺术"的迷途中唤回来。闻一多在联大时候的记忆，在多年后他回忆起来还是很亲切，"在蒙自，吃饭对于我是一件大苦事。第一我吃菜吃得咸，而云南的菜淡得可怕，叫厨工每餐准备一点盐，他每每又忘记，我也懒得多麻烦，于是天天只有忍痛吃淡菜。第二，同桌是一群著名的败北主义者，每到吃饭时必大发其败北主义的理论，指着报纸得意洋洋说：'我说了要败，你看罢！现在怎么样？'他们人多势众，和他们辩论是无用的。这样，每次吃饭对于我简直是活受罪。云南的生活当然不如北平舒服。有些人的家还在北平，上海或是香港，他们离家太久，每到暑假当然想回去看看，有的人便在这时一去不返了。"①闻一多回忆起西南联大时期的感受是颇为痛苦的。但是在朱自清、闻一多为主要骨干的西南联大中文系的培养下还是培养出了现当代新文学作家的干将，如穆旦等九月派诗人都是西南联大的学生，汪曾祺等也是西南联大培养出的著名文学家，像这样的新文学作家都曾经出走西南联大，这绝不是偶然的文学现象。

三

　　在穆旦的诗歌中，我们特别容易感受到个人经验和时代内容的血肉交融、难扯难分，不仅是那些写战时的一个民族共同经历的艰难困苦生活的诗

---

① 闻一多：《八年的回忆与感想》，收入《联大八年》，新星出版社 2010 年版，第 9 页。

作,而且在另外一些他特别擅长表现的以知识者个人精神历程的变化和内心挣扎为其核心的诗作里,如《从空虚到充实》《蛇的诱惑》《玫瑰之歌》等,我们也能特别强烈地体会到属于一个时代的普遍的状况和特征,在他的诗作中,描述的真实比历史更真实和确切,历史给人的是表象,而他的诗歌给人以灵魂的震颤和再现的逼真。

汪曾祺和穆旦的文学道路都开始于西南联大,虽然一个是小说家,一个是诗人,但是从教育背景和文学观的形成上,他们走的是一条相同的道路。当时西南联大虽然是三校联合,但是清华的影响很重,清华又是美国化程度很高的地方,对英文的要求很严。汪曾祺在这样的环境里,走上文学道路的时候,就是由读西方小说开始的,这使他的小说创作很早就有了多种文化的关照。由于有早年西南联大的影响,汪曾祺才能在 20 世纪 70 年代末和 80 年代初写出《受戒》等小说和一系列散文,一扫文坛多年的政治化气息,他在小说语言、结构、叙事方式方面带给新时期文坛的影响具有深刻的意义。①

可以说,五四运动时期的北大是中国启蒙思想的摇篮,而西南联大是中国新思想孕育的地方,五四使得中国知识分子走向了与工农相结合的道路,知识分子走向了民间,走向了大众,而西南联大则培育出了新文学的大后方,并且缔造了现代教育制度,自由主义成为知识分子奉行的思想,学校独立和教授治校成为西南联合大学成功的基石。

第三节　中外文学传统的影响与穆旦的诗歌创作

穆旦从南开中学开始学习,后于 40 年代进入西南联大学习。就穆旦个人的情况而言,只是在长沙临时大学南岳分校期间,旁听或选修了叶公超的"大二英文"、冯友兰《中国哲学史》、吴宓的《欧洲文学史》以及燕卜荪等人的课程。穆旦曾在燕卜荪那里借到了两本书,分别是威尔逊的《爱克斯尔的城堡》和艾略特的文集《圣木》。奥登,可能是穆旦西南联大时期阅读最多的西

---

① 谢泳:《西南联大与中国现代知识分子》,福建教育出版社 2009 年版,第 83—84 页。

方诗人。

燕卜荪让大家第一次读到奥登的《西班牙，1937》，"穆旦的诗里有明显的奥登的影响"；穆旦的诗歌如《五月》"也显出燕卜荪所教的英国现代派诗的影响，已经深入到中国青年诗人的技巧和语言中去了"①。

—

据在西南联大的周珏良的回忆，燕卜荪对于学生学习阅读的兴趣非常有影响，外文系的学生原先接触的主要是英国浪漫派诗人，因为燕卜荪的"教导"而"接触到现代派的诗人如叶芝、艾略特、奥登乃至更年轻的狄兰·托马斯等人的作品和近代西方的文论"。他与穆旦都十分喜欢叶芝的诗歌，在阅读了威尔逊的《爱克斯尔的城堡》和艾略特的《圣木》之后，"才知道什么叫现代派，大开眼界，时常一起讨论"；穆旦"特别对艾略特著名文章《传统与才能》有兴趣，很推崇里面表现的思想"。②

1942 年 3 月，身为西南联合大学外文系教师的穆旦参加了中国远征军，担任缅甸抗日战场的随军翻译，在长达五个月之久的雨季，异常活跃的食人蚂蟥，迅猛传播的各种疾病，漫长的饥饿以及为数巨众的同伴的死亡，都深深地触动了他的心。

充满英雄主义色彩的历险故事（野人山经历）给了年轻诗人以兴奋。在穆旦创作的关于野人山经历的诗歌中留下了对战争恐怖般的回忆：

> 希望，幻灭，希望，再活下去
> 在无尽的波涛的淹没中，
> 谁知道时间的沉重的呻吟就要坠落在
> 于诅咒里成形的
> 日光闪耀的岸沿上；

① 《论穆旦的诗》，载李方编《穆旦诗全集》，人民文学出版社 1996 年版，第 4 页。
② 王佐良：《穆旦：由来与归宿》，载杜云燮等编《一个民族已经起来》，第 1—2 页。

孩子们呀,请看黑夜中的我们正怎样孕育

难产的圣洁的感情。

《祈神二章》(1943 年)从另一个角度泄露了诗人内心的压力。这是一首宗教色彩异常浓厚的诗歌,它实际上是有名的《隐现》的一部分。此前,诗人虽也写过《神魔之争》(1941 年)之类包含宗教色彩的诗歌,但那不过借自宗教故事来思考社会问题——借助西方神话来演绎荒诞的中国现实。真正宗教情怀的流露,这是第一次:

在我们的前面有一条道路

在这路的前面有一个目标

这条道路引导我们又隔离我们

走向那个目标,

在我们黑暗的孤独里有一线微光

这一线微光使我们留恋黑暗

这一线微光给我们幻象的骚扰

在黎明确定我们的虚无之前

如果我们能够看见……

诗人在祈求一个"上帝",来解除内心的"惧怕"——可见,1942 年的生死经历,在诗人内心形成了巨大的死亡阴影。①

作为穆旦最好的情诗的《诗八首》,不是在讴歌爱情,而是在颠覆爱情。诗歌中存在着两个矛盾的因素,其一是爱情的因素,另一个是颠覆爱情的因素。爱情最后被结束,是诗人震撼人心灵的恶作剧,诗人是想以此来警醒人们,直面人生的虚无和残酷,从而思考人生中最重要的和最宝贵的东西。通过揭示常人非本真的生命状况,彰显真实的生存境遇,直面虚无,并通过痛

---

① 易彬:《穆旦与中国新诗的历史建构》,中国社会科学出版社 2010 年版,第 25—26 页。

苦意义的追问，反抗虚无。反观穆旦的作品，《从空虚到充实》、《不幸的人们》、《悲观论者的画像》等揭示了此在的虚无处境，生命失去了意义的保护，虚无成为无法摆脱的精神折磨。① 而隐现在穆旦诗歌主题之后的东西是穆旦对西方代表诗人宗教精神尤其是基督教精神的一种体悟，他在奥登、艾略特西方现代派大师那里领会的不仅仅是诗意，而是现代人荒诞的处境和他对存在主义的深刻体悟、解剖。

　　穆旦对新诗发展道路有一种自己独到的理解。他创造了新诗的一种抒情方式。这种新的抒情传统不是"牧歌情绪"加"自然风景"，这一情调，卞之琳在《鱼目集》中已经将之"放逐"。它是一种在抗战时代条件下所需要的"朝着光明面转进"的"新的抒情"："为了表现社会或个人在历史一定发展下普遍地朝着光明面的转进，为了使诗和这时代成为一个感情的大谐和，我们需要新的抒情！"②

　　从 1939—1941 年的写作来看，诗人加入民族大合唱行列的姿态非常明显——尤其是名篇《赞美》，每一节又均以"一个民族已经起来"收束，其情感的浓烈或许令人想到美国诗人惠特曼，套用穆旦本人的话说即是，"如同惠特曼歌颂着新兴的美国一样，他在歌颂着新生的中国"。但细细审读《赞美》却可发现一个多少令人讶异的事实：即便在引用频率极高的第一节里，在"一个民族已经起来"这一热切呼告发出之前，诗人却也铺列了一长串的"灾难"和"耻辱"：

　　　　说不尽的故事是说不尽的灾难，沉默的
　　　　是爱情，是在天空飞翔的鹰群
　　　　是干枯的眼睛期待着泉涌的热泪，
　　　　当不移的灰色的行列在遥远的天际爬行；
　　　　我有太多的话语，太悠久的感情，

① 刘纪新：《挥却历史的雾霭——对穆旦诗歌代表作的清理》，《四川大学学报》2011 年第 2 期。
② 穆旦：《〈他死在第二次〉》，香港版《大公报·文艺》第 794 期，1940 年 3 月 3 日。

> 我要以荒凉的沙漠,坎坷的小路,骡子车,
>
> 我要以槽子船,漫山的野花,阴雨的天气,
>
> 我要一切拥抱你,你,
>
> 我到处看见的人民呵,
>
> 在耻辱里生活的人民,佝偻的人民,
>
> 我要以带血的手和你们一一拥抱。
>
> 因为一个民族已经起来。

从这首诗,我们可以看到穆旦以娴熟的句式在操纵着欲扬先抑的对祖国的感情,这种散句明显是惠特曼《草叶集》中的那种西方诗歌句式,但里面所使用的富有感染力的词语——"荒凉"、"坎坷"、"枯槁"、"踟蹰"、"耻辱"等都是旧中国真实的写照,以现实的受难者的形象衬托将来新中国的新生,可谓用心良苦。他将生命的情调引向一种青春期的民族情绪,这一情绪试图以对广袤地域上山林河海之交铸赞美来体现某种民族自信。但在这里,构成每一民族之民族性的真正经验,亦即那些日常而细小的劳作与艰辛并没有进入诗歌之中。

在赞美中,作者选取了最具中国典型意象的农夫这样一个"具体而生动化的个人面孔":

> 一个农夫,他粗糙的身躯移动在田野中,
>
> 他是一个女人的孩子,许多孩子的父亲,
>
> 多少朝代在他的身边升起又降落了
>
> 而把希望和失望压在他身上
>
> 而他永远无言地跟在犁后旋转,
>
> 翻起同样的泥土溶解过他祖先的
>
> 是同样的受难的形象凝固在路旁。

诗歌用具有中国意象的词语,将中国的历史和现实联结在一起,从反面

对中国的现实进行批判,以唤起无数碌碌无为的中国人奋发的志气。

二

穆旦的诗歌创作,在接受西方的诗歌传统的时候,总是和他不断的翻译联系在一起,不断地翻译然后创作,创作之后感到理论源泉枯竭了,又开始翻译,如此不断往复,足以体现诗人不断地折磨自己,以提高自己的诗意,用杜甫的话说:"文章千古事,得失寸心知"(《偶题》),"为人性僻耽佳句,语不惊人死不休"(《江上值水如海势短述》)。他从美国回国之后,出于调整心态的需要,对于苏联文艺理论家季摩菲耶夫的《文学原理》的翻译是一种"调整",即"通过此书的翻译来调整自己,了解和熟悉现实主义的文学观念和创作方法,学习这一与新的文化环境相适应的文学话语方式"。与这样一个问题紧密相关的是,对《文学原理》的翻译,和对普希金、雪莱等人的文学作品的翻译,被区格为具有时间先后顺序的两种不同类型,文艺理论著作在前,文学作品在后。开始翻译普希金等人的文学作品被认为是一种"转变"或"回归",即"翻译选择在现实文化需要和个人艺术兴趣两端之间,开始向后者倾斜"①。

穆旦翻译俄国作家和诗人丘特切夫时,在他的《译后记》中这样描述:这个人生前基本上默默无闻,死后二十余年才被"重新加以肯定",被视为象征主义的鼻祖;为小人物:"终其一生,不过是沙皇政权的一名官吏,事迹很平凡";"生活在巨大变革的时代中",充满了矛盾性——或者说具有双重性:"既热烈地渴求生活的和谐与平静,也对历史的变革、对社会与生活的风暴有着深刻的共感"。在艺术手法上,"丘特切夫有着他自己独创的、特别为其他作家所喜爱的一种艺术手法——把自然现象和心灵状态完全对称或融合的写法";这"并不是有意地模糊现实的轮廓,或拒绝描绘现实",相反,"他在自己许多描写自然和心灵的作品中,是和当代的现实主义潮流相呼应的。

① 宋炳辉:《新中国的穆旦》,《当代作家评论》2000年第2期。

他的诗歌在一定程度上正面反映了时代的精神"。①

　　这样一个近乎执着的追求对象,在穆旦受管制的日子里,可能给诗人穆旦一种精神上的慰藉,也转移为他创作的诗化资源,穆旦晚年所写的《春》、《夏》、《秋》、《冬》系列诗歌以及一些并非以季节命名的诗歌,如《听说我老了》等,正是"自然现象"与"心灵状态"相互融合的诗歌。

　　《父与女》的写作、拜伦《唐璜》和《丘特切夫诗选》的翻译,以及其他大量翻译与写作,共同见证了穆旦在回应一个逼仄的时代语境时,他心情既痛苦、无助,却又执着于自己诗学理想的痛苦境遇。而正因为这些文字的存在,他实现了自己作为翻译家和诗人的双重身份以及坚守自己人生理想的神秘情感。

　　穆旦在采用英国 17 世纪玄学派诗人特别是以艾略特为首的诗人诗风的影响上是彻底的。玄学诗人最大的特征是将感觉和知性结合起来。追求思想的直觉化和形象化。艾略特和奥登也正是在这个意义上强调知性,他们认为诗歌不是纯粹表达抽象的观念,而是寻找观念的"客观对应物",使观念物质化,使形象思想化。② 这样诗意和哲理就得到了升华,思想得到了过滤,只剩下纯粹的诗意和古典的宁静。

　　穆旦的长诗《饥饿的中国》,"以'现实、象征和玄学'的'惊人的综合溶解力',将饥荒、内战和精神的'饥饿'弥漫的 40 年代后期中国社会那令人震颤的图景,淋漓尽致地刻画出来"。

> 昨天已经过去了,昨天是田园的牧歌,
> 是和春水一样流畅的日子,就要流入
> 意义重大的明天:然而今天是饥饿。

> 昨天是理想朝我们招手:父亲的诺言

---

① 查良铮:《译后记》,《丘特切夫诗选》,外国文学出版社 1985 年版,第 168—202 页。
② 叶琼琼、王泽龙:《穆旦诗歌词汇的现代性特征》,《天津社会科学》2010 年第 6 期。

得到保障,母亲安排适宜的家庭,孩子求学,
昨天是假期的和平:然而今天是饥饿。

为了争取昨天,痛苦已经付出去了,
希望的手握在一起,志士的血
快乐的溢出:昨天把敌人击倒,
今天是果实谁都没有尝到。

中心忽然分散:今天是脱线的风筝
在仰望中翻转;我们把握已经无用,
今天是混乱,疯狂,自渎,白白的死去——
然而我们要活着:今天是饥饿。

荒年之王,搜寻在枯干的中国的土地上,
教给我们暂时和永远的聪明,
怎样得到狼的胜利:因为人太脆弱!

全诗笼罩着艾略特《荒原》的悲剧氛围,却又更具东方的现实意蕴与逼真的形象体系。穆旦的诗既触及当时最具斗争意义的现实,又以血肉的感情来抒发思想的探索,达到了现实、象征、玄思的完美结合,这种综合也正是穆旦现代精神的真正体现。①

三

在穆旦的诗歌中,充满了传统与现代文明的张力,中国既不能回到过去,也不能融入现代的文明。在这种紧张的压力下,穆旦的诗歌所抒发出来的感情是受折磨的心情,同时也是刺伤别人的钢剑,锋芒之下滴着鲜血、冷

---

① 萧映:《苍凉时代的灵魂之舞》,北京师范大学出版社 2008 年版,第 97 页。

峻和坚毅。我们看穆旦的诗歌《他们死去了》(1947 年 2 月)。这首诗蕴含了
20 世纪 40 年代穆旦诗歌的一些主题,如"死亡"、"遗忘"、"上帝无忧"等。

> 可怜的人们! 他们是死去了,
> 我们却活着享有现在和春天。
> 他们躺在苏醒的泥土下面,茫然的,
> 毫无知觉,而我们有温暖的血,
> 明亮的眼,敏锐的鼻子,和
> 耳朵听见上帝在原野上
> 在树林和小鸟的喉咙里情话绵绵。
>
> 死去,在一个紧张的冬天,
> 像旋风,忽然在墙外停住——
> 他们再也看不见这树的美丽,
> 山的美丽,早晨的美丽,绿色的美丽,和一切
> 小小的生命,含着甜蜜的安宁,
> 到处苗生;而可怜的他们是死去了,
> 等不及投进上帝的痛切的孤独。
>
> 呵听! 呵看! 坐在窗前,
> 鸟飞,云流,和煦的风吹拂,
> 梦着梦,迎接自己的诞生在每一个
> 清晨,日斜,和轻轻掠过的黄昏——
> 这一切是属于上帝的;但可怜
> 他们是为无忧的上帝死去了,
> 他们死在那被遗忘的腐烂之中。

这首诗,惊奇之处在于以幻想代替现实,以不经意间古典的流现再现英

雄们死去之后祖国的新生。古典的诗歌意象"鸟飞"、"云流"、"日斜"被组织进西化的现代诗歌的网里。虽然有一丝隔膜，但非常和谐，是一种既新又旧、既伤悲又喜悦的情调，矛盾之中孕育着和谐，新生之中包含着似曾相识的老旧。

穆旦的抒情不是那种虚无主义的浪漫情怀，像创造社那种浪漫主义的情调。他的诗歌融入了现实主义，而现实主义带有一种幻想和想象的夸张，但毕竟是站在大地上进行自我独立的思考。穆旦也将自己写进现实中，这样一种强烈的痛苦在诗歌之中反复涌现，心灵的矛盾和现实的纠结，写作行为本身就是一种"自我折磨"，而由此获得的最终的写作效果，对于那些习惯于线性思维或者固定意象的读者来说，无疑也是一种"折磨"，他的诗歌既不是传统的那种诗歌谱系，也不完全是西方的诗学传统，而是更多地加入了自己的独创，那种感情和诗句是穆旦所独有的。他有意用一种"去中国化"的方式表达出来：他的提问方式乃至问题本身，看起来大大背离了"汉语"的表达方式和思维模式。

其实，穆旦的《诗八首》可以与杜甫的《秋兴八首》相媲美。穆旦所写的大量伤时感事的诗作都可以看作杜甫心境在另一个时代和另一种场合的再现，不过是换了另外一种装束而已，他在更大的心灵境界和层面上呼应了诗人杜甫。

而晚年的穆旦，已经经历了漫长岁月的折磨和磨难，最终回到本真，回到了陶渊明式的"平淡"和"静穆"。例如他的一首诗《听说我老了》：

> 我穿着一件破衣衫出门，
> 这么丑，我看着都觉得好笑，
> 因为我原有许多好的衣衫，
> 都已让它在岁月里烂掉。

> 人们对我说：你老了，你老了，
> 但谁也没有看见赤裸的我，

只有在我深心的旷野中
才高唱出真正的自我之歌。

它唱着,"时间愚弄不了我,
我没有卖给青春,也不卖给老年,
我只不过随时序换一换装,
参加这场化装舞会的表演。"

"但我常常和大雁在碧空翱翔,
或者和蛟龙在海里翻腾,
凝神的山峦也时常邀请我
到它那辽阔的静穆里做梦。"

穆旦的诗歌其实就是一种冥想诗歌,他不在乎别人能不能听得懂,或在乎他说的是什么,他只想将自己的内心表达出来。正如艾略特在《诗的三种声音》中说道:

在一首既非说教,亦非叙述,而且也不由任何社会目的激活的诗中,诗人唯一关注的也许只是用诗——用他所有的文字的资源,包括其历史、内涵和音乐——来表达这一模糊的冲动。在他说出来之前,他不知道该如何去说;在他努力去说的过程之中,他不关心别人能不能理解。在这个阶段,他压根儿就不考虑其他人:他一心只想找到最恰当的字眼,或者说,错得最少的字眼。他不在乎别人听还是不听,也不在乎别人懂还是不懂。他怀着沉重的负担,不得解脱,除非把它生下来。或者,换个说法,他被鬼魅魇住了,却无能为力,因为那鬼魅一开始来的时候,就没有名目,没有名姓,什么都没有。他写的那些字眼,那首诗篇,就是他祛除鬼魅的形式。再换句话说,他烦了那么多神,不是为了与什么人交流,而是要从极度的难受中摆脱出来;而当他最终以恰当的方式将那些文字安排妥帖——或者他认为那是自己能够找到的最佳安排——他会感到有那么一阵，精疲力竭，舒畅，如获大赦，以及说不出来的虚脱。①

穆旦有意避开传统诗学的语言，其实他是在更高层次上追求一种精神境界，他是在不经意间流露出与中国古典传统的契合。如《玫瑰之歌》的开篇四行：

> 我已经疲倦了，我要去寻找异方的梦。
> 那儿有碧绿的大野，有成熟的果子，有晴朗的天空，
> 大野里永远散发着日炙的气息，使季节滋长，
> 那时候我得以自由，我要在蔚蓝的天空下酣睡。

这幅图画仿佛在陶渊明的诗歌中似曾相识，只不过是白话化罢了。

而就形象本身而言，穆旦精神世界所透视出来的"奥登"与"陶渊明"也并非决然分裂，相反，在某些时刻也曾合二为一。与晚年穆旦有较多交往的孙志鸣曾经追忆过这样一个细节：

> ……1936 年 3 月 19 日信，先生还抄下了一首《归园田居》其二，当读到"我麻日已长，我土日已广，常恐霜霰至，零落同草莽"时，我忽然记起了有一次先生把奥登的《悼念叶芝》交给我时，顺便说了一句："你是它的第一位读者，但愿不是最后一位读者。"

穆旦《诗八首》中的第五首这样写道：

> 夕阳西下，一阵微风吹拂着田野，

① T.s. Eliot, *The Three Voices of Poetry*, p.18.

是多么久的原因在这里积累。
那移动了景物的移动我底心,
从最古老的开端流向你,安睡。

那形成了树木和屹立的岩石的
将使我此时的渴望永存,
一切在它底过程中流露的美
教我爱你的方法,教我变更。

这首诗中,"夕阳西下"明明点出了时间。"一阵微风吹拂着田野,/是多么久的原因在这里积累",也是指向某种时间的久远。它可以久远到故人那里。事实上,"夕阳西下","微风"(许是秋风?)等字眼很容易让人联想到马致远《天净沙·秋思》之类久远的哀叹:"古道西风瘦马,夕阳西下,断肠人在天涯。"这种联想也许不是漫无边际的自由想象,穆旦事实上也有过这样的"秋思":"我的埋怨还没有说完,/秋风来了把一切变更,/春天的花朵你再也看不见,/乳和蜜降临,一切都安静,/只有我的说不得的爱情,/还在园里不断的嗡营。"(《春天和蜜蜂》)①

第八首:

再没有更近的接近,
所有的偶然在我们间定型;
只有阳光透过缤纷的枝叶
分在两片情愿的心上,相同。
等季候一到就要各自飘落,
而赐生我们的巨树永青,
它对我们不仁的嘲弄

---

① 王毅:《文本的秘密》,华中科技大学出版社2009年版,第11页。

（和哭泣）在合一的老根里化为平静。

　　也许正因为穆旦创作不单在艺术技巧上，而且在意义内蕴上与西方文学文化有着如此极为紧密的关系，所以往往给人一种全然是"非中国"的印象。但是一个中国诗人当然不可能全然是非中国的。

　　我们首先回到此诗最后一章结尾两行："它对我们不仁的嘲弄/（和哭泣）在合一的老根里化为平静。"如果说："嘲弄"扣合着首章中的"玩弄"，更多地闪烁着西方基督教文化背景中神性的光芒，那么"不仁的"则响起了东方文化传统中最古老的声音："天地不仁，以万物为刍狗。"（《老子》第五章）关于老子的"不仁"二字，历来的解释主要有两种：其一是凶残，其二是麻木。穆旦理解或选用的也许是前者，这与他的"嘲弄"一词相应。如果"不仁"一词还不足以完全显示穆旦此诗与东方文化的联系，那么最后一行则更有力地给出了这种线索。"老根"、"平静"这些字眼看似平常，但它不是诗人的随意使用，其中暗藏着中国传统文化的巨大背景。正是根据上一行中的"不仁"，我们可以说，最后这一行中的"老"、"根"、"静"同样来自老子。《老子》第十六章有云："夫物芸芸，各复归其根。归根曰静。"在老子看来，一切的一切，最终均各自复归其根本之处——道，而化为平静。这也正是穆旦此诗尤其是最后两行的意义：爱情的燃烧，矛盾与痛苦，寻求与背离，爱情与生命，"夫物芸芸"，最终都将"化为平静"。显然，在穆旦的构思中，基督上帝代表着西方，而老子代表着东方，东西方的结合代表着天底下的一切。就这样，诗人从一个人人都经历过或者将要经历的小小的爱情事件中，在全诗结尾处突然而又自然地把它提升到对芸芸万物、东西天下的关照，在全诗闭合之时升腾起博大无边的玄思。而这种博大之所以得以完成，恰恰是诗人引入了中国传统文化。①

　　实际上，新诗的实际发展过程，归根结底乃是异质因素不断加入的过程，一个"异质"不断丰富乃至改造"同质"的过程，不管是有意的反叛，还是

---

① 王毅：《文本的秘密》，华中科技大学出版社 2009 年版，第 21 页。

无意的流现，穆旦最终都为这一传统提供了新质，赋予了这一传统以新的活力。而穆旦这一神秘的新诗的谜案，也将为理解新诗与传统的关系提供新的视角。

第四节　冯至诗学思想探源

冯至诗学在 20 世纪 40 年代逐渐成熟。在 40 年代形成了九叶诗派。这批 40 年代的诗人们中有马逢华、方宇晨、莫洛、羊翠、李瑛、杨禾，甚至还有 40 年代初期西南联大校园诗人王佐良、汪曾祺等人。九叶派诗人反对浪漫主义的感伤，又反对对客观机械照相式的反映，他们主张将现实、象征和玄学统一起来，至此新诗走向了融合。而西南联大校园内冯至的诗歌却与这些诗人截然不同，冯至在 40 年代的诗歌创作带有里尔克风格，且受到德国存在主义哲学以及歌德浪漫主义哲学思想的影响。

经过 30 年代整整十年自觉的沉潜与磨炼，人到中年的冯至在思想、学术和创作上都渐趋成熟，终于在 40 年代迎来了丰收。冯至体念时艰，潜心中外诗歌经典，欲以学术报国，尤其对歌德和杜甫的诗有特别深切的体会和发现。最为重要的创获是《十四行集》。冯至在 1941 年初的一天信口吟出了第一首十四行诗时，不仅唤醒了自己沉睡十年之久的创作冲动，使他"内心里渐渐感到一个责任：有些体验，永久地在我的脑里再现；有些人物，我不断地从他们那里吸取养分；有些自然现象，它们给我许多启示：我为什么不给他们留下一些感谢的纪念呢？由于这个念头，于是从历史上不朽的精神到无名的村童农妇，从远方的千古的名城到山坡上的飞虫小草，从个人的一小段生活到许多人共同的遭遇，凡是和我生命发生深切的关联的，对于每件事物我都写出一首诗"，而当他这样一连写了二十七首之后，"精神上感到一种轻松，因为我完成了一个责任"。[①]

冯至感到十四行诗体与自己的生命体验恰好契合："我那时进入中年，

---

① 冯至：《十四行集·序》，上海文化生活出版社 1949 年版。

过着艰苦穷困的生活，但思想活跃，精神旺盛，缅怀我崇敬的人物，观察草木的成长、鸟兽的活动，从书本里接受智慧，从现实中体会人生，致使往日的经验和眼前的感受常常融合在一起，交错在自己的头脑里。这种融合先是模糊不清，后来通过适当的语言安排，渐渐呈现为看得见、摸得到的形体。把这些形体略加修整，就成为一首又一首十四行诗，这是我过去从来没有预料到的。但是我并不曾精雕细刻，去遵守十四行严谨的格律，可以说，我主要是运用了十四行的结构。"①冯至的十四行从里尔克的变体十四行诗《致奥尔弗斯的十四行》受到启发，使得这种外来诗体在中国生根开花。同时，冯至也自觉地从中国古典诗艺如律诗中吸取了艺术营养，如有一首十四行的跨行对句"狂风把一切都吹入高空，//暴雨把一切又淋入泥土"，不就分明有杜甫七律《登高》诗句"风急天高猿啸哀，渚清沙白鸟飞回。无边落木萧萧下，不尽长江滚滚来"的风韵在回荡？

一

《十四行集》里的叙述主体，是一个孤孤单单的个人，甚至孤单到如此的程度：在暴风雨的孤灯下，"我们在这小小的茅屋里/就是和我们用具的中间/也有了千里万里的距离"（第二十一首）。可是这个个人不仅维护着自己的孤独，而且孜孜深化着自己的孤独。这种孤独，弥散着独自存在着、独自去成就的勇气和高贵。用他自己在别处的话来说，就是"人之可贵，不在于任情地哭笑，而在于怎样能加深自己的快乐，担当自己的痛苦"②。诗人的诗歌是感悟和体验的产物，不是哲学的简单表现，而是冥想与玄思，"我们的生命在这一瞬间，仿佛在第一次的拥抱里，过去的悲欢忽然在眼前，凝结成屹然不动的形体"（《十四行诗》第一首）。在这里，诗人的冥想和玄思造成了意想不到的效果。诗人化身为万物本身，浓缩了情感的经历。对浪漫主义的反动在冯至这里表现为"诗是经验"取代以往"诗是情感"作为诗歌的本体。

① 　冯至：《我和十四行的因缘》，《冯至全集》（第 5 卷），河北教育出版社 1999 年版，第 94 页。
② 　《忘形》，《冯至选集》（第二卷），四川文艺出版社 1985 年版，第 85 页。

这里的经验指的是文学经验。这种看法便来自里尔克。冯至说到里尔克对他的影响时说:"在诺瓦利斯死去、荷尔德林渐趋于疯狂的年龄,也就是在青春走入中年的路程中,里尔克却有一种新的意志产生。他使音乐的变为雕刻的,流动的变为结晶的,从浩无涯涘的海洋转向凝重的山丘。他到了巴黎,从他倾心崇拜的大师罗丹那里学会了一件事:工作——工匠般的工作。他开始观看,他怀着纯洁的爱观看宇宙间的万物。他观看玫瑰花瓣、罂粟花;豹、犀、天鹅、红鹤、黑猫;他观看囚犯、病后的与成熟的妇女、娼妓、疯人、乞丐、老妇、盲人;他观看镜、美丽的花边、女子的命运、童年。他虚心侍奉他们,静听他们的有声或无语,分担他们被漠然视之的命运。一件件的事物在他周围,都像刚刚从上帝手里做成;他呢,赤裸裸地脱去文化的衣裳,用原始的眼睛来观看。"①

诗人创作的源泉便是这种观看和体验。这种体验不是从现实生活中观察出某种理论体系,也不要从中归纳出什么结论,而是诗人将自我融浸于其中,感受、体味与摸索出生活的真味和意义来。因而诗人的体验是感性与理想相交织的,并且在感性中渗透着理性的精神活动。例如冯至的第二首十四行诗写道:"把残壳都丢在泥土里/我们把我们安排给那个/未来的死亡,像一段歌曲/歌声从音乐的身上脱落/归终剩下了音乐的身躯/化作一脉的青山默默。"这里,诗人不仅将音乐比作诗人,而且将音乐凝固成青山,诗人的灵魂在对世界的观察和体验中得到了净化、提升。在冯至的诗歌中,物不仅获得了自身存在的价值,而且犹如诗人一样,有自己的灵魂和感觉,诗人与物之间是一种倾诉,是平等的朋友式的对话。例如第三首十四行诗,"又是插入晴空的高塔/在我的面前高高耸起,/有如一个圣者的身体,/升华了全城市的喧哗。/你无时不脱你的躯壳,凋零里只看着你生长;/在阡陌纵横的田野上/我把你看成我的引导:祝你永生,我愿一步步/化身为你根下的泥土。"

---

① 冯至:《里尔克——为10周年祭而作》,《冯至自选集》,首都师范大学出版社2008年版,第447页。

　　诗人在孤独的思考中,体验着世界的方式,或者化身万物的经验,在他的第十六首诗里得到了质朴的呈现:

　　　　我们站在高高的山巅
　　　　化身为一望无边的远景
　　　　化成面前的广漠的平原,
　　　　化成平原上交错的蹊径。

　　　　哪条路,哪道水,没有关联,
　　　　哪阵风,哪片云,没有呼应;
　　　　我们走过的城市、山川,
　　　　都化成了我们的生命。

　　　　我们的生长,我们的忧愁
　　　　是某某山坡上的一棵松树,
　　　　是某某城上的一片浓雾;

　　　　我们随着风吹,随着水流,
　　　　化成平原上交错的蹊径,
　　　　化成蹊径上行人的生命。

　　诗人很明显受到存在主义哲学观念的影响,把人和自然的关系看成非常融通的关系,人通过自然而了解自己,通过自然来展现自己。也就是说,在老子那里,“道”通过“自然”来出场和呈现,于是,这一“二元”关系最终体现为自然与天、自然与地、自然与人的两两对应而又纯一的关系。这一关系在海德格尔那里的表现则有所不同。海德格尔“四方域”说法的核心处,有一个“神圣”,又称“神性”的幽影,而诸神只是传达它露面消息的使者,它也是诸神之为诸神的所在。大地与天空,作为自然的领域,就其根基处而言,充满着这神圣的神性，乃是这至上神性的表达。这里，海德格尔借用诗人荷尔德林的说法，将自然高居于诸神、大地、天穹至上，并将之视为"神性"的"神圣"彰显。因此，"四方域"中人和诸神，人和大地、天空的关系也就是人和自然的关系，而人和自然的关系在其最根基处，乃是人和神圣的关系，或用荷尔德林的话说，自然是充满强大和圣美的自然，是充满神性的自然。①

人与人、人与物、人与自然宇宙的交流、融合、关联、渗透、呼应，这一切之所以能够进行，能够被敏锐地感受着，那是因为这个人的自身敞开着，只有处于敞开的状态，诗人才能感受到万物的存在以及诗人火热的心灵。冯至的诗歌无疑受到了存在主义哲学家海德格尔、基尔克郭尔的影响。他提到基尔克郭尔时说："基尔克郭尔在他的时代里出现，有如一颗彗星忽然悬在天边，预示一些不幸的事，好像就是不幸的本身。其实正相反，不幸却是隐藏在当时的社会里，被蒙蔽着，被隐瞒着，经他一照，显露出来了。基尔克郭尔的一生没有家庭，没有职业；他的任务是什么呢？他自己说得好：他不是一个宗教改革家，不是一个冥想的、深刻的天才，也不是一个预言者、先知，——而是一个'警察之才'。这个警察之才用什么作他的根据呢？'正直'是他最后的、不能动摇的道德。"基尔克郭尔提倡一种"凭理观察"。什么是"凭理观察"？就是把主观与客观的冲突泯除了。在这时代人人都要凭理观察。这种凭理观察，说它是抽象的思想吧，它并不能深入；说它是主观的意见吧，又没有个性的血气。一个思想家能为了他的学说、一个常人能为了他的生活，有固定的意见和信念。但是一个凭理观察者是凭理观察一切，没有一点固定东西。② 凭借着对基尔克郭尔的理解，诗人冯至开始了对社会和人生的独立思考，正如他在十四行诗的第四首中写道：

> 我常常想到人的一生，
> 便不由得要向你祈祷。

---

① 王庆节:《道之为物:海德格尔的"四方域"物论与老子的自然物论》,《中国学术》2003 年第 3 期。
② 冯至:《一个对于时代的批评》,《冯至自选集》,首都师范大学出版社 2008 年版,第 432 页。

你一丛白茸茸的小草
不曾辜负了一个名称。

但你躲避着一切名称，
过一个渺小的生活，
不辜负高贵和洁白
默默地成就你的死生。

一切的形容，一切喧哗
到你身边，有的就凋落，
有的化成了你的静默。

这是你伟大的骄傲
却在你的否认里完成。
我向你祈祷，为了人生。

冯至正是在对基尔克郭尔的理解中进行自己的诗歌创作的，他说：

　　嫉恨是庸凡的、无能的人心中隐伏着，蔓延着，到了相当的时候，会摇身一变，变为光天化日之下的道德的标准！（看中国有多少称赞平庸、无能污秽和愚笨相的道德；它们不但要窒息扼杀特出之士，并且每每要预防他们的产生。）所取的方法是"平均一切"。基氏说：一个有深情的时代是勇猛前进，有兴有衰，有树立，有压迫，但是一个考虑的、没有深情的时代却正相反：它窒息，阻止，它平均一切。……若是反抗的最高度像是一座火山的爆发，甚至人们都听不见他自己的语声，那么"平均"在它的最高度就像是死的寂静，人们能够听到自己的呼吸，什么也不能兴起，一切都无力地往这死的寂静里消沉下去。
　　"平均一切"，是一种抽象的势力，把一切都湮没了。所以现代的人,不属于神,不属于自己,不属于爱人,也不属于他的艺术和他的学术,而是属于这个抽象的势力:"考虑"把他平平稳稳地安排在这个势力里边。

"若是平均一切能以成功",基氏说,"必定要先制造出一个幻象,一个精神,一个非常的抽象,一个包罗万有、而又是虚无的事物,一座蜃楼——这个幻象就是公众。只有在一个没有深情、只有考虑的时代,这个幻象才能够依附着报纸的帮助发展……"公众把一切的"个人"融在一起,成为一个整体,但是这个整体是最靠不住,最不负责任的,因为它任什么也不是。一个时代、一个民族、一个团体、一个"个人",都是一些把握得到的具体,所以它们能够有责任心、惭愧心、忏悔心,——这些,公众却都没有。①

在冯至的心中,经常用自己的现实去拷问德国哲学家所提出的问题,思考诗学世界在现实关照下所催生的人生问题。西方的母题是形而上的,但是他思考的问题却是中国人心中萦绕不去的情感和理想。正如他在十四行诗第五首所慨叹的那样:"我永远不会忘记/西方的那座水城,/它是个人世的象征,/千百个寂寞的集体。/一个寂寞是一座岛,/一座座都结成朋友。/当你向我拉一拉手,/便像一座水上的桥;/当你向我笑一笑,/便像是对面岛上/忽然开了一扇楼窗。/只担心夜深静悄,/楼上的窗儿关闭,/桥上也断了人迹。"②

二

冯至的诗歌,是在批评浪漫派中慢慢成熟起来的,处在 40 年代那种国破家亡的社会,内心的孤独和寂寞是无法言表的。40 年代苦难而复杂的社会形势,使得风花雪月的吟唱显得不合时宜,时代需要的是深刻的体验和认识,而浪漫主义的情绪感伤是不大经得起"一个苛刻而精炼的读者的缓慢而处处有抵抗的阅读的"。冯至有针对性地指出中国新诗中存在的弊端:"中

---

① 冯至:《一个对于时代的批评》,《冯至自选集》,首都师范大学出版社 2008 年版,第 430—431 页。
② 冯至:《冯至作品新编》,人民文学出版社 2009 年版,第 110—111 页。

国新诗的一个时期沾染上矫揉造作,搔首弄姿的毛病了,追溯病源,一部分由于模拟西洋象征派诗的皮毛,一部分由于依恋词里边狭窄的境界。"①

　　冯至开始了对现实的关注,面对 40 年代那种时代,心灵逐渐从浪漫派转向了现实主义,这时他又钟情于杜甫和歌德了。他说:"从表面上看,他们的生活和诗歌创作,有不少类似的地方。他们都是从儿童时就起始写诗,杜甫七岁时写诗歌咏凤凰,歌德八岁时写诗给他的外祖父母祝贺新年。在青年时期,杜甫漫游祖国的许多名胜古迹,'放荡齐赵间,裘马颇轻狂';歌德参加当时文艺界的'狂飙突进'运动;他们都度过目极八荒、睥睨一世的浪漫生活。中年以后,二人从两个截然不同的方面接触现实,杜甫在 35 岁到了长安,目睹唐朝的统治者从贤明转向腐败,越来越深刻地感到国家的危机和人民的痛苦;歌德在 26 岁到了魏玛,为一个人口仅及 10 万的封建小邦服务,担任重要的行政工作。二人都经历了历史上划时代的大事件,唐代的安史之乱使唐帝国由强盛而变得衰弱,社会经济发生了巨大变化;法国的资产阶级革命和拿破仑的兴起与失败都震撼了整个的欧洲。"②这表明冯至的诗风已经从初期的浪漫主义转向了现实主义。所以他写作的诗有着不同的调子,如他的十四行诗的第六首:"我时常看见在原野里/一个村童,或一个农妇/向着无语的晴空啼哭,/是为了一个惩罚,可是/为了一个玩具的毁弃? /是为了丈夫的死亡,/可是为了儿子的病创? /啼哭得那样没有停息,/像整个的生命都嵌在/一个框子里,在框子外/没有人生,也没有世界。/我觉得他们好像从古来/就一任眼泪不住地流/为了一个绝望的宇宙。"

　　深处绝望的现实,都市生活的腐化与无奈,使得诗人从追求理想和美好的诗境中游离出来,最不愿意接受残酷的现实和都市一样的庞贝废墟。这种心境在作者 20 年代写作《北游及其他》的序言中写道:"但是,那座城对我太生疏了,所接触的都是些非常古怪的人干些非常古怪的事,而自己又是骤然从温暖的地带走入荒凉的区域,一切都没有准备,所以被冷气一袭,便手

---

① 冯至:《关于中国新诗的随感与偶译》,《中国新诗》1948 年第 5 期。
② 冯至:《歌德与杜甫》,《冯至自选集》,首都师范大学出版社 2008 年版,第 371 页。

足无措:只是空空地对着几十本随身带来的书籍发呆,可是一页也读不下去。于是:在月夜下雇了一支小艇划到松花江心,觉得自己真是一个最贫乏的人的时候也有;夜半在睡中嚷出'人之无聊,乃至如此'的梦话,被隔壁的人听见,第二天被他作为笑谈的时候也有……虽然如此,但有时我也常在冰最厚、雪最大、风最寒的夜里,独自立在街心,觉得自己虽然不曾前进,但也没有沉沦……"①残酷的现实使得诗人不得不摒弃浪漫主义的怀想,遁入现实主义中来。正如他在十四行诗第九首中吟唱的:"你长年在生死的边缘生长,/一旦你回到这堕落的城中,/听着这市上的愚蠢的歌唱,/你会像是一个古代的英雄/在千百年后他忽然回来,/从些变质的堕落的子孙/寻不出一些盛年的姿态,/他会出乎意外,感到眩昏。/你在战场上,像不朽的英雄/在另一个世界永向苍穹,/终归成为一只断线的纸鸢:/但是这个命运你不要埋怨,/你超越了他们,他们已经不能/维系住你的向上,你的旷远。"冯至的对现实的绝望,内心的痛苦与鲁迅的心境是一样的,他迫切需要在诗歌中呐喊。

冯至与鲁迅的诗心是一样的。鲁迅的《野草》里有一篇《一觉》。1926 年 4 月 10 日鲁迅写了散文诗《一觉》,深情地回忆了包括冯至在内的《浅草》——《沉钟》社社员在文学上的认真工作给自己留下的深刻印象:"是的,青年的魂灵屹立在我的眼前,他们已经粗暴了,或者将要粗暴了,然而我爱这些流血的和隐痛的魂灵,因为他觉得是在人间,是在人间活着。"并在篇末感慨地说,"在编校中夕阳居然西下,灯火给我接续的光。各样的青春在眼前——驰去了,身外但有黄昏环绕。"②由此可知,鲁迅写成《一觉》的时间确是 1926 年 4 月 10 日黄昏,冯至的第十一首十四行诗正是根据鲁迅的创作把这首诗的第一句改为"在许多年前的一个黄昏"。冯至在这首诗里写出了鲁迅绝望之中仍怀希望的心情:"在许多年前的一个黄昏/你为几个青年感到'一觉';/你不知经验过多少幻灭,/但是那'一觉'却永不消沉。/我永久怀

---

① 冯至:《冯至作品新编》,人民文学出版社 2009 年版,第 431—432 页。
② 《鲁迅全集》(第二卷),人民文学出版社 1981 年版,第 224 页。

着感谢的深情/望着你，为了我们的时代：/它被些愚蠢的人们毁坏，/可是它的维护人却一生/被摒弃在这个世界以外——/你有几回望出一线光明，/转过头来又有乌云遮盖。/你走完了你艰险的行程，/艰苦中只有路旁的小草/曾经引出你希望的微笑。"

如果说鲁迅给了青年诗人冯至的无穷的鼓励的话，冯至也从鲁迅那里接受了不屈意志的向导，他还把现实主义诗人杜甫化作革命时代革命先烈们的号角，他在第十二首十四行诗中写道："你在荒村里忍受饥肠，/你常常想到死填沟壑，/你却不断地唱着哀歌/为了人间壮美的沦亡：/战场上健儿的死伤，/天边有明星的陨落，/万匹马随着浮云消没……/你一生是他们的祭享。/你的贫穷在闪烁发光/像一件圣者的烂衣裳，/就是一丝一缕在人间/也有无穷的神的力量。/一切冠盖在它的光前/只照出来可怜的形象。"诗人敏感的心灵之下，是一种潜意识的挥发，这种潜意识借助于诗人的意象，在理性之光的烛照下，以自觉把握诗人自己的潜能。

在研究诺瓦利斯的过程中，冯至对这位精神导师给予了特别的关照，诺瓦利斯是自然和精神的对话，他的诗风是优美。冯至说，诺瓦利斯的诗歌本身就如同一个世界，"在这里，一切界限都消失了，所有的距离都相互接近，所有的对立都得到融合"①。冯至到了 40 年代《十四行诗》的完成，才标志着对诺瓦利斯自然与精神对比的体验得以在自己的诗歌创作中完美地实现。他的诗歌的源头不仅流淌着德国浪漫派的血液，也浸透着中国传统诗学的灵魂，那便是杜甫诗歌的和谐之音，转向了对浪漫派的否定，祈求于现实主义的大旗，发出了新诗革命性的呐喊，这种呐喊既有外来传统的革新，又有民族传统的未断的灵魂，他像一位不知疲倦的英雄，他敞亮自己的心灵，怀着对中华民族无比崇敬的心情，在《十四行诗》的第二十四首重唱道："这里几千年前/处处好像已经有我们的生命；/我们未降生前/一个歌者已经/从变幻的天空，/从绿草和青松/唱我们的运命。/我们忧患重重，/这里怎么竟会/听到这样歌声？/看那小的飞虫，/在它的飞翔内/时时都是永生。"

---

① 张辉：《1920 年代：冯至与中德浪漫传统的关联》，《国外文学》2010 年第 3 期。

第十章　历史叙事、田园诗与沈从文小说创作中的牧歌传统

　　沈从文湘西叙事中所刻画的一些人物近似于神话中的神祇,他们也是一种现成的隐喻,是"美的模型":他们是神圣的爱、最勇武的力、最纯洁的血的象征。他们的"人性"是如希腊诸神那样的完美;希腊人的本性是把艺术的一切魅力和智慧的全部尊严结合在一起,不像我们的本性最终因为过于中规中矩而丧失了。希腊人不仅以我们的时代所没有的那种单纯质朴使我们感到羞愧……希腊人的文化既有丰满的形式,又有丰富的内容;希腊人既能从事哲学思考,又能创作艺术;既温柔,又充满力量。在他们身上,我们看到了想象的青年性和理性的成年性的一种完美的人性。因此,他们的故事的真实性不在于与事实是否相符,而在于他们所蕴含的单纯质朴,富有神性、艺术性的完美的"人性",这就是希腊人人性所存在的本真。这正是沈从文要表达的"真理"——生命的完整的形式。他们的美,并不是因为他们是美的,而是沈从文在纯粹性和实体性中所看到的实体的美之光照洒落在他们身上。①

　　对于像沈从文这样的文学家,他可能更关心诗意的生活和美感的创造。沈从文湘西诗意的背后,寄托了他对传统伦理与美学的眷恋和对现代文明的无望的抵抗。

---

① 〔德〕西美尔:《柏拉图的爱欲与现代的爱欲》,载刘小枫主编《人类困境中的审美精神》,东方出版中心1994年版,第262页。

一　沈从文与他的湘西世界

沈从文曾经在北京生活过，在抗战时期，又从北京流落到昆明的西南联大，饱经沧桑的人生经历，使得他经常在光怪陆离的城市生活中回忆起自己的出生地故乡湘西。他看到了城市与经济繁荣的背后，是人性的堕落。

中国近代城市化的发展，使得中国也形成了像上海等沿海发达的城市，但是在这个海洋文明的背后是落后的内陆的农村社区。在这种畸形的现代文明背后，沈从文看出了其中所隐含的弊病。他以坚守传统文化为己任，以自己的回忆抵抗现实，以诗性的自然和乡村抵抗着现代文明对古老的田园的吞噬。从这点上，作为有着诗性思维的作家的沈从文具有了浪漫主义的一些特征。

沈从文从先辈那里接过了武器，开始了对历史的美化和向往，以回忆抵抗现实，以文学之想象抵抗死一般的科学逻辑，表现出回到中世纪传统的田园诗般的人性社会。沈从文的笔下，湘西这一片净土，山川的纯净自然以及青山绿水赋予了翠翠天然的美丽和温柔。在沈从文的笔下，湘西的边民非常赋有自然的天性和人性。一系列土匪题材的小说，如《一个大王》中河街上的妓女们不仅可爱美丽，而且富有人情味，即使暴虐的山大王也有男儿的血性，为了与女土匪的爱情而铤而走险，终致引火烧身。[1]

在乡村题材上深受废名影响的沈从文，他的牧歌体除了中国儒家、道家传统文化内涵和少数民族质朴而单纯的原始文化色彩之外，还带有超乎狭隘的地域性的抒情性和诗性，表现出一种所谓"神性"——这或许和他吸取异族文化精神资源有关。

沈从文的中国浪漫主义没有宗教传统和神秘怪诞的风格，而是承袭了中国的老庄佛禅和山水田园诗的传统，具有明朗而达观的诗意风格。沈从

---

[1]　沈从文:《续废邮存底·美与爱》，转引自杨义《中国现代小说史》(第二卷)，人民文学出版社 2005 年版，第 231 页。

文小说中所展现的中国浪漫主义诗性,更多的是一种东方诗性的浪漫主义。沈从文在一些小说里,将主人公孤立起来,成为一个"悲剧"倾向的人物,有时以他们的"死亡"做作品的结尾。这也是他们获得和大自然结合的另一种方式。小说所展示的过去的场景中,沈从文所描绘的湘西是一个充满忧郁和哀伤的世界,对悲剧的审美趣味促使他去创作他的一种自在而超凡脱俗的湘西世界。虽然艺术作为人的想象力表现,是一种有限的工具,不能够真正找回"神圣"的原初经验,却为现代性焦虑提供了一条化解的出路。他曾说过:"美丽总使人哀愁。"这也与现代主义鼻祖波德莱尔的看法接近,波氏对他的启发,使得他才能写出湘西人们的淳朴民风亦即哀乐,这一切经过沈从文的细腻的描摹,展现出了一幅幅湘西动人的风俗画。把人性与大自然结合起来,这种叙事模式中隐藏着沈从文对于社会上各种尔虞我诈的不满心理,他的浪漫故事所表现出的"乡愁"情绪和对于原始文化的向往表达了他在现代文明及都市生活的不满情绪。沈从文通过艺术想象对于人性压抑的世界提出抗议,用艺术为语言争取最高的自由形式而斗争。

沈从文虽生活在现实世界里,但是作为少数民族,他的小说又以对他这种处境的否定为出发点,他将希望和憧憬、超越具体现象的艺术和人生的意义寄托在彼岸。这种审美直接表现在他的小说形式上:他一方面要考虑叙事的真实,一方面又要表达超越的意义。解决的办法,便是从文体风格上使作品充满神话色彩和诗意。在他的小说中,常常会有这样的处理方式,人物的"说话"被写成是"唱",一个山民口中所说出来的也"全是'诗'"。这种风格上的实验并不总是成功的,有时会让读者感觉他的创作与现实世界脱节,但无论我们愿意与否,他的这类小说还是有其独特价值的,因为它们反映了作家对现代性困境的审美反抗。

沈从文所描绘的苗民的精神气质具有乐观开朗、自由开放、不重物质的性格,他们较少受传统的道德观的束缚,而是表现出率性而为、个性自由不羁的精神品性,苗民身上所具有的这些优秀品质,为沈从文的创作奠定了文化基调,苗族人自由、开放以及浪漫的性爱文化成为着力描写的聚焦点。

二　沈从文与湘西田园牧歌式书写

在沈从文一系列湘西小说和散文的创作之中,自然成为他创作的源泉,这是文学家创作的环境和诗意的书写的源泉。《月下小景》中"松杉挺身于嘉树四合的山寨",微风中的稻草香味、泥土芬芳的气息,都令我们神往。在这个审美的世界里,自然不仅是人活动的场景,而且成为人的一部分,成为纯洁、本性的象征,是超脱世俗功利、疗救人性异化、孕育自然人格的场所。沈从文的乌托邦的世界,是滤去了阶级关系、贫富等级、是非利欲,只重一个情字的审美世界。《边城》中没有人与人之间的阶级对立和剥削,没有为富不仁、弱肉强食的现象,只有相互之间的和谐、真实和单纯。①

沈从文在一些小说里,将主人公孤立起来,成为一个"悲剧"倾向的人物,有时以他们的"死亡"作为作品的结尾。在《月下小景》里写的是西南民俗学中通行的主题:自杀殉情。在故事里,按照苗民的民俗,女人可以同第一个男人恋爱却只许同第二个男子结婚。傩佑和他的恋人无法顺从那陋习,最后二人选择死亡,选择与自然的神意合二为一。他们所处的世界应是"亚当和夏娃所住的乐园"——那乐园是一个自然、艺术与人性之间没有任何隔阂的世界,而不应是这"必须思索明天"的现实世界。这时的边民世界是一种现代世界的缩影,而小说里恋人的天真无瑕的爱情预示着人类与自然之间应当恢复的面貌;他们之所以自杀殉情,是因为"真的生存意义却结束在死亡里","战胜命运只有死亡,克服一切惟死亡可以办到,最公平的世界不在地面,却在空中与地底"。《媚金·豹子·与那羊》也是一对恋人为浪漫爱情而自杀身亡的故事。它有可能是沈从文虚构的传奇,但在西南一些民间故事里面可以找到。如果年轻人一起自杀,他们将"永远年轻,永远与心爱的人在一起";他们将随风漫游,不再有死有生,而有永恒的青春和幸福。他们的这种行为预示着在我们所处的冷漠和陌生的人被异化的现实世界里,在这样一个性压抑的文明世界里,只有人们"在一个自己选择的时刻自取灭亡",

---

① 杨春时:《现代性与中国文学思潮》,三联书店 2009 年版,第 247—248 页。

才是"生命的实现"唯一的方式。

在西南民族的宗教文化之熏陶中成长的沈从文在基督教《雅歌》中找到了一个与本民族文化近似的象征和隐喻。在沈从文的创作中,他不仅揭示了不同民族文化经验之间的吻合,通过自己的创作实践对《雅歌》语言进行一番提炼,还建构了一种跨越两种文化的喻象和审美的象征。

沈从文的思想与托·斯·艾略特的荒原说法相似。例如英国的英国诗人兼批评家福克纳看待历史时,实质上沿用了托·斯·艾略特的说法。

福克纳一生也是在写作一个很小的美国南方的地方,沈从文一生也离不开他的湘西世界,从这两位著名的文学家那里可以看到弗洛伊德的思想和乔伊斯的文学风格的影响。因为弗洛伊德潜意识的思想与乔伊斯意识流对福克纳的影响很大。在沈从文湘西世界的背后,担心的是民族性的丧失。

沈从文的乡土创作,不是要为现代人构筑"世外桃源",不是要为精神上的逃避和单纯的审美愉悦而廉价地使用文字,他试图从乡土中寻找个人和民族生命的根,以救治现代文明的庸俗和堕落。他曾经挖苦青年人用求学名分跑到大都市里享受腐烂的现实,"并用'时代轮子''帝国主义'一类空洞字句,写点现实论文和诗歌,情书或家信"。少数有理想有志气的,"也只是就学校读书时所得到的简单文化概念,以为世界上除了'政治',再无别的事物"。①

沈从文的牧歌体创作是从原始的宗教形式中寻找新的文学表现资源,他追求一种纯粹美感的田园生活,对地方乡土的乌托邦向往,使得我们认识到在现代社会,在各种错综复杂的矛盾与冲突中,民族的灵魂比技术更为重要,因为它是我们民族文化的基因。为了反对现代性,必须用浪漫主义来疗救技术文明之后的伤痛。

---

① 张新颖:《20 世纪上半期中国文学的现代意识》,三联书店 2001 年版,第 427 页。

第十一章　贾平凹小说创作中的乡土文化意识

　　鲁迅在《中国新文学大系》之《小说二集》之序中指出:"……凡在北京用笔写出他的胸臆的人们,无论他自称为用主观或客观,其实往往是乡土文学,从北京这方面说,则是侨寓文学的作者。"又说,他们的作品大都是"回忆故乡的","因此也只见隐现着乡愁"。所谓"乡土小说",主要就是这类靠回忆重组来描写故乡农村(包括乡镇)的生活,带有浓重的乡土气息和地方色彩的小说。鲁迅是现代小说开风气的大师,他的《孔乙己》、《风波》、《故乡》等都出现得较早。沈从文的《边城》以写湘西淳朴的民风而著称。越是乡土的,越是能打动人。而当代乡土小说的重镇则转移到了西北这块有着浓厚传统文化积淀的土地。

一

　　西北这块热土,不仅有着信天游一样的民歌和淳朴的民风,也产生了以路遥、陈忠实、贾平凹等为代表的西北乡土小说家,他们的作品充满着一种深厚的西北乡土文化气息,那忧郁的埙音、秦腔和憨厚的民俗,代表着西北作为当代文化重镇的高亢之音。人们必须摒弃观念中轻视西部地区和乡土文学的思维陋规,因为经济上的落后绝不等于人文的赤贫,恰恰是经济落后的地区往往能创作出具有乡土文化特色的文化和小说。而当代西北风的小说是有着悠久传统的中国乡土文学在新时代和新地域上的发展、延伸,是中国处于主流地位的现实主义文学的一个重要地域性的分支。

　　放眼文坛,处于风潮中的众多文学作品看似是对于中国现状的真切表现，实际上只不过是对于种种都市时尚生活、时尚感受和时尚人生样式的描述。而相比之下，西北作家群中的路遥、陈忠实和贾平凹则独树一帜，文笔到处充满着赵树理式的朴实的西北风，其实力震撼了当今中国的文坛。

在当今文学创作中，乡土文化背景给了作家巨大的抚慰和灵感。乡土文明代表着与现代都市文明迥然不同的文化土壤，它不仅有美丽的自然，也是产生艺术的温床。作为西部文明的代表，西北曾是中国周、秦、汉、唐文明的代表，它曾经创造了中国古代文明的辉煌，而在现代都市文明的烛光照耀下，则成为一部农耕文明的博物馆，人们在展现兵马俑的光辉的古代文明的背后，却忘记了隐藏在其背后的先进的秦代文明。但是在作家的笔下，它却是灵感的寄宿地，是缪斯，是他们创作的源泉。1993 年贾平凹发表了《废都》这部给他带来极大争议的小说。作品中对性行为的自然主义白描和下意识地倾泻出来的玩味欣赏心理，对女性形象的"物化"处理与艺术塑造以及文本中无处不在的都市颓废气息和波德莱尔式的恶之花的病态描写，久为读者所诟病。然而，穿过这些表层现象，我们会惊讶地发现，贾平凹在文学成为弃妇、文学日益边缘化的尴尬处境中，率先捕捉到了知识分子精神沉沦、灵魂失落的生存状态。《废都》中庄之蝶的形象，对文学史上惯有的知识分子作为人类的"精神导师"、"社会良心"的形象书写是一次彻底的改写。

在后现代的社会中，作为一切思想家的领域被阉割了，因为不管是思想家，还是自觉有思想的知识分子已经失去了自己的尊严，作为思想者的载体的知识分子是一个难有根据地的游击分子，社会不需要思想者，只需要感觉和享乐的消费。后现代社会是一个消费物质的社会，人们在感觉中生活，人们以满足为欲望，以无聊为追求，以工业品为个性。人们不需要没有价值的思想者，思想者的出现不免会以暴露的光屁股出现，丧失最后的一块遮羞布，因为思想者想以虚荣为自己挣得金钱，再以金钱换回虚荣，他们以满口的"性交"和"做爱"来显示自己的背叛意识，以证明自己是另类的思想者，他们以满腹的所谓学识来换取女性或男性崇拜者的"性感"的微笑。在后现代社会，贾平凹在《废都》的文本中描写了思想者或者说知识分子的悲哀，他必须在自己的头脑中思考，他必须在荒凉的无何有之乡孤独地前行。

二

在当今的工业社会的浪潮中,中国社会进入了一个新的转型期。转型即由社会主义计划经济转入社会主义市场经济,由农业社会转入工业化社会,市场化和商业化是其典型标志。《废都》表现了转型期中国文化以及文化人的思想观念及生存。这部作品不仅表现了经济繁荣背后人们道德的沦丧,假奶粉、食品污染使人们最希望对准那头奶牛直接吸奶,更描述了经济繁荣背后的文化荒芜。为了抗击商业对文化的冲击、商业对人的腐蚀作用,贾平凹希望从历史中寻找过去文化的辉煌,以思古之幽情凭吊现实文化的颓败。《废都》表现的是历史辉煌过后的废墟。①

如果说《商周三录》还留有一些当时社会的思维惯性的话,那么,这种对现实社会变革的参与并没有延续太久,贾平凹很快就把笔触宕开,于1986年到1992年推出了一系列别具姿态、内蕴混沌、颇有现代主义味道的新笔记体小说《五魁》、《晚雨》、《白朗》等。在《太白山记》中,作者隐晦地表达出自己在病中对生命、世态的玄想与感悟。"土匪系列"小说,表达了作者对生命强力的呼唤,对自由洒脱的生活的追求,给人以野性的魅力与震撼。作者别出心裁地塑造出了一系列善良、多情而又温柔的土匪形象,同前人有关土匪的文本形成了潜在的对话与对抗,颠覆了前人话语中的土匪形象模式,深化了作者对人性的思考。作者在作品中穿越了道德伦理的边界,对笔下人物左冲右突而无法摆脱生存的荒谬感的存在状况给予了极其到位的表达。因此有学者认为,这组作品"其中心话语是关怀人的生命存在境遇,尤其是注重对人类生命存在困境的追问和表达"。

可以说没有西安这块文化之土,就不可能有西北作家群的创造性的小说文化。西安是西北重镇,是著名古都,是渭河平原的一颗明珠,而渭河平原是秦汉文明乃至中华文明的发源地之一。西安让人想起悠久的文化、灿烂的文明,具有一种寓意,是中华文化的一种符号。《废都》所描写的西京也

---

① 张喜田:《两都赋:经济的浮华与文化的废墟》,《河南师范大学学报》(哲社版)2004年第5期。

具有辉煌的历史。文中一再出现历史古迹、秦砖汉瓦、显赫身世、文化掌故等。作品以怀旧的方式描绘了一幅长长的历史画卷。但是,到了现实中,文物却不被重视,经受风雨侵蚀,在凄风苦雨中萧瑟着。人们对文化也不太重视,文化已经染上了铜臭气,正如新上任的市长所修的秦汉街、唐宋街、明清街一样,不是为光大传统文化,而是为了赚钱,旅游经济无疑是借尸还钱。废都之"废",显示了人文精神在市场经济中的丧失。

女性是作家作品中的一个重要的叙事角色,但在《废都》中作者笔下的女性明显带有男性立场的视野。女性成为男性想象中的被动地位,以她的灵魂的被救赎来显示人文学者的不甘寂寞。因为,在当今时代,人文学者企图摆脱自己尴尬的边缘状态,而企求于唯美的女性,来印证自己的存在价值,想以此来唤回失去的人文价值。《废都》中到处充满着赤裸裸的性描写,均表现出了男主人公与漂亮女性的婚外性关系。贾平凹以反讽的手法揭示出后现代社会物质的腐化与情色的变异,大多以正面描写渲染,实则给以贬斥的心理,表现出了多层次的矛盾。唐宛儿与庄之蝶的性交往带有彻底的献身精神,柳月的倾心表现了下等侍女的攀高姿态,阿灿的无怨无悔表现了对名誉的贪婪与追求。贾平凹往往以性的描写与追求来反照作家或人文学者在现时代的精神性的丧失。因为,在后工业化时代,人文学者丧失了教导大众的能力和责任,他们是一群彷徨的自恋狂者。这不仅象征西北的经济与人文的落差,也是中国的一个缩影,随着中国全球化的浪潮和西化的加剧,这种心理的反差越来越大,中国传统文化正在失去最后的阵地。

贾平凹在创作中不断通过"变化"来实现对自我的超越:《商州三录》模糊了散文与小说的文类界限,突破了纪实与传奇的畛域,广泛吸取魏晋志怪小说、《世说新语》、唐传奇、方志、民间所传笔记野史中的有益元素,以当代文化视野为参照系,把写作主体心态、情绪的外射与传神、写意的简约笔法结合起来,是一次跨文体的风格诡谲另类的文本试验。《怀念狼》采用第一人称的叙事视角,人物设置与结构模式,颇似对唐僧师徒四人西天取经的比拟,也有人将之与西方的"流浪汉小说"相提并论。小说融魔幻、志怪、神话、传奇、野史于一炉。贾平凹的小说背景不仅来自陕西这块文化土壤,连小说的体裁与创作也来自西北丰富的文化遗产。

《怀念狼》以人类文明的进化史，以自然界尤其是动物的退化为背景，揭示了在生态环境失去平衡的状态下人类自己的悲哀与无奈。大熊猫在人工饲养的情况下，丧失了独立生存的能力，不管人类如何呵护，类的绝灭成为不可避免的命运。在小说中，贾氏把人类的生存状况提升到哲学的高度，对人类的命运进行了独立的思考。正像汉娜·阿伦特所说的，"生活中合适的可以摸得着的东西正是生活过程本身。他们的消费仅能维持生产行为的本身，在密钥的世界中，所有那些完美的事情确实对生活中的人们是有用的，对于生存来说是一种必需，对于类的持续来说通常都是短暂的，像这样如果他们不是为了使用而消费，那么注定会消亡或者自我毁灭。经过在世界上的短暂停留，他们要么通过吸收成为人们的生命体过程，要么自我毁灭。"贾氏出身于商州，正是通过商州之地狼群的逐渐减少，描写了人类生存的一种悲哀和幻灭感，而这种感觉正是通过以狼为视角的狼性思考来体验的一种人类孤独感。

贾平凹的小说继承了早期五四作家关于乡土小说创作的触痛。例如早期的乡土小说家王鲁彦的《菊英的出嫁》是实写冥婚的，菊英母亲为十八岁的女儿找到婆家，小说按照两边家长严格讲究的地方婚嫁习俗，展开一幅幅具体生动的风俗画，直到后来才让人省悟原来新郎新娘皆是去世多年的人。细密的场面和人物描写，显示了古老中国农业社会落后于时代的步伐，而这种奇特的封建陋习叙述得越具体可见，就越发使人对这落后性深感震惊。周作人曾经说过："若在中国想建设国民文学，表现大多数民众的性情生活，本国民俗研究也是必要，这虽是人类学范围内的学问，却和文学有极重要的关系。"在贾平凹的作品中，乡村文明史作为都市文明的对立物而愈益显示出自己的美好，乡村世界中男人们顽强的生命活力与都市文明相比更加触目惊心。贾平凹在对乡村的民风土俗、山川景物进行描绘时，充满了陶醉与留恋。

在《废都》中，作者设置了"牛"这位"哲学家"的角色。"牛"代表着农耕文明，有时又直接转化为作家的代言人，对城市文明的虚伪与堕落进行辛辣的批判和讽刺,而对乡村文明则极尽美化之能事。例如贾氏的早期作品如《月迹》、《山地笔记》中,乡村世界是一尘不染的,单纯而美好,它显然与作家的故乡情结有关。

在散文领域,贾平凹也不断开拓疆土,从汉唐雕刻、绘画等艺术中获得顿悟,极力摆脱散文的狭小格局,追求力度与气魄,逐渐由唯美走向憨拙大气。从中我们可以看出正是丰厚的陕西古代文化的陶冶给了他的散文创作以灵气和灵感,艺术对作家创作的作用是潜移默化的。

贾平凹不仅有佛家飘逸的人生情趣,像敦煌的飞天,又有儒家悲怆沉重的人生意念,轻盈淡泊而又富有深厚的文化底蕴。他的小说和散文刻意追求一种安于自然、悠寂闲适、宁静而淡远的乡土田园之美。他常常通过家乡商州的本真和率真来呈现野趣的山野世界。

综上所述,人们必须摒除观念中轻视西部地区和乡土文学的思维陋规,因为经济上的落后绝不等于人文的赤贫,而市场的萧条也不等于文学精神的荒芜。西部乡土小说,是有着悠久传统的中国乡土文学在新时代新地域上的发展延伸,是在中国处于主流地位的现实主义文学的一个重要的地域性分支。

第十二章　对中国文化与文学的关照和解读：
　　　　从白璧德到庞德

　　五四这一代知识分子最不缺的是对中国传统文化激烈的批评。陈独秀、鲁迅、胡适、钱玄同、吴虞、吴敬恒这一批开启中国思想现代化的先驱学者，对中国的传统从语言文字到文学、艺术、戏剧、孝道、家庭制度，无一不持批判的态度。陈独秀创办了《青年》杂志，成为传播新思想的主要刊物；鲁迅在《呐喊》自序中，以"铁屋"来象征中国的黑暗和封闭；胡适则沉痛地指出："中国不亡，是无天理"；吴敬恒要大家把线装书丢进茅厕；钱玄同更主张废灭汉字，径用世界语取代之，更自号为"疑古玄同"；吴虞则被胡适誉为"只手打孔家店的老英雄"。

　　在这样一个批判旧传统的大环境里，梁实秋有着极为特殊的地位。他对中国文化的态度，既不是极端的激进，也不是守旧卫道，而是表现出一定的依恋和欣赏。鲁迅发表《小品文的危机》之后，1933 年 10 月 21 日，梁实秋在天津《益世报文学周刊》发表了《小品文》一文声援林语堂，指出鲁迅太过"霸道"，小品文应该允许有不同的风格，并不千篇一律的"有不平，有讽刺，有攻击"。即使有些小摆设，也不致消磨青年的革命志气。

　　之所以两者观点不同，就在于对传统文化的态度不同。在充满新旧冲突和东西方文化矛盾的大环境里，我们经常看到的是，"打倒旧礼教"、"废灭汉字"、"文学革命"、"全盘西化"这类带有相当"杀伐之气"的字眼。梁实秋很少横眉竖目地要"革命"，要"打倒"。他能从新旧之间看出调和共存的可能，而不是互相倾轧、你死我活。而以梁实秋为首的学衡派的西方精神导师正是美国的白璧德。

一

与当时美国的主流学风不一样,白璧德虽然对欧洲语言感兴趣,也学了法语、德语和意大利语,但他真正的兴趣则在古代语言,对拉丁和希腊语用力甚深。同时,他也开始对东方文化与语言产生了兴趣,特别是佛教和儒教。但他真正开始认真学习东方文化,则是在大学毕业以后。白璧德去了蒙太拿州的一所大学教希腊和拉丁语,积攒了一些钱,然后到了巴黎,随列维学习梵文和巴利文。一年之后,他回到哈佛上研究生院。白璧德一生都没有放弃对东方文化的研究,他在1927年曾撰有《佛祖与西方》,而他的最后一部著作是将佛教的《法句经》从巴利文译成了英文,由妻子整理,在1936年他身后出版。对于儒教,白璧德同样感兴趣,只是由于条件的限制,未能学习中文。因此,他对儒家的了解,主要通过法国汉学家的著作和《论语》、《孟子》的译本。对此,他有所遗憾。

白璧德曾经对他的弟子梅光迪表示,如果能年轻三十岁,就会学习中文。白璧德的新人文主义实际上是在批判美国的博士教育培养制度,而推重东方的通才教育,更为重视学生的知识培养和道德的训练。所以白璧德才会将目标转向东方和中国。白璧德的这种新人文主义思想对中国的学衡派和其学生艾略特都有深刻的影响。

白璧德是美国新人文主义的代表人物。关于艺术、诗歌和想象力,白璧德其实抱着一种浪漫主义的观点,这一点可以加以论证。他援引过《暴风雨》中的说法,"构成我们的料子也就是那梦幻的料子",在他眼里,芸芸众生生活在虚构或幻觉的环境之中。"幻觉乃是艺术的核心问题","艺术提供的是更高一层的现实的幻觉,只有通过一层想象性幻觉的迷雾,才能够捕捉"。"真正的艺术幻觉",他称为"一场醒梦",想象力,他誉称为某种本质性的真理之上,投了一层有如神赐的幻觉的迷雾。白璧德说,"想象力必须讲求自由而自发。幻觉和识力与无限意识,二者至关重要的融合,在真正的象征之中才可以发现",这时浪漫主义的公式,他已经彻底感到迷惑不解。因为和象征主义理论同声相应,故而白璧德居然有言,"想象力可以使得文字改变面貌,而且为文字灌注一种新颖而又活跃的超凡神力"。他甚至赞成"暗示力量",尽管他认为,我们这个时代"已经对暗示的力量走火入魔了"。①

自西方进入现代社会以来,人文主义的信条被人道主义逐渐所取代,西方人越来越多地把目光放到了世界和人类的进步,而不再是个体的自我完善上面,以至于人类在追求进步、攫取物质的战胜自然的过程中付出惨重的代价,那就是在精神上"失去王国"。在论证人道主义大扩张如何使人类失去体面时,白璧德列举了西方思想史上两位著名的人物——培根和卢梭。白璧德认为西方自16世纪以来之运动,其性质为知识和情感的极端扩张,这种扩张分别源自培根和卢梭。"一方则注重功利,以培根为其先觉,其信徒之主旨,在注重组织与效率,而崇信机械之功用;一方则注重感情之扩张,对人则尚博爱,对己则尚个性之表现。此感情扩张运动之先觉,则十八世纪之卢梭是也。""今日在中国已开始之新旧之争,正循吾人在西方所见之故辙。"

所以在白璧德看来,卢梭这样一个倡导博爱之人却把自己的儿子送到了孤儿院。卢梭在道德上是一个存在巨大漏洞的人。卢梭所倡导的无限制的自由和无边的人类之爱并没有在宗教缺席的情况下为人类建立另外一个天堂。平衡的原则或适度、和谐的原则就成为白璧德所说的人文主义的本质规定。所以在新青年们将中国传统一网打尽的时候,白璧德和中国弟子学衡派看来,中国儒家的中庸、和谐的人文关怀却成为补救西方文化的良药。

白璧德作为一位文学批评家,从审美感受力而论,在审美感受力和普通求知欲方面,流露出自身的局限性。他同样首先是道德主义者。不过必须强调的是,他是一位思想史家,力透纸背,博古通今:他致力于批评,道德和政治思想。尽管现代学术的繁荣已经使得白璧德的许多研究显得过时了,但是他的研究,在较短的一个范围之内,确乎追溯了法国批评的历史沿革,诸门艺术之间内在关系的历史沿革,想象力观念的历史沿革,原始主义和感

① ［美］雷纳·韦勒克:《近代文学批评史》(第六卷),杨自伍译,上海译文出版社2009年版,第47—48页。

伤主义,以及诸多相关论题的历史沿革。无可置疑,白璧德持有确乎不拔的看法,故而所有这些研究都带有偏见,而且又是曲解了他所研究的文本——比如白璧德力求把席勒描述为一位原始主义者——不过他的研究有一大功绩,就是认真看待思想问题,而当时的美国学术界,则几乎一味沉潜于求实考证的古籍研究。白璧德的视角包罗古代、英国、法国和德国文学,还浮光掠影涉及远东文学,所以促进了比较文学的事业,他历来强调地推荐这门学科,而对于它的隐患,也有恰当的意识。如今哈佛大学设立的比较文学教席,便以他的名字命名。在哈佛大学的课堂上,白璧德是颐指气使的人物,他对学生的影响,即使在他们转而反对他的时候,也是余绪犹存。只要提到托·斯·艾略特,就足以表明他的影响之深远。他在一群门人中所产生的作用,论者不可低估,诸如斯图亚特·谢尔曼、诺曼·福尔斯特、乔·伊·艾里奥特、牛顿·阿文、奥斯特·沃伦,以及哈里·列文,或者诸如范·维克·布鲁克斯和沃尔特·李普曼之类的"叛逆"者。在当年的学术界,白璧德几乎单枪匹马,他重申了文学研究的职能在于解释和批评。不论存在什么局限性,白璧德都值得称许,因为他维护了批判的自由:批评的必要性。[1]

白璧德生活在第一次世界大战之后,从斯宾格勒《西方的没落》出版之后,西方知识界开始普遍对西方文化进行反思。反思的结果是西方的物质与科技文明并不能使精神的西方获得人类的福祉。他们开始将目标锁定东方,探讨支撑东方文明背后的精神家园。可以说从白璧德的关照东方开始,到了庞德,简直可以说发生了一个极大的转变。庞德甚至要以东方文明来补救西方文明。

二

庞德与中国文化之缘开始于 1908 年,这一年,颇感"人生不如意"的他漂洋过海来到英国伦敦。在那里他结识了翻译家艾伦·厄普沃德,并读了厄普

---

[1] [美]雷纳·韦勒克:《近代文学批评史》(第六卷),杨自伍译,上海译文出版社 2009 年版,第68—69 页。

沃德翻译的《论语》节选。从此，中国文化，尤其是儒家思想文化成了他生命中
不可分割的一部分。数年后，他得到了费诺罗萨的私人手稿——一本关于中
国经典的札记。其中中文诗大约 150 首，有屈原、宋玉、班婕妤、白居易、李白、
陶潜、王维等人。

1917 年庞德在《新时代》杂志上发表了《偏狭的地方个人主义这个敌人》
一文，文章表达了他对西方哲学的不满和对中国儒家思想的认可。他认为
基督教和西方哲学缺乏社会秩序观，而这正是儒家思想的精华所在。他还
认为，《圣经》只是很多个世纪以来灌输给无助的人们的毒药，而儒家思想则
体现了政治家的思想方式，在考虑社会、强调社会和谐的同时，又尊重人的
个性。

到他翻译《诗经》的时候，庞德已经"流浪"大半生，其思乡之情又在《黍
苗》中情不自禁地流露出来：

> How home was good
>
> To come back to
>
> We'll go home from the border

此时，庞德已获法庭许可，被转到了伊丽莎白医院就医。但虽然身在家
乡，却还是自己民族的敌人，也没有人身自由。他痛感精神家园的失落，此
种矛盾和愁苦心情在《黍离》中找到了寄身之所，被表达得淋漓尽致：

> Straggling millet, grain in shoot,
>
> Aimless slowness, heart's pot scraped out,
>
> Acquaintance say: He is melancholy;
>
> Strangers say: what is he hunting now?
>
> > Sky, far, so dark.
> >
> > "This, here, who, how?"
>
> Straggling millet, grain on the stalk,

Aimless slowness, heart drunk with grief.

Acquaintance say: Ah, melancholy.

Strangers say: what is he hunting now?

　　　Sky, slate, afar.

　　　"This, here, who, how?"

Straggling millet, grain heavy in ear,

Aimless slowness, choking in heart

Acquaintance say: How melancholy.

Strangers say: what is he hunting now?

　　　Sky never near:

　　　"This, here, who, how?"

　　庞德在对《诗经》中的这首诗的翻译中进行了再创作。他将自己的感情和心灵的呐喊都融入诗歌的意境中。这就是流浪者的哀歌,是孤独者的呐喊,也是追寻者心灵的表白。这位流浪者、孤独者、追寻者不是别人,而正是诗人庞德本人。"melancholy"是流浪者的心绪,"hunting"是追寻者的脚步。"Sky, far, so dark"、"Sky, slate, afar"、"Sky never near"都是由"悠悠苍天"翻译过来,但已大大深化了原诗的本义,表达了译者本人家园丧失、追寻高尚的东西而不可得的哀叹。

　　为了忠实地表达原作的儒家思想,庞德不惜运用美国民歌风格翻译《诗经》,最突出的一篇是《小雅·黄鸟》。读着原文,一股浓郁的美国南部的乡土气息扑面而来:

Yaller bird, let my corn alone,

Yaller bird, let my crawps alone,

These folks here won't let me eat,

I wanna go back whaar I can meet

The folks I used to know at home,

I got a home an' I wanna' git goin'.

Yalla' bird，let my trees alone，

Let them berries stay whaar they'z growing'

These folks here ain't got no sense,

Can't tell em; nawthin' without offence,

Yalla'bird,lemme,le' mme go home.

I gotta home an' I wanna' git going'.

Yalla' bird,you stay outa dem oaks,

Yalla' bird,let them crawps alone,

I just can't live with these here folks,

I gotta home and I want to git going'

To whaar my dad's folks still is a growin'

译诗采用两种手段来突出民歌风格。一是诗中通篇使用不规则发音:
yaller(yellow)、yalla(yellow)、wanna(want to)、git(get)、whaar(where)、
nawthin(nothing)、gotta(go to)、lemme(let me)、dem(the);二是使用非常
语法结构:These folks here ain't got no sense、can't tell em' nawthin' with-
out offence。这些不规则的发音和语法结构,使诗歌染上一层率真、粗犷的
民歌情调,读来十分亲切。

有的译诗用词古雅,气氛庄严肃穆,很容易使人联想到古希腊、罗马诗,
实际上是译者有意模仿了希腊、罗马诗风格。《天保》主要表达敬天安民思
想,希腊、罗马风格有利于突出内容的严肃性:

Heaven conserve thy course in quietness,

Solid thy unity, thy weal endless

That all the crops increase and nothing lack

In any common house.

Heaven susteyne thy course in quietness

> That thou be just in all, and reap
>
> So, as it were at ease, that every day seem festival.
>
> Heaven susteyne thy course in quietness
>
> To abound and rise as mountain hill and range
>
> Constant as rivers flow that all augment
>
> Steady th' increase in ever cylic change.

Susteyne、thy 等古语的使用,与诗的内容和主题十分和谐,气氛古朴而庄严。

庞德通过对《诗经》的经典翻译,好像从儒家思想中找到了归宿。因为庞德把西方社会看成一个混乱的世界,人们经受着精神死亡的痛苦。为了寻求解决问题的方法,他在历史中苦苦寻觅,他一生中大部分时间和精力都投入了对儒家思想的研究与探索。

就题材而言,新诗运动的诗人们早就意识到中国古典诗歌的"简朴"与西方浪漫主义的"崇高"是完全不同的:"我们感到(中国诗与英语诗)最重点的差别是所选择的主题。我们的主题,不管用怎样简朴的或口语化的风格写出,都很可能崇高化(sublimated),'文学化',这多少已成了我们的传统。而中国诗人的主题也是传统化的,同一个主题再三写于诗中,但是它们本质上是简朴的。"①因此中国古典诗歌没有欧洲浪漫主义文学中那些半人半神似的浪漫主义英雄,有的只是友谊、离愁以及日常事物和自然景色,其中最根本的原因就是中国诗人所追求的是"普通人性"的显现:

> 中国大诗人所讲的东西与荷马相同,只是他们并不对宇宙作道德判断,他们并无天神要斗。人与人的美德只是宇宙的一部分,就像流水,像岩石,像飘雾。②

---

① 赵毅衡:《远游的诗神》,四川人民出版社 1985 年版,第 195 页。
② 赵毅衡:《远游的诗神》,四川人民出版社 1985 年版,第 195 页。

在风格方面，中国古典诗歌的含蓄和克制更是使美国新诗人感到"现代得出奇"。庞德指出，19世纪欧洲浪漫主义诗歌最大的毛病就是"滥情主义"和"装腔作势"，而中国诗人却不同，他们仅仅"满足于把事物表现出来，而不加以说教或评论"。庞德用"化简诗学"（reductionist poetics）这个术语来描述中国古典诗歌的简约风格，其特征就是减少比喻等修辞而直接描写事物，这与西方文学总是要用一个他物来定义事物的修辞思想是截然不同的，因此，现代诗歌应当追求的就是一种像中国诗那样的"超越比喻的语言"（language beyond mataphor），以写出现代诗人自己的现代感受和现代体验。①所以庞德的灵感来自中国诗歌便不足为奇了。

但是庞德本人不懂中文，所以他的《神州集》是在菲诺洛萨的手稿基础上创作的。他的《神州集》仅选了中国古诗19首。分别是《诗经·小雅·采薇》，汉古诗《青青河畔草》，李白诗12首：《江上吟》、《长干行》、《侍从宜春苑，奉诏斌龙池柳色初青、听新莺百啭歌》、《天津三月时》、《玉阶怨》、《胡关饶风沙》、《忆旧游寄谯郡元参军》、《黄鹤楼送孟浩然之广陵》、《送友人》、《送友人入蜀》、《登金陵凤凰台》、《代马不思越》，郭璞的《游仙诗》，汉乐府《陌上桑》，卢照邻的《长安古意》，陶渊明的《停云》，王维的《送元二使安西》。

例如庞德的诗：In A Station of The Metro：The apparition of these faces in the crowed；Petals on a wet，black bough。

诗中，用 faces，petals 这样一组意象，其实在唐诗中，这样的意象俯拾即是："云想衣裳花想容"（李白《清平调》），"梨花一枝春带雨"（白居易《长恨歌》），"人面桃花相映红"（崔护《过城南庄》），②这表明庞德有意从唐诗中吸取自己欣赏的意象。

我们看《神州集》中李白的诗《送友人》：

青山横北郭，白水绕东城。

---

① 杨乃乔主编：《比较文学概论》（第三版），北京大学出版社2006年版，第259页。
② 谢谦：《庞德：中国诗的发明者》，《读书》2001年第5期。

此地一为别，孤蓬万里征。

浮云游子意，落日故人情。

挥手自兹去，萧萧班马鸣。

我们看看庞德的译文：

Take leaves of friend

Blue mountains to the north of the walls,

White river winding about them;

Here we must separation,

And go out through a thousand miles of dead grass;

Mind like a floating wide cloud,

Sunset like the parting of old acquinatances;

Who bow over their clasped hands at a distance,

Our horsed neigh eo each other as we are departing.①

可以说，庞德准确地抓住了原诗的意象 mountains, the walls, white river, dead grass, cloud, sunst, horse。

王维的《渭城曲》：“渭城朝雨浥轻尘，客舍青青柳色新。劝君更饮一杯酒，西出阳关无故人。”

庞德译文为：

Light rain is on the light dust

The willows of inn-yard

Will be going greener and greener,

---

① Wai-lim Yip. *Ezra Pound's Cathy*. Princeton University Press, 1969, p.213.

But you, sir, had better take wine ere departure,

For you will have no friends about you

When you come to the gates of Go.

完全打破了原诗的内在结构,突出了意象主义的口语原则。

　　对中国诗歌意象主义的接受,使得庞德的创作有了新的灵感。例如他的长诗《诗章》便受到了中国诗歌意象丰富的影响:

The Catos

Part one

And then went down to the ship,

Set kneel to Breakers, forth on the godly sea, and

We set up mast and sail on that swart ship,

Bore sheep aboard her, and our bodies also

Heavy with weeping, and winds from sternward

Bore us out onward with bellying canvas,

Circe's this craft, the trim-coifed goddess.

Then sat we amidship, wind jamming the tiller,

Thus with stretched sail, we went over sea till day's end.

Sun to his slumber, shadows o'er all the ocean,

Came we then to the bounds of deepest water,

To the Kimmerian lands, and people cities

Covered with close-webbed mist, unpierced ever

With glitter of sun-rays

Nor with stars stretched, nor looking back from heaven

Swartest night stretched over wretched men there.

The ocean flowing backward, came we then to the place

Aforesaid by Ciece.

Here did they rites, Perimedes and Eurylochus,

And drawing sword from my hip

I dug the ell-square pitkin;①

…

  庞德在运用意想派诗歌理念翻译中国诗歌的时候,实际上是在想实现两种文化之间的交流和融合的可能。因为在西方和中国文化之间,总是有着相互平衡的两种敌对力量存在,即吸引力和排斥力,没有吸引力,它们就不能相互影响;没有排斥力,它们就不能作为彼此有区别的文化而存在,一种文化就会吸收另一种文化,或两种文化就会融合成为一种文化。庞德在翻译中国诗歌的过程中,对中国文化的强大的凝聚力充满了兴趣,这种文化就是中国的帝国文化,它强调大一统。而西方自罗马帝国以后就再也没有强大的帝国气象。庞德对欧洲的没落深为痛恨,为了实现千年帝国的梦想,不惜崇拜中国的极权主义思想,甚至投向意大利法西斯的怀抱。虽然有点过头,但强调文化的交流与融合的主张从没有改变。

  如果说《长安古意》的译文与整个《神州集》中的其他中国诗形成鲜明对比的话,那么庞德所选的大部分诗的基本结构就是对比,或过去的幸福、荣耀与现代的痛苦的对比,或自然界与人类躁动的心灵的对比。属于前者的有《采薇》、《青青河畔草》、《长干行》、《登金陵凤凰台》等,属于后者的有《江上吟》、《天津三月时》、《玉阶怨》、《胡关饶风沙》等。当然这两组诗不能截然分开,一些诗如《长干行》同时兼有两方面的对比。对比使感情更为浓烈,更加令人伤感与惆怅。庞德通过选材展示了一个忧愁伤心的中国,而他对费诺拉萨手稿的明显改动增强了诗歌的忧愁成分。②

  作为白璧德和庞德的学生,艾略特深得乃师思想的精髓。艾略特与其师强调各种文化之间的相互交流、促进和融合,其根本出发点还是在于发展

---

① 杨岂深、龙文佩主编:《美国文学选读》(第二册),上海译文出版社1987年版,第122页。

② 区鉷、李春长:《庞德〈神州集〉中的东方主义研究》,《中山大学学报》(社会科学版)2006年第3期。

欧洲文化，因为他知道，尽管欧洲文化处于某种优势地位，但它只有不断地
与其他文化碰撞，并从中吸取养料，才能持久繁荣。无论是早期求学期间凭
着一腔热情对东方宗教、哲学、语言、文学的刻苦钻研，还是在白璧德、庞德
的影响下进行的更为理性的思考，艾略特及其师对东方文化的浓厚兴趣都
具有时代特征。西方学术界将这一重新发现东方的潮流称为"东方复兴"。
东方文化的西渐与浪漫主义时期人们对东方的向往密不可分。从歌德、施
莱格尔兄弟到尼采、叔本华，从雨果、马拉美再到爱默生、梭罗、惠特曼、白璧
德、庞德，他们无不把古老神秘的东方看作西方文化的一个参照系，或者像
查尔斯·约翰斯顿在《吠檀多的体系》的"译者序"中所说的一样，把东方文
化看作"为我们的人民和我们的时代带来了可以畅饮的生命的源头活水"。

　　白璧德对东方文化的理解是作为批判西方文化的参照物，在白璧德那
里，东方文化不仅不是衰败的代名词，而是批判西方文化的清醒剂，而庞德
对中国文化的理解明显带有西方的扭曲和曲解，带有东方主义的误解和贬
低，从书名到内容即是从天堂到荒原，这种转变正反映了西方人中国观的转
变，它使中国不再是一个理想国，而成了欧美列强"有待解决或限定的问
题"，在他们意欲霸占中国的领土时，又成了一个"有待接管的问题"，这标志
着中国从"异域变成了殖民地"。①

---

①　Ezra Pound. *ABC of Reading*. Yale University press，1934，p.21.

结　语

　　谈到后现代主义的起源问题,詹姆逊并没有将眼光局限于发达的资本主义国家,局限于这些国家先进的物质生产和新兴的信息技术,而是把这个问题放在全球范围内多层面地加以思考。他的重要论述《作为一个时期的六十年代》就是放眼世界,从哲学史、革命的政治理论与实践、文化生产、经济周期等四个层面上讨论了后现代主义的产生和发展。文章首先考察的,是风起云涌的第三世界国家的民族解放运动对第一世界 60 年代的巨大影响。这些运动不仅使这些国家摆脱了殖民统治、人民获得了尊严,同时极大地鼓舞了第一世界国家少数族裔、妇女等群体争取民权与平等的斗争,最终成为后现代主义产生的一个重要的政治原因。这一过程与中国有着很大的关系,因为第三世界国家的民族解放运动所遵循的主要是毛泽东思想。①

　　按照詹姆逊和安德森的思路,可以说中国以及其他第三世界国家的解放运动与后现代主义一样,针对的也是现代主义,具体地说,就是现代主义所包含的会产生帝国主义、殖民主义的潜势。在后现代主义者看来,现代主义在思想上延续了启蒙运动,依然把逻辑和科学理性置于至高无上的地位,认为现实是可以理解与再现的,思想观念是明确的,人类的经验无论何时何地都是相同的。这种意识的膨胀,就会导致对于各种差异和普遍联系的无视,造成主体/客体、自我/他者/、理性/非理性、合法/非法、文明/野蛮、东

---

① 刘建华:《如何看待后现代主义》,《欧美文学论丛》(第三辑),人民文学出版社 2003 年版,第 157 页。

方/西方；白人/有色人、男人/女人等一系列黑白分明的二元对立和优劣显豁的等级结构，为强权和奴役提供理论依据。①

在哈贝马斯看来，为了实现人的解放，必须反思科学技术的合理限度，人是科学技术的扩张的意识形态的危害。他对"技术统治"的意识形态功能进行了批判。他认为，技术理性的工具化是和神秘世界图像的祛魅化同时发生的，随着科学在职业领域的渗透，使科学技术与道德教育脱节，"实践的内容被排除在它的活动之外"。科学知识的普及，只是增强了人对自然的技术支配能力，并没有使人的伦理道德水平得到相应的改善和提高。目的理性合理行为的外部延伸，使得目的性不仅支配着生产结构，而且被利用来解决社会问题，一切社会生活都处在技术操纵之下，道德与价值体系被忽略，技术上满足现实的需要代替了价值目标的追求。在晚期资本主义社会，技术地支配自然的兴趣成为主要的兴趣，甚至成为唯一的兴趣，而遮蔽或丧失了道德交往的实践的兴趣和解放的兴趣。科学技术不仅控制自然，而且控制了社会，社会生活世界的问题也采取科学技术的方式来解决。他由此认为，在晚期资本主义社会，技术和民主的关系问题成为亟待解决的问题。②

对后现代主义批评家来说，嘲弄现代文艺的矫饰，企图消解精英文化和大众文化之间距离的文学，只有到了70年代这个术语才在建筑、舞蹈、戏剧、绘画、电影和音乐学科被接受。在80年代，后现代主义加入了后结构主义，反对任何被认为全体化、形而上学和本质先于存在论的假说。这意味着我们可以认为后现代小说是有意识地暴露叙事策略或过程的文学，是把主题建构成无中心的同时表现各种主题立场的或网状愿望的文学。它不同于异化了的现代主题，它追求暂时的、过去和现在、将来与现在的统一。后现代主题不再追求社会变化，它们的存在只是为了满足自己的欲望。③

关于博尔赫斯的《交叉小径的花园》中关于崔朋的中国迷宫的故事的存

① 刘建华：《如何看待后现代主义》，《欧美文学论丛》（第三辑），人民文学出版社2003年版，第159页。
② 李淑梅、马俊峰：《哈贝马斯以兴趣为导向的认识论》，中国社会科学出版社2007年版，第131页。
③ 徐颖果：《文化研究视野中的英美文学》，人民文学出版社2008年版，第51页。

在在貌似侦探小说的文类特征之外,还有更深层次的动机,这就是博尔赫斯的玄学性的追求。他对迷宫的酷爱也正因为"迷宫"意象颇适合于承载一个关于宇宙和世界的幻想性总体图式。这就是抽象的"时间"主题。"《交叉小径的花园》是崔朋所设想的一幅宇宙的图画,它没有完成,然而并非虚假。您的祖先跟牛顿和叔本华不同,他不相信时间的一致、时间的绝对。他相信时间的无限连续,相信正在扩展着、正在变化着的分散、集中、平行的时间的网。这张时间的网,它的网线互相接近、交叉、隔断,或者几个世纪各不相干,包含了一切的可能性。我们并不存在于这种时间的大多数里;在某一些时间里,您存在,而我不存在;在另一些时间里,我存在,而您不存在;在再一些时间里,您我都存在。""时间是永远交叉着的,直到无可数计的将来。在其中的一个交叉里,我是您的敌人。"

这就是博尔赫斯的小说化的时间观,它是多维的、偶然的、交叉的、非线性的,最终是无限的。而作为空间存在的迷宫正象征这种时间的多维与无限。以有限预示无限正是博尔赫斯小说观念的重要组成部分,正像他在另一篇小说《沙之书》中所描绘的神奇之书一样,那是一本既占据有限空间,又能够无限繁衍像恒河中的细沙一般无法计数的魔书。在这个意义上,"迷宫"与"沙之书"的意象是同构的,它们均表达了永恒与轮回的观念,均构成了对线性时间观和历史观的消解。因此,可以说博尔赫斯的时间观构成了一种理论模式,这种理论模式几乎存在于博尔赫斯的所有作品中。①

后现代主义对现代主义的结构,不仅存在于小说的叙事的变化之中,即使在一些现代作家那里也得到了回应,那就是对现代文明的批评。例如,哈代系列的小说中的埃格顿荒原的主题。埃格顿荒原基本的自然属性和生命特征得以确立之后,对于人物与荒原之间的关系的探讨,或者人类与自然之间的相互关系的探讨,便成了哈代关注的焦点。在自然观方面,哈代只是部分地接受了浪漫主义诗人华兹华斯的"原始主义",对大自然有一种独特的双重的感受力。他感受到现代文明给人们带来的心理创伤,认为现代文明

---

① 吴晓东:《漫读经典》,三联书店 2008 年版,第 29—30 页。

摧毁了自然的本性,正如在《无名的裘德》中指出的那样,"自然的意图,自然的法律,自然所以存在的原因,就是要叫我们按着它给我们的本能之快乐,这种本能正是文明所要摧毁残的"。所以哈代的主人公要竭力逃避现代文明,回归自然,但是,哈代既在自然界中寻找美的源泉,却又让自然充满悲剧色泽。因此,回归自然常常并不是理想的抉择,自然和社会之间的关系构成了他作品主人公的困惑的探索。例如在抒情诗《在林中》里,抒情主人公由于在人类文明的场所——城市里所感受到的"沉闷压抑",落得个"跛足的灵魂",因此他来到了大自然中,走进了一片森林,以便寻找"温和的慰藉",可是得到的却是"黑色的失望"。他在林中发现,大大小小的植物都与人类相似,在进行着生死存亡的斗争,常青藤把榆树掐得几乎死掉,冬青被蒺藜闷得浑身抽搐,他因而难以追寻理想的境界,只得逃离树林,返回人类社会。①

　　因为后现代主义追求的是新秩序,边缘的、失语者都成了主角,所以前现代的诗歌作品也可以被看成后现代主义的杰作。例如也许诗人在对自然的歌颂中找到了出路,而这种出路是在对生命的反省和生活的礼赞中找到的。如柯勒律治的《致自然》:

　　　　也许这真是虚妄的空想:我想要
　　　　　　从上帝创造的宇宙万物中吸取
　　　　　　深沉、内在、紧贴心底的欢愉;
　　　　想在周遭的繁华密叶中找到
　　　　关于爱,关于真诚虔敬的教导。
　　　　　　就算它虚妄吧;哪怕偌大的寰宇
　　　　　　都嘲笑我这种信念,我也不至于
　　　　为此而惶恐、忧伤或徒然困恼。
　　　　那么,我来把圣坛设在旷野里,
　　　　　　让蓝天替代那精雕盛饰的穹顶,

---

① 吴迪:《哈代新论》,浙江大学出版社 2009 年版,第 30 页。

让多多野花吐放的清醇香气

　　替代那炷炷仙香,向你敬奉:

惟一的上帝,你呵!绝不会鄙薄

这寒伧祭品的献祭人——哪怕是我。①

　　湖畔诗人华兹华斯、柯勒律治都认为自然就是上帝。华兹华斯认为自然就是上帝,每一片自然风景都是神的本体,人类对自然应当担负起一种宗教般的责任。诗人将自己所有的情感都寄托于自然之中,认为没有自然就没有人类自身。其实这就是一种泛神论思想,与晚唐诗人非常相似。晚唐的诗人不管是信仰儒家思想,还是崇佛佞道,都将自然界的一切看作神,自我也是神,那么人就可以与自然进行对话;既然能够进行对话,那就可以让人与自然之间建立起一种既符合人类自身也符合自然本身的和谐共处的关系。②

　　例如,唐代杜牧的诗歌与英国湖畔诗人的诗歌便有异曲同工之妙,杜牧的《题宣州开元寺水阁》诗云:“六朝文物草连空,天淡云闲今古同。鸟去鸟来山色里,人歌人哭水声中。深秋帘幕千家雨,落日楼台一笛风。惆怅无因见范蠡,参差烟树五湖东。”此上三句落脚字,皆自吞其声,韵短调促,而无抑扬之妙。因易为“深秋帘幕千家雨,落日楼台一笛风”③。前两句便抒发了历史的死亡和自然的无限生机的相映成趣。“鸟去鸟来山色里,人歌人哭水声中。”自然的新生和历史上兴亡的人物的歌与哭都付流水中。人生的幻灭情绪以及自然的常生常荣都在诗人的笔下焕发出了青春,但在这青春中有死亡的悲伤,有忧郁、有惆怅,像华兹华斯的诗歌一样,模糊了生与死的界限。

　　9世纪上半叶,诗人杜牧寻访石崇金谷园旧址,在那里,他回想起这个虽然毁灭了身体这个宝贵的东西,却为自己夺回了人性的女人。像燕子楼中的盼盼一样,她通过一个表面上看起来是自由自愿,而实际上却是强加于她

---

① 杨德豫译:《柯勒律治诗选》,广西师范大学出版社2009年版,第129页。

② 聂珍钊等:《英国浪漫主义诗歌的伦理学批评》,华中师范大学出版社2007年版,第386页。

③ 谢榛撰:《四溟诗话》卷三,收入丁福保辑《历代诗话续编》,中华书局1983年版,第1187页。

身上的拒绝行为,进入了只有人类才有资格进入的历史。后来的人们似乎总想要"重新占有"她,让她重新成为一个物体,并通过这种方式让她复活。苏东坡打破了盼盼守节不嫁的誓言,至少对其幽魂来说是如此。身在金谷园的杜牧则把坠楼破碎的身体转化成金谷园景色中的尘屑。

> 繁华事散逐香尘,
> 流水无情草自春。
> 日暮东风怨啼鸟,
> 落花犹似坠楼人。

传统作为玩物的女人提供了一套过时的隐喻:她是一朵花,有她陪伴的那种绮艳的快乐就像是繁华盛开,像一个繁华的季节。汉语文本允许我们将第一句解释为一段古代故事,或者解释为对暮春落花时节的即景描写。"香尘"既可以指花瓣碾碎后的粉屑,也可以指美人的遗骨。四季轮回,这使悲伤的激情故事和激情的终结永久流传,在这个永无休止的重新扮演落花戏剧的过程中,自然展现了它对痛苦无动于衷的一面。自然没有读过什么故事书,也没有什么补过性的记忆,它缺乏那种教导我们面对痛苦应该采取何种措施的更加精致的情感。自然一无所有,它不动声色地贡献万物,让人类拥有;万物既不知道它们已经被人拥有,也不在意被人拥有。① 不仅杜牧原诗是一首后现代主义的诗歌叙事,就是宇文所安重新解读的叙事也成为后现代叙事的一部分。

这说明,从文学方面来看,现代主义的特点有:

1. 强调作品中的印象主义和主观性,强调阅读是如何发生的,而不强调所读的是什么,譬如意识流。

2. 远离全知的第三人称叙事者提供的表面上的客观性,固定的叙事观点,分明的道德立场。譬如福克纳的多角度叙事故事。

---

① [美] 宇文所安:《迷楼——诗与欲望的迷宫》,程章灿译,三联书店 2010 年版,第 202—203 页。

3. 区分流派的界线模糊,比如诗歌似乎有记录体的特点,而散文似乎像诗歌,如沃尔夫、乔伊斯。

4. 强调破碎的形式、不连贯的叙事,看似不相干的材料的任意拼贴。

5. 对艺术作品的生产有自省或自我意识的趋向,所以每件艺术作品生产的状态、建构和消费的独特方案都引人注目。

6. 摈弃详细的、正规的美学,重视抽象设计,如威廉斯·卡布斯-威廉姆斯的诗;大多情况下还摈弃正规的美学理论,而看重创作过程中的即兴和发现。

7. 摈弃高级和低级的区分,两者都用来作为艺术的材料和揭示、分配、消费艺术的方法。

后现代主义和现代主义一样,也遵循以上的原则,例如后现代主义也摈弃艺术的高级和低级的形式之分;摈弃僵硬的风格区分,强调拼凑;强调模仿、讥讽、戏谑;后现代艺术也重内省和自我意识,以及模棱两可;重同时性,并强调结构,消解中心。后现代主义更强调碎片、暂时性和不连贯性。①

后现代主义是对现代主义的反动,它拒绝整体,欢迎碎片;拒绝连贯性,欢迎非连贯性。无法控制的过渡、偶然性和意思的不确定性给读者带来困惑,而这些成为后现代主义作品的风格特点,如马克西姆·汤亭亭的《朝圣者》所表现的叙事方法中每一个信息都很丰富地联结在一起,在作者写出的那一刻,意思就开始向多个方向发展。后现代的不确定性取代了现代主义的模糊性。如果说现代思想的革命改变了我们对文本如何产生意义的理解,那么它们也改变了我们如何认识文本本身和读者与作者的作用。后现代的文学文本是开放式的,是无边网状的一部分,或是其他文本网络的一部分,是流动性的、暂时性的、多元意思的、活动性的,有意识无意识地通过作者、读者和文本循环着。

后现代主义作家一反以往传统的编年史式和直截了当地讲故事的方式,有意识地迷惑读者。它的叙事风格令人望而却步。一连串的意识跳跃,

---

① 徐颖果:《文化研究视野中的英美文学》,人民文学出版社 2008 年版,第 55—56 页。

时间顺序和地理位置的跳动，篇章的转换，都令传统叙事的读者费解。后现代主义文学常常用令人困惑的时间顺序，从一个时期跳跃到另一个时期，从一个角色的思想跳到另一个角色的思想而没有半点提示。

后现代从心眼里对艺术创造意义的能力和对于语言传达现实的能力不是怀疑，正是这种怀疑态度导致了碎片、开放式结尾和自省式故事。①

沃尔夫指出了后现代主义与女权主义之间的许多共同点，比如推翻了浪漫主义和现代主义建立的自主的美学体系，抨击了推广西方中产阶级白种男人经验的启蒙运动话语，认识到必须建立新的伦理学以适应技术的变化和知识、权力的转移，批判了基础主义的思维方式。尽管如此，沃尔夫认为女权主义应该继续有批判地借鉴现代主义与后现代主义的优点，建立满足自身要求的理论，做到既批判现代主义的本质主义和基础主义的假设，又保留其解放理论的精髓；既继承后现代主义的怀疑精神与批判武器，又克服其虚无主义或实用主义的倾向。②

后现代主义艺术并非如伊格尔顿所说的是一种无深度、琐碎的劣质作品，作为指涉物的过去并没有被抹杀，而是被包容和修改，并赋予新的生命和意义。

米歇尔·福柯的《疯癫与文明》、《规训与惩罚》破解了启蒙时代的疯人院和监狱的制度，在这两本书中，福柯采用的写法是模糊了社会科学的界限，书中有文学叙事的梦呓，有社会科学的分析，有哲学的思辨，可以说，后现代主义颠倒了文学和社会科学的次序，模糊了文学叙事和思想真实的界限，给我们呈现了启蒙时代的理性秩序的梦魇。

哈琴的后现代主义诗学对历史如此情有独钟并非个人的偏好使然，这跟后现代主义小说中历史题材的普遍应用有关，也得益于她对后现代主义艺术实践的深入了解和洞察。哈琴用史纂元小说来归纳后现代主义小说的特征确实有独到之处，虽然她所采用的批评模式带有较明显的解构主义倾

① 徐颖果：《文化研究视野中的英美文学》，人民文学出版社2008年版，第64—65页。
② 刘建华：《如何看待后现代主义》，《欧美文学论丛》（第三辑），人民文学出版社2003年版，第169页。

向,如否认二元对立、否认宏伟叙事,但她总能在一个矛盾中找到对立双方的辩证互动,并从中总结出后现代艺术的历史意识和政治策略,而不是像大多数解构大师那样一味颠覆过去的价值体系,消解历史的指涉功能。她对史纂元小说的分析有助于我们对后现代主义小说中文学和历史的关系以及历史在文学中的表达等问题有更全面的理解。①

后现代主义文学的叙事重在地方性,重在差别,以地方性抵抗整体性,以差别抵抗统一。在后现代主义小说中,作家往往用异国的文化或是异国的叙事来装点自己的作品,造成一种既陌生又熟悉的文学叙事。如卡夫卡的《万里长城建造时》、布莱希特的《四川好人》、卡尔维诺的《隐形的城市》,以异国情调诉说小说叙事的异质性和地方性。这种异国氛围可以用里尔克的一首诗《在异国林苑》来描述:

> 有两条路。不通向任何地方。
> 可有时,思绪纷纭,
> 其中一条会让你走着走下去。
> 其实是你走错了;
> 但突然间你又孤零零走上了
> 那座竖着墓碑的圆形花坛,
> 又读着上面的字:男爵夫人布里特·索菲——
> 又用手指摩挲那漫漶的年份——
> 怎么这次所获竟如此之多?
>
> 怎么你像第一次那样满怀期望,
> 流连忘返于这榆树园林下,
> 这里潮湿,阴暗,从没有人去过?

---

① 刘建华:《如何看待后现代主义》,《欧美文学论丛》(第三辑),人民文学出版社 2003 年版,第 231 页。

又是什么引诱你作为一个对比
在阳光照耀的花圃寻觅什么，
仿佛那是一株玫瑰的名称？

你何以频频驻足？
你的耳朵听见什么？
为什么你最后若有所失地望着蝴蝶
围着高高的夹竹桃欲飞还停？①

　　后现代主义最大的成就也许是打破了现代主义及其以前的统一格局，带来了多样化。大众文化对精英文化的挑战，从一个角度可以看成无名之辈对原叙事的挑战，其结果带来平等主义的理念。后现代主义重在地方文化，而不是统一，也就是对差异的认可。民主、平等主义和多元文化应该是后现代主义带来的重要变化，它也带来了文化上的重大变化。可以说后现代政治是差异政治，我们所思考的问题都和后现代政治相关。后现代主义发展至今，已经不再是非政治的，或只关心语言游戏的不定性的思考。②

①　［奥］里尔克：《里尔克诗选》，绿原译，人民文学出版社 1999 年版，第 311—312 页。
②　徐颖果：《文化研究视野中的英美文学》，人民文学出版社 2008 年版，第 68 页。

参考文献

[1] (日)北冈伸一.日本陆军と大陆政策[M].东京:东京大学出版社,1979.

[2] (韩)曹世铉.清末民初无政府派的文化思想[M].北京:社会科学文献出版社,2003.

[3] 陈平原.中国现代学术之建立[M].北京:北京大学出版社,1998.

[4] 陈寅恪.陈寅恪诗集[M].北京:清华大学出版社,1993.

[5] 陈寅恪.金明馆丛稿二编[M].北京:三联书店,2001.

[6] 陈寅恪.隋唐制度渊源略论稿[M].北京:三联书店,2001.

[7] 丁文江,赵丰田.梁启超年谱长编[M].上海:上海人民出版社,1983.

[8] 冯至.十四行集[M].上海:文化生活出版社,1949.

[9] 冯至.冯至作品新编[M].北京:人民文学出版社,2009.

[10] 佛雏校辑.王国维哲学美学论文辑佚[M].上海:华东师范大学出版社,1993.

[11] 郭冰茹.萧红小说话语方式的悖论性与超越性[J].中国现代文学丛刊,2011(6).

[12] 海宁王静安先生遗书[M].上海:商务印书馆,1940.

[13] 胡朴安.南社丛选[M].国学社,1924年铅印本.

[14] 黄克武.自由的所以然——严复对约翰弥尔自由主义思想的认识与批判[M].上海:上海书店出版社,2000.

[15] 黄新渠译.英美抒情诗选粹[M].成都:四川人民出版社,1998.

[16] 蓝棣之编选.九叶派诗选[M].北京:人民文学出版社,1992.

[17] 劳舒编,雪克校.刘师培学术论著[M].杭州:浙江人民出版社,1998.

[18] (美)雷纳·韦勒克.近代文学批评史[M].杨自伍,译.上海:上海译文出版社,2009.

[19] 李方编.穆旦诗全集[M].北京:人民文学出版社,1996.

[20] 李华兴,吴嘉勋编.梁启超选集[M].上海:上海人民出版社,1985.

[21] 李萌羽.全球化视野中的沈从文和福克纳[D].济南:山东师范大学,2004.

[22] 李妙根编.国粹与西化[M].上海:上海远东出版社,1996.

[23] 李淑梅,马俊峰.哈贝马斯以兴趣为导向的认识论[M].北京:中国社会科学出版社,2007.

[24] 梁启超.饮冰室专集[M].北京:中华书局,1983.

[25] 梁启超.清代学术概论[M].上海:复旦大学出版社,1985.

[26] 廖梅.汪康年:从民权论到文化保守主义[M].上海:上海古籍出版社,2001.

[27] (美)列奥·施特劳斯.自然权利与历史[M].彭刚,译.北京:三联书店,2003.

[28] 林獬.论合群[N].中国白话报,1904.

[29] 凌宇编.沈从文自传[M].南京:江苏文艺出版社,1995.

[30] 刘禾.跨语际实践——文学、民族文化与被译介的现代性(中国,1900—1937)[M].宋伟杰,等,译.北京:三联书店,2002.

[31] 刘纪新.挥却历史的雾霭——对穆旦诗歌代表作的清理[J].四川大学学报,2011(2).

[32] 刘继业.新诗的大众化和纯诗化[M].北京:北京大学出版社,2008.

[33] 刘梦溪主编.中国现代学术经典·钱基博卷[M].石家庄:河北教育出版社,1996.

[34] 刘梦溪主编.中国现代学术经典·黄侃刘师培卷[M].石家庄:河北

教育出版社,1996.

[35] 刘师培.刘申叔先生遗书[M].影印本.南京:江苏古籍出版社,1997.

[36] 刘师培.中古文学史讲义[M].上海:上海古籍出版社,2000.

[37] 刘斯奋选注.黄节诗选[M].广州:广东人民出版社,1984.

[38] 刘小枫.诗化哲学[M].济南:山东文艺出版社,1986.

[39] 卢晓蓉.李劼人的大河小说"三部曲"[J].中国现代文学丛刊,2010(2).

[40] 鲁迅全集[M].北京:人民文学出版社,1981.

[41] 罗岗.历史中的《学衡》[J].二十一世纪(香港),1995(4).

[42] 罗纲.梁实秋与新人文主义[J].文学评论,1988(2).

[43] 罗维.论李劼人小说中的民国蜀地匪盗现象[J].中南大学学报(社会科学版),2011(3).

[44] 罗志田.近代中国的思想、社会与学术[M]北京:三联书店,1998.

[45] 罗志田主编.二十世纪的中国:学会与社会[M].史学卷.济南:山东人民出版社,2000.

[46] 罗志田.天下与世界:清末士人关于人类社会认知的转变——侧重梁启超的观念[J].中国社会科学,2007(5).

[47] 罗志田.近代读书人的思想世界与治学取向[M].北京:北京大学出版社,2009.

[48] 罗宗强.玄学与魏晋士人心态[M].天津:天津教育出版社,2005.

[49] 莫世祥编.马君武集(1900—1919)[M].武汉:华中师范大学出版社,1991.

[50] 穆旦诗选[M].北京:人民文学出版社,1986.

[51] 欧美文学论丛[M].第三辑.北京:人民文学出版社,2003.

[52] 钱大昕.潜研堂集[M].上海:上海古籍出版社,1989.

[53] 钱理群,等.中国现代文学三十年[M].修订本.北京:北京大学出版社,1998.

[54] 钱锺书主编,朱维铮执行主编.訄书初刻本、重订本[M].北京:三联

书店,1998.

[55] 秦林芳.童年视角与《呼兰河传》的文体构成[J].中国现代文学丛刊,2011(9).

[56] 沈从文选集[M].成都:四川人民出版社,1983.

[57] 宋炳辉.新中国的穆旦[J].当代作家评论,2000(2).

[58] 汤志钧编.章太炎政论选集[M].北京:中华书局,1985.

[59] 唐钞文选集注汇存[M].上海:上海古籍出版社,2000.

[60] 陶成章.浙案纪略//.柴德庚,等,编.辛亥革命[M].第3册.上海:上海人民出版社,1957.

[61] (日)藤井省三.孙文の研究[M].东京:劲草书房,1966.

[62] 王毅.文本的秘密[M].武汉:华中科技大学出版社,2009.

[63] 王永兵.李劼人小说中的现代意识[J].扬州大学学报,2005(5).

[64] 吴宓日记[M].北京:三联书店,1995.

[65] 吴晓东.漫读经典[M].北京:三联书店,2008.

[66] (法)西蒙德·波伏娃.第二性[M].陶铁柱,译.北京:中国书籍出版社,1998.

[67] 西南联合大学北京校友会编.西南联合大学校史[M].北京:北京大学出版社,2006.

[68] 萧红全集[M].哈尔滨:哈尔滨出版社,1991.

[69] 萧映.苍凉时代的灵魂之舞[M].北京:北京师范大学出版社,2008.

[70] 谢泳.西南联大与中国现代知识分子[M].福州:福建教育出版社,2009.

[71] 熊月之.中国近代民主思想史[M].修订本.上海:上海社会科学院出版社,2002.

[72] (美)杨懋春.近代中国农村社会之演变[M].台北:巨流图书公司,1980.

[73] 杨义.中国现代小说史[M].第二卷.北京:人民文学出版社,2005.

[74] 杨振声.为追悼朱自清先生讲到中国文学系[J].文学杂志,1948,

第 3 卷第 5 期.

[75] 叶琼琼,王泽龙.穆旦诗歌词汇的现代性特征[J].天津社会科学,2010(6).

[76] 易彬.穆旦与中国新诗的历史建构[M].北京:中国社会科学出版社,2010.

[77] 俞辛焞.孙文と革命運動と日本[M].东京:六兴出版,1989.

[78] 张丛,白皋.谈萧红的文学史价值[J].文艺争鸣,2011(2).

[79] 张辉.1920 年代:冯至与中德浪漫传统的关联[J].国外文学,2010(3).

[80] 张鸣.乡村社会权力与文化结构变迁 1903—1953[M].南宁:广西人民出版社,2001.

[81] 张枬,王忍之编.辛亥革命前十年间时论选集[M].北京:三联书店,1977.

[82] 张新颖.20 世纪上半期中国文学的现代意识[M].北京:三联书店,2001.

[83] 张之沧.论德勒兹的非理性认知论[J].江海学刊,2009(1).

[84] 章太炎.太炎先生自定年谱[M].香港:龙门书店,1965.

[85] 章太炎全集[M].上海:上海人民出版社,1985.

[86] 郑师渠.晚清国粹派[M].北京:北京师范大学出版社,1993.

[87] 郑师渠."古今事无殊,东西迹岂两"——论学衡派的文化观[J].近代史研究,1998(4).

[88] 中江兆民全集[M].第一册.东京,岩波书店,1983.

[89] 周询.蜀海丛谈[M].台北重印本.

[90] 朱维铮.求索真文明——晚清学术史论[M].上海:上海古籍出版社,1996.

[91] 朱自清全集[M].南京:江苏教育出版社,1996.

[92] Bastid, S.R .Schram, ed .Foundations and Limits of state in China. School of Oriental and African Studies. London: University of

London，1987.

［93］Hannah Arendt. The Human Condition. Chicago：University of Chicago Press,1958.

［94］Hao Zhang，Chinese Intellectuals in Crisis：Search for Order and Meaning，1890－1911.Berkley：University of Califonia Press,1987.

［95］Lee，Leo Ou-fan. Voices from the Iron House：A Study of Lu Xun. Bloomington：Indiana University Press,1987.

［96］Thomas N. Corns. English Poetry Donne to Marvel［M］.上海：上海外语教育出版社,2001.

［97］William O. Walker third：Opium and Foreign Policy：The anglo-American Search for Order in Asia，1912－1954. Chapel Hill：The University of North Carolina Press,1991.